小説 こころ

夏目漱石

挿画・有栖サリ

文響社

先生と私

一

　私《わたくし》はその人を常に先生と呼んでいた。だからここでもただ先生と書くだけで本名は打ち明けない。これは世間を憚《はばか》る遠慮《えんりょ》というよりも、その方が私にとって自然だからである。私はその人の記憶を呼び起すごとに、すぐ「先生」といいたくなる。筆を執《と》っても心持は同じ事である。よそよそしい頭文字《かしらもじ》などはとても使う気にならない。

　私が先生と知り合いになったのは鎌倉《かまくら》である。その時私はまだ若々しい書生であった。暑中休暇《しょちゅうきゅうか》を利用して海水浴に行った友達からぜひ来いという端書《はがき》を受取ったので、私は多少の金を工面《くめん》して、出掛《でか》ける事にした。私は金の工面に二三日《にさんち》を費やした。ところが私が鎌倉に着いて三日と経《た》たないうちに、私を呼び寄せた友達は、急に国元から帰れという電報を受け取った。電報には母が病気だからと断ってあったけれども友達はそれを信じなかった。友達はかねてから国元にいる親達に勧まない結婚を強《し》いられていた。彼は現代の習慣からいうと結婚するにはあまり年が若過ぎた。それに肝腎《かんじん》の当人が気に入らなかった。それで夏休みに当然帰るべきところを、わざと避《さ》けて東京の近くで遊んでいたのである。

彼は電報を私に見せてどうしようと相談をした。私にはどうしていいか分らなかった。けれども実際彼の母が病気であるとすれば彼は固《もと》より帰るべきはずであった。それで彼はとうとう帰る事になった。せっかく来た私は一人取り残された。

学校の授業が始まるにはまだ大分日数《だいぶひかず》があるので、鎌倉におってもよし、帰ってもよいという境遇にいた私は、当分元の宿に留《と》まる覚悟をした。友達は中国のある資産家の息子《むすこ》で金に不自由のない男であったけれども、学校が学校なのと年が年なので、生活の程度は私とそう変りもしなかった。従って一人ぼっちになった私は別に恰好《かっこう》な宿を探す面倒ももたなかったのである。

宿は鎌倉でも辺鄙《へんぴ》な方角にあった。玉突《たまつき》だのアイスクリームだのというハイカラなものには長い畷《なわて》［＊1］を一つ越さなければ手が届かなかった。車で行っても二十銭は取られた。けれども個人の別荘はそこここにいくつでも建てられていた。それに海へはごく近いので海水浴をやるには至極便利な地位を占めていた。

私は毎日海へ這入《はい》りに出掛けた。古い燻《くす》ぶり返った藁葺《わらぶき》の間を通り抜けて磯《いそ》へ下りると、この辺にこれほどの都会人種が住んでいるかと思うほど、避暑《ひしょ》に来た男や女で砂の上が動いていた。ある時は海の中が銭湯《せんとう》のように黒い頭でごちゃごちゃしている事もあった。その中に知った人を一人ももたない私も、こういう賑《にぎ》やかな景色に裹《つつ》まれて、砂の上に寝そべってみたり、膝頭《ひざがしら》を波に打たしてそこいらを跳《は》ね廻《まわ》るのは愉快《ゆかい》であった。

私は実に先生をこの雑沓《ざっとう》の間に見付け出したのである。その時海岸には掛茶屋《かけちゃや》が二軒《けん》あった。私はふとした機会《はずみ》からその一軒の方に行き慣れていた。長谷《はせ》辺に大きな別荘を構えている人と違って、各自《めいめい》に専有の着換場《きがえば》を拵《こしら》えていないここいらの避暑客には、ぜひともこうした共同着換所といった風《ふう》なものが必要なのであった。彼らはここで茶を飲み、ここで休息する外《ほか》に、ここで海水着を洗濯《せんたく》させたり、ここで鹹《しお》はゆい身体《からだ》を清めたり、ここへ帽子《ぼうし》や傘《かさ》を預けたりするのである。海水着を持たない私にも持物を盗まれる恐《おそ》れはあったので、私は海へ這入るたびにその茶屋へ一切《いっさい》を脱ぎ棄《す》てる事にしていた。

＊1　田の中の道。あぜ道のこと。

二

私がその掛茶屋で先生を見た時は、先生がちょうど着物を脱いでこれから海へ入ろうとするところであった。私はその反対に濡《ぬ》れた身体を風に吹かして水から上って来た。二人の間には目を遮《さえぎ》る幾多《いくた》の黒い頭が動いていた。特別の事情のない限り、私は遂《つい》に先生を見《み》逃《のが》したかも知れなかった。それほど浜辺が混雑し、それほど私の頭が放漫《ほうまん》であったにもかかわらず、私がすぐ先生を見付け出したのは、先生が一人の西洋人を伴《つ》れていたからである。

その西洋人の優れて白い皮膚《ひふ》の色が、掛茶屋へ入るや否《いな》や、すぐ私の注意を惹《ひ》いた。純粋の日本の浴衣《ゆかた》を着ていた彼は、それを床几《しょうぎ》［＊2］の上にすぽりと放り出したまま、腕組《うでぐみ》をして海の方を向いて立っていた。彼は我々の穿《は》く猿股《さるまた》一つの外《ほか》何物も肌《はだ》に着けていなかった。私にはそれが第一不思議だった。私はその二日前に由井《ゆい》が浜《はま》まで行って、砂の上にしゃがみながら、長い間西洋人の海へ入る様子を眺《なが》めていた。私の尻《しり》を卸《おろ》した所は少し小高い丘の上で、そのすぐ傍《わき》がホテルの裏口になっていたので、私の凝《じっ》としている間に、大《だい》分多《ぶ》くの男が潮を浴びに出て来たが、いずれも胴《どう》と腕と股《もも》は出していなかった。女は殊更《ことさら》肉を隠しがちであった。大抵《たいてい》は頭に護謨《ごむ》製の頭巾《ずきん》を被《かぶ》って、海老茶《えびちゃ》や紺《こん》や藍《あい》の色を波間に浮かしていた。そういう有様を目撃したばかりの私の眼には、猿股一つで済まして皆《みん》なの前に立っているこの西洋人がいかにも珍《めずら》しく見えた。

彼はやがて自分の傍《わき》を顧《かえり》みて、そこにこごんでいる日本人に、一言二言《ひとことふたこと》何かいった。その日本人は砂の上に落ちた手拭《てぬぐい》を拾い上げているところであったが、それを取り上げるや否や、すぐ頭を包んで、海の方へ歩き出した。その人が即《すなわ》ち先生であった。

私は単に好奇心のために、並んで浜辺を下りて行く二人の後姿《うしろすがた》を見守っていた。すると彼らは真直《まっすぐ》に波の中に足を踏《ふ》み込んだ。そうして遠浅の磯近くにわいわい騒いでいる多《た》人数《にんず》の間を通り抜けて、比較的《ひかくてき》広々した所へ来ると二人とも泳ぎ出した。彼らの頭が小さく見えるまで沖の方へ向いて行った。それから引き返してまた一直線に浜辺まで戻って来た。掛茶屋へ帰ると、井戸の水も浴びずに、すぐ身体を拭《ふ》いて着物を着て、さっさとどこへか行ってしまった。

彼らの出て行った後、私はやはり元の床几に腰を卸《おろ》して煙草《たばこ》を吹かしていた。その時私はぽかんとしながら先生の事を考えた。どうもどこかで見た事のある顔のように思われてならなかった。しかしどうしてもいつどこで会った人か想い出せずにしまった。

その時の私は屈托《くったく》がないというよりむしろ無聊《ぶりょう》［＊3］に苦しんでいた。それで翌日《あくるひ》もまた先生に会った時刻を見計らって、わざわざ掛茶屋まで出かけてみた。すると西洋人は来ないで先生一人麦藁帽《むぎわらぼう》を被ってやって来た。先生は眼鏡《めがね》をとって台の上に置いて、すぐ手拭で頭を包んで、すたすた浜を下りて行った。先生が昨日《きのう》のように騒がしい浴客の中を通り抜けて、一人で泳ぎ出した時、私は急にその後が追い掛けたくなった。私は浅い水を頭の上まで跳《はね》かして相当の深さの所まで来て、そこから先生を目標《めじるし》に抜手《ぬきで》を切った。すると

先生は昨日と違って、一種の弧線《こせん》を描いて、妙《みょう》な方向から岸の方へ帰り始めた。それで私の目的は遂《つい》に達せられなかった。私が陸《おか》へ上って雫《しずく》の垂《た》れる手を振りながら掛茶屋に入ると、先生はもうちゃんと着物を着て入違《いれちが》いに外へ出て行った。

＊2　折りたたみ式の野外で座る簡単な腰掛け。
＊3　退屈。

三

私は次の日も同じ時刻に浜へ行って先生の顔を見た。その次の日にもまた同じ事を繰り返した。けれども物をいい掛ける機会も、挨拶《あいさつ》をする場合も、二人の間には起らなかった。その上先生の態度はむしろ非社交的であった。一定の時刻に超然《ちょうぜん》として来て、また超然と帰って行った。周囲がいくら賑やかでも、それにはほとんど注意を払う様子が見えなかった。最初いっしょに来た西洋人はその後まるで姿を見せなかった。先生はいつでも一人であった。

ある時先生が例の通りさっさと海から上って来て、いつもの場所に脱ぎ棄てた浴衣を着ようとすると、どうした訳《わけ》か、その浴衣に砂がいっぱい着いていた。先生はそれを落すために、後ろ向きになって、浴衣を二三度振《ふる》った。すると着物の下に置いてあった眼鏡が板の隙間《すきま》から下へ落ちた。先生は白絣《しろがすり》［＊4］の上へ兵児帯《へこおび》［＊5］を締《し》めてから、眼鏡の失《な》くなったのに気が付いたと見えて、急にそこいらを探し始めた。私はすぐ腰掛《こしかけ》の下へ首と手を突《つ》ッ込《こ》んで眼鏡を拾い出した。先生は有難《ありがと》うといって、それを私の手から受け取った。

次の日私は先生の後につづいて海へ飛び込んだ。そうして先生といっしょの方角に泳いで行った。二丁《ちょう》ほど沖へ出ると、先生は後《うしろ》を振り返って私に話し掛けた。広い蒼《あお》い海の表面に浮いているものは、その近所に私ら二人より外《ほか》になかった。そうして強い太陽の光が、眼の届く限り水と山とを照らしていた。私は自由と歓喜《かんき》に充《み》ちた筋肉を動かして海の中で躍《おど》り狂っ

た。先生はまたぱたりと手足の運動を已《や》めて仰向《あおむけ》になったまま浪《なみ》の上に寝た。私もその真似《まね》をした。青空の色がぎらぎらと眼を射るように痛烈な色を私の顔に投げ付けた。「愉快《ゆかい》ですね」と私は大きな声を出した。

　しばらくして海の中で起き上がるように姿勢を改めた先生は、「もう帰りませんか」といって私を促した。比較的強い体質をもった私は、もっと海の中で遊んでいたかった。しかし先生から誘《さそ》われた時、私はすぐ「ええ帰りましょう」と快く答えた。そうして二人でまた元の路《みち》を浜辺へ引き返した。

　私はこれから先生と懇意《こんい》になった。しかし先生がどこにいるかはまだ知らなかった。

　それから中二日置いてちょうど三日目の午後だったと思う。先生と掛茶屋で出会った時、先生は突然私に向って、「君はまだ大分長くここにいるつもりですか」と聞

いた。考えのない私はこういう問に答えるだけの用意を頭の中に蓄《たくわ》えていなかった。それで「どうだか分りません」と答えた。しかしにやにや笑っている先生の顔を見た時、私は急に極《きま》りが悪くなった。「先生は?」と聞き返さずにはいられなかった。これが私の口を出た先生という言葉の始まりである。

私はその晩先生の宿を尋《たず》ねた。宿といっても普通の旅館と違って、広い寺の境内《けいだい》にある別荘のような建物であった。そこに住んでいる人の先生の家族でない事も解《わか》った。私が先生先生と呼び掛けるので、先生は苦笑いをした。私はそれが年長者に対する私の口癖《くちぐせ》だといって弁解した。私はこの間の西洋人の事を聞いてみた。先生は彼の風変りのところや、もう鎌倉にいない事や、色々の話をした末、日本人にさえあまり交際《つきあい》をもたないのに、そういう外国人と近付きになったのは不思議だといったりした。私は最後に先生に向って、どこかで先生を見たように思うけれども、どうしても思い出せないといった。若い私はその時暗《あん》に相手も私と同じような感じを持ってはしまいかと疑った。そうして腹の中で先生の返事を予期してかかった。ところが先生はしばらく沈吟《ちんぎん》[＊6]したあとで、「どうも君の顔には見覚えがありませんね。人違いじゃないですか」といったので私は変に一種の失望を感じた。

四

私は月の末に東京へ帰った。先生の避暑地を引き上げたのはそれよりずっと前であった。私は先生と別れる時に、「これから折々お宅へ伺《うかが》ってもよござんすか」と聞いた。先生は単簡にただ「ええ、いらっしゃい」といっただけであった。その時分の私は先生とよほど懇意になったつもりでいたので、先生からもう少し濃《こまや》かな言葉を予期して掛ったのである。それでこの物足りない返事が少し私の自信を傷《いた》めた。

私はこういう事でよく先生から失望させられた。先生はそれに気が付いているようでもあり、また全く気が付かないようでもあった。私はまた軽微《けいび》な失望を繰り返しながら、それがために先生から離れて行く気にはなれなかった。むしろそれとは反対で、不安に揺《うご》か

＊4　白地に紺や黒茶などで、ところどころがかすれたような模様で織り出した織物。
＊5　男性や子供の締める布幅をそのまま使用した帯。
＊6　考え込むこと。

されるたびに、もっと前へ進みたくなった。もっと前へ進めば、私の予期するあるものが、いつか眼の前に満足に現われて来るだろうと思った。私は若かった。けれども凡《すべ》ての人間に対して、若い血がこう素直に働こうとは思わなかった。私はなぜ先生に対してだけこんな心持が起るのか解らなかった。それが先生の亡《な》くなった今日になって、始めて解って来た。先生は始めから私を嫌っていたのではなかったのである。先生が私に示した時々の素《そっ》気《け》ない挨拶や冷淡に見える動作は、私を遠ざけようとする不快の表現ではなかったのである。傷ましい先生は、自分に近づこうとする人間に、近づくほどの価値のないものだから止《よ》せという警告を与えたのである。他《ひと》の懐《なつ》かしみに応じない先生は、他《ひと》を軽蔑《けいべつ》する前に、まず自分を軽蔑していたものと見える。

私は無論先生を訪ねるつもりで東京へ帰って来た。帰ってから授業の始まるまでにはまだ二週間の日数《ひかず》があるので、そのうちに一度行っておこうと思った。しかし帰って二日三日と経《た》つうちに、鎌倉にいた時の気分が段々薄くなって来た。そうしてその上に彩《いろど》られる大都会の空気が、記憶の復活に伴う強い刺戟《しげき》と共に、濃く私の心を染め付けた。私は往来で学生の顔を見るたびに新しい学年に対する希望と緊張《きんちょう》とを感じた。私はしばらく先生の事を忘れた。

授業が始まって、一カ月ばかりすると私の心に、また一種の弛《たる》みが出来てきた。私は何だか不足な顔をして往来を歩き始めた。物欲しそうに自分の室《へや》の中を見廻《みまわ》した。私の頭には再び先生の顔が浮いて出た。私はまた先生に会いたくなった。

始めて先生の宅《うち》を訪ねた時、先生は留守であった。二度目に行ったのは次の日曜だと覚えている。晴れた空が身に沁《し》み込むように感ぜられる好《い》い日和《ひより》であった。その日も先生は留守であった。鎌倉にいた時、私は先生自身の口から、いつでも大抵《たいてい》宅にいるという事を聞いた。むしろ外出嫌いだという事も聞いた。二度来て二度とも会えなかった私は、その言葉を思い出して、理由《わけ》もない不満をどこかに感じた。私はすぐ玄関先を去らなかった。下女《げじょ》の顔を見て少し躊躇《ちゅうちょ》してそこに立っていた。この前名刺《めいし》を取次《とりつ》いだ記憶のある下女は、私を待たしておいてまた内へ這入《はい》った。すると奥さんらしい人が代って出て来た。美しい奥さんであった。

私はその人から鄭寧《ていねい》に先生の出先を教えられた。先生は例月その日になると雑司ヶ谷《ぞうしがや》の墓地にある或《あ》る仏へ花を手向《たむ》けに行く習慣なのだそうである。「たった今出たばかりで、十分になるか、ならないかでございます」と奥さんは気の毒そうにいってくれた。私は会《え》釈《しゃく》して外へ出た。賑やかな町の方へ一丁ほど歩くと、私も散歩がてら雑司ヶ谷へ行って見る気になった。先生に会えるか会えないかという好奇心も動いた。それですぐ踵《きびす》を回《めぐ》らし［*7］た。

*7　引き返す。

五

私は墓地の手前にある苗畠《なえばたけ》の左側から這入って、両方に楓《かえで》を植え付けた広い道を奥の方へ進んで行った。するとその端《はず》れに見える茶店の中から先生らしい人がふいと出て来た。私はその人の眼鏡の縁《ふち》が日に光るまで近く寄って行った。そうして出し抜けに「先生」と大きな声を掛けた。先生は突然立ち留まって私の顔を見た。

「どうして……、どうして……」

先生は同じ言葉を二遍《へん》繰り返した。その言葉は森閑《しんかん》［*8］とした昼の中《うち》に異様な調子をもって繰り返された。私は急に何とも応《こた》えられなくなった。

「私の後《あと》を跟《つ》けて来たのですか。どうして……」

先生の態度はむしろ落付いていた。声はむしろ沈んでいた。けれどもその表情の中《うち》には判然《はっきり》いえないような一種の曇《くも》りがあった。

私は私がどうしてここへ来たかを先生に話した。

「誰の墓へ参りに行ったか、妻《さい》がその人の名をいいましたか」

「いいえ、そんな事は何もおっしゃいません」

「そうですか。——そう、それはいうはずがありませんね、始めて会った貴方《あなた》に。いう必要がないんだから」

先生はようやく得心したらしい様子であった。しかし私にはその意味がまるで解らなかった。

先生と私は通りへ出ようとして墓の間を抜けた。依撒伯拉《イサベラ》何々の墓だの、神僕《しんぼく》ロギンの墓だのという傍《かたわら》に、一切衆生悉有仏生《いっさいしゅじょうしつうぶっしょう》と書いた塔婆《とうば》［＊9］などが建ててあった。全権公使何々というのもあった。私は安得烈と彫《ほ》り付けた小さい墓の前で、「これは何と読むんでしょう」と先生に聞いた。「アンドレとでも読ませるつもりでしょうね」といって先生は苦笑した。

先生はこれらの墓標が現わす人種々《さまざま》の様式に対して、私ほどに滑稽《こっけい》もアイロニーも認めてないらしかった。私が丸い墓石《はかいし》だの細長い御影《みかげ》の碑《ひ》だのを指して、しきりにかれこれいいたがるのを、始めのうちは黙って聞いていたが、しまいに「貴方は死という事実をまだ真面目《まじめ》に考えた事がありませんね」といった。私は黙った。先生もそれぎり何ともいわなくなった。

墓地の区切り目に、大きな銀杏《いちょう》が一本空を隠すように立っていた。その下へ来た時、先生は高い梢《こずえ》を見上げて、「もう少しすると、綺麗《きれい》ですよ。この木がすっかり黄葉《こうよう》して、ここいらの地面は金色の落葉《おちば》で埋《うず》まるようになります」といった。先生は月に一度ずつは必ずこの木の下を通るのであった。

向うの方で凸凹《でこぼこ》の地面をならして新墓地を作っている男が、鍬《くわ》の手を休めて私達を見ていた。私達はそこから左へ切れてすぐ街道へ出た。

これからどこへ行くという目的《あて》のない私は、ただ先生の歩く方へ歩いて行った。先生はいつもより口数を利《き》かなかった。それでも私はさほどの窮屈《きゅうくつ》を感じなかったので、ぶらぶらいっしょに歩いて行った。

「すぐお宅へお帰りですか」

「ええ別に寄る所もありませんから」

二人はまた黙って南の方へ坂を下りた。

「先生のお宅の墓地はあすこにあるんですか」と私がまた口を利き出した。

「いいえ」

「どなたのお墓があるんですか。――ご親類のお墓ですか」

「いいえ」

先生はこれ以外に何も答えなかった。私もその話はそれぎりにして切り上げた。すると一町ほど歩いた後で、先生が不意にそこへ戻って来た。

「あすこには私の友達の墓があるんです」

「お友達のお墓へ毎月《まいげつ》お参りをなさるんですか」

「そうです」

先生はその日これ以外を語らなかった。

＊8　もの音ひとつ聞こえないこと。
＊9　「卒塔婆」の略称。墓などに立てる細長い板で、塔の形で、梵字や経文などが書かれている。

六

私はそれから時々先生を訪問するようになった。行くたびに先生は在宅であった。先生に会う度数が重なるに伴《つ》れて、私はますます繁《しげ》く先生の玄関へ足を運んだ。

けれども先生の私に対する態度は初めて挨拶をした時も、懇意になったその後《のち》も、あまり変りはなかった。先生はいつも静かであった。ある時は静か過ぎて淋《さび》しいくらいであった。私は最初から先生には近づき難《がた》い不思議があるように思っていた。それでいて、どうしても近づかなければいられないという感じが、どこかに強く働いた。こういう感じを先生に対してもっていたものは、多くの人のうちであるいは私だけかも知れない。しかしその私だけにはこの直感が後《のち》になって事実の上に証拠立てられたのだから、私は若々しいといわれても、馬鹿気《ばかげ》ていると笑われても、それを見越した自分の直覚をとにかく頼もしくまた嬉《うれ》しく思っている。人間を愛し得る人、愛せずにはいられない人、それでいて自分の懐《ふところ》に入ろうとするものを、手をひろげて抱き締める事の出来ない人、——これが先生であった。

今いった通り先生は始終静かであつた。落付いていた。けれども時として変な曇りがその顔を横切る事があった。窓に黒い鳥影が射《さ》すように。射すかと思うと、すぐ消えるには消えたが、私が始めてその曇りを先生の眉間《みけん》に認めたのは、雑司ヶ谷の墓地で、不意に先生を呼び掛けた時であった。私はその異様の瞬間に、今まで快く流れていた心臓の潮流を一寸鈍《ちょっとにぶ》らせた。しかしそれは単に一時《いちじ》の結滞《けったい》［＊10］に過ぎなかった。私の心は五分と経たないうちに平素の弾力を回復した。私はそれぎり暗そうなこの雲の影を忘れてしまった。ゆくりなくまたそれを思い出させられたのは、小春の尽《つ》きるに間《ま》のないある晩の事であった。

先生と話していた私は、ふと先生がわざわざ注意してくれた銀杏《いちょう》の大樹を眼の前に想《おも》い浮かべた。勘定《かんじょう》してみると、先生が毎月例《まいげつれい》として墓参《ぼさん》に行く日が、それからちょうど三日目に当っていた。その三日目は私の課業が午《ひる》で終える楽な日であった。私は先生に向ってこういった。

「先生雑司ヶ谷の銀杏はもう散ってしまったでしょうか」

「まだ空坊主《からぼうず》にはならないでしょう」

先生はそう答えながら私の顔を見守った。そうしてそこからしばし眼を離さなかった。私はすぐいった。

「今度お墓参《はかまい》りにいらっしゃる時にお伴《とも》をしてもよござんすか。私は先生といっしょにあすこいらが散歩してみたい」

「私は墓参りに行くんで、散歩に行くんじゃないですよ」

「しかしついでに散歩をなすったらちょうど好《い》いじゃありませんか」

先生は何とも答えなかった。しばらくしてから、「私のは本当の墓参りだけなんだから」といって、どこまでも墓参と散歩を切り離そうとする風《ふう》に見えた。私と行きたくない口実だか何だか、私にはその時の先生が、いかにも子供らしくて変に思われた。私はなおと先へ出る気になった。

「じゃお墓参りでも好いからいっしょに伴《つ》れて行って下さい。私もお墓参りをしますから」

実際私には墓参と散歩との区別がほとんど無意味のように思われたのである。すると先生の眉《まゆ》がちょっと曇った。眼のうちにも異様の光が出た。それは迷惑《めいわく》とも嫌悪《けんお》とも畏怖《いふ》とも片付けられない微《かす》かな不安らしいものであった。私はたちまち雑司ヶ谷で「先生」と呼び掛けた時の記憶を強く思い起した。二つの表情は全く同じだったのである。

「私は」と先生がいった。「私はあなたに話す事の出来ないある理由があって、他《ひと》といっ

しょにあすこへ墓参りには行きたくないのです。自分の妻《さい》さえまだ伴れて行った事がないのです」

*10　脈拍のリズムが乱れること。

七

私は不思議に思った。しかし私は先生を研究する気でその宅《うち》へ出入りをするのではなかった。私はただそのままにして打過《うちす》ぎた。今考えるとその時の私の態度は、私の生活のうちでむしろ尊《たっと》むべきものの一つであった。私は全くそのために先生と人間らしい温かい交際《つきあい》が出来たのだと思う。もし私の好奇心が幾分《いくぶん》でも先生の心に向って、研究的に働き掛けたなら、二人の間を繋《つな》ぐ同情の糸は、何の容赦《ようしゃ》もなくその時ふつりと切れてしまったろう。若い私は全く自分の態度を自覚していなかった。それだから尊《たっと》いのかも知れないが、もし間違えて裏へ出たとしたら、どんな結果が二人の仲に落ちて来たろう。私は想像してもぞっとする。先生はそれでなくても、冷たい眼《まなこ》で研究されるのを絶えず恐れていたのである。

私は月に二度もしくは三度ずつ必ず先生の宅《うち》へ行くようになった。私の足が段々繁くなった時のある日、先生は突然私に向って聞いた。

「あなたは何でそうたびたび私のようなものの宅へやって来るのですか」

「何でといって、そんな特別な意味はありません。――しかしお邪魔《じゃま》なんですか」

「邪魔だとはいいません」

なるほど迷惑という様子は、先生のどこにも見えなかった。私は先生の交際の範囲の極《きわ》めて狭い事を知っていた。先生の元の同級生などで、その頃東京にいるものはほとんど二人か三人しかないという事も知っていた。先生と同郷の学生などには時たま座敷《ざしき》で同座する場合もあったが、彼らのいずれもは皆《みん》な私ほど先生に親しみをもっていないように見受けられた。

「私は淋《さび》しい人間です」と先生がいった。「だから貴方《あなた》の来て下さる事を喜んでいます。だからなぜそうたびたび来るのかといって聞いたのです」

「そりゃまたなぜです」

私がこう聞き返した時、先生は何とも答えなかった。ただ私の顔を見て「あなたは幾歳《いくつ》ですか」といった。

この問答は私にとってすこぶる不得要領《ふとくようりょう》のものであったが、私はその時底《そこ》まで押さずに帰ってしまった。しかもそれから四日と経《た》たないうちにまた先生を訪問した。先生は座敷へ出るや否《いな》や笑い出した。

「また来ましたね」といった。

「ええ来ました」といって自分も笑った。

私は外《ほか》の人からこういわれたらきっと癪《しゃく》に触ったろうと思う。しかし先生にこういわれた時は、まるで反対であった。癪に触らないばかりでなくかえって愉快だった。

「私は淋《さび》しい人間です」と先生はその晩またこの間の言葉を繰り返した。「私は淋しい人間ですが、ことによると貴方《あなた》も淋しい人間じゃないですか。私は淋しくっても年を取っているから、動かずにいられるが、若いあなたにはそうは行かないのでしょう。動けるだけ動きたいのでしょう。動いて何かに打《ぶ》つかりたいのでしょう。……」

「私はちっとも淋《さむ》しくはありません」

「若いうちほど淋《さむ》しいものはありません。そんならなぜ貴方はそうたびたび私の宅《うち》へ来るのですか」

ここでもこの間の言葉がまた先生の口から繰り返された。

「あなたは私に会っても恐《おそ》らくまだ淋《さび》しい気がどこかでしているでしょう。私にはあなたのためにその淋しさを根元《ねもと》から引き抜いて上げるだけの力がないんだから。貴方は外《ほか》の方を向いて今に手を広げなければならなくなります。今に私の宅の方へは足が向かなくなります」

先生はこういって淋しい笑い方をした。

八

幸《さいわ》いにして先生の予言は実現されずに済んだ。経験のない当時の私は、この予言の中《うち》に含まれている明白な意義さえ了解し得なかった。私は依然として先生に会いに行った。その内いつの間にか先生の食卓で飯《めし》を食うようになった。自然の結果奥さんとも口を利かなければならないようになった。

普通の人間として私は女に対して冷淡ではなかった。けれども年の若い私の今まで経過して来た境遇からいって、私はほとんど交際らしい交際を女に結んだ事がなかった。それが原因かどうかは疑問だが、私の興味は往来で出合う知りもしない女に向って多く働くだけであった。先生の奥さんにはその前玄関で会った時、美しいという印象を受けた。それから会うたんびに同じ印象を受けない事はなかった。しかしそれ以外に私はこれといって特に奥さんについて語るべき何物ももたないような気がした。

これは奥さんに特色がないというよりも、特色を示す機会が来なかったのだと解釈する方が正当かも知れない。しかし私はいつでも先生に付属した一部分のような心持で奥さんに対していた。奥さんも自分の夫の所へ来る書生だからという好意で、私を遇《ぐう》していたらしい。だから中間に立つ先生を取り除《の》ければ、つまり二人はばらばらになっていた。それで始めて知り合いになった時の奥さんについては、ただ美しいという外《ほか》に何の感じも残っていない。

ある時私は先生の宅《うち》で酒を飲まされた。その時奥さんが出て来て傍《そば》で酌《しゃく》をしてくれた。先生はいつもより愉快そうに見えた。奥さんに「お前も一つお上り」といって、自分の呑み干した盃《さかずき》を差した。奥さんは「私は……」と辞退しかけた後《あと》、迷惑そうにそれを受取った。奥さんは綺麗《きれい》な眉《まゆ》を寄せて、私の半分ばかり注《つ》いで上げた盃を、唇《くちびる》の先へ持って行った。奥さんと先生の間に下《しも》のような会話が始まった。

「珍しい事。私に呑《の》めとおっしゃった事は滅多《めった》にないのにね」

「お前は嫌いだからさ。しかし稀《たま》には飲むといいよ。好《い》い心持になるよ」

「ちっともならないわ。苦しいぎりで。でも貴夫《あなた》は大変ご愉快そうね、少しご酒《しゅ》を召上《めしあが》ると」

「時によると大変愉快になる。しかしいつでもという訳《わけ》には行かない」

「今夜はいかがです」

「今夜は好《い》い心持だね」

「これから毎晩少しずつ召上るとよござんすよ」

「そうは行かない」

「召上《めしや》がって下さいよ。その方が淋《さむ》しくなくって好いから」

先生の宅は夫婦と下女だけであった。行くたびに大抵《たいてい》はひっそりとしていた。高い笑い声などの聞こえる試しはまるでなかった。ある時は宅の中にいるものは先生と私だけのような気がした。

「子供でもあると好いんですがね」と奥さんは私の方を向いていった。私は「そうですな」と答えた。しかし私の心には何の同情も起らなかった。子供を持った事のないその時の私は、子供をただ蒼蠅《うるさ》いもののように考えていた。

「一人貰《もら》ってやろうか」と先生がいった。

「貰いッ子じゃ、ねえあなた」と奥さんはまた私の方を向いた。

「子供はいつまで経ったって出来っこないよ」と先生がいった。

奥さんは黙っていた。「なぜです」と私が代りに聞いた時先生は「天罰だからさ」といって高く笑った。

九

私の知る限り先生と奥さんとは、仲の好《い》い夫婦の一対《いっつい》であった。家庭の一員として暮した事のない私のことだから、深い消息は無論解《わか》らなかったけれども、座敷で私と対坐《たいざ》している時、先生は何かのついでに、下女を呼ばないで、奥さんを呼ぶ事があった。（奥さんの名は静《しず》といった）先生は「おい静」といつでも襖《ふすま》の方を振り向いた。その呼びかたが私には優しく聞こえた。返事をして出て来る奥さんの様子も甚《はなは》だ素直であった。ときたまご馳走《ちそう》になって、奥さんが席へ現われる場合などには、この関係が一層明らかに二人の間に描き出されるようであった。

先生は時々奥さんを伴《つ》れて、音楽会だの芝居だのに行った。それから夫婦連れで一週間以内の旅行をした事も、私の記憶によると、二三度以上あった。私は箱根《はこね》から貰った絵端書《えはがき》をまだ持っている。日光《にっこう》へ行った時は紅葉《もみじ》の葉を一枚封じ込めた郵便も貰った。

当時の私の眼に映った先生と奥さんの間柄はまずこんなものであった。そのうちにたった一つの例外があった。ある日私がいつもの通り、先生の玄関から案内を頼もうとすると、座敷の方で誰かの話し声がした。よく聞くと、それが尋常《じんじょう》の談話でなくって、どうも言逆《いさか》いらしかった。先生の宅《うち》は玄関の次がすぐ座敷になっているので、格子《こうし》の前に立っていた私の耳にその言逆いの調子だけはほぼ分った。そうしてそのうちの一人が先生だという事も、時々高まって来る男の方の声で解った。相手は先生よりも低い音《おん》なので、誰だか判然《はっきり》しなかったが、どうも奥さんらしく感ぜられた。泣いているようでもあった。私はどうしたものだろうと思って玄関先で迷ったが、すぐ決心をしてそのまま下宿へ帰った。

　妙に不安な心持が私を襲《おそ》って来た。私は書物を読んでも呑《の》み込む能力を失ってしまった。約一時間ばかりすると先生が窓の下へ来て私の名を呼んだ。私は驚いて窓を開けた。先生は散歩しようといって、

下から私を誘った。先刻《さっき》帯の間へ包《くる》んだままの時計を出してみると、もう八時過ぎであった。私は帰ったなりまだ袴《はかま》を着けていた。私はそれなりすぐ表へ出た。

その晩私は先生といっしょに麦酒《ビール》を飲んだ。先生は元来酒量に乏《とぼ》しい人であった。ある程度まで飲んで、それで酔《よ》えなければ、酔うまで飲んで見るという冒険《ぼうけん》の出来ない人であった。

「今日は駄目《だめ》です」といって先生は苦笑した。

「愉快になれませんか」と私は気の毒そうに聞いた。

私の腹の中には始終先刻《さっき》の事が引っ懸《かか》っていた。肴《さかな》の骨が咽喉《のど》に刺さった時のように、私は苦しんだ。打ち明けてみようかと考えたり、止《よ》した方が好《よ》かろうかと思い直したりする動揺《どうよう》が、妙に私の様子をそわそわさせた。

「君、今夜はどうかしていますね」と先生の方からいい出した。「実は私も少し変なのですよ。君に分りますか」

私は何の答もし得なかった。

「実は先刻妻《さっきさい》と少し喧嘩《けんか》をしてね。それで下《くだ》らない神経を昂奮《こうふん》させてしまったんです」と先生がまたいった。

「どうして……」

私には喧嘩という言葉が口へ出て来なかった。

「妻《さい》が私を誤解するのです。それを誤解だといって聞かせても承知しないのです。つい腹を立てたのです」

「どんなに先生を誤解なさるんですか」

先生は私のこの問に答えようとはしなかった。

「妻《さい》が考えているような人間なら、私だってこんなに苦しんでいやしない」

先生がどんなに苦んでいるか、これも私には想像の及ばない問題であった。

十

二人が帰るとき歩きながらの沈黙が一丁も二丁もつづいた。その後で突然先生が口を利《き》き出した。

「悪い事をした。怒って出たから妻《さい》はさぞ心配をしているだろう。考えると女は可哀《かわい》そう

なものですね。私の妻などは私より外《ほか》にまるで頼りにするものがないんだから」

先生の言葉は一寸《ちょっと》そこで途切《とぎ》れたが、別に私の返事を期待する様子もなく、すぐその続きへ移って行った。

「そういうと、夫の方はいかにも心丈夫のようで少し滑稽《こっけい》だが。君、私は君の眼にどう映りますかね。強い人に見えますか、弱い人に見えますか」

「中《ちゅう》ぐらいに見えます」と私は答えた。この答は先生にとって少し案外らしかった。先生はまた口を閉じて、無言で歩き出した。

先生の宅《うち》へ帰るには私の下宿のつい傍《そば》を通るのが順路であった。私はそこまで来て、曲り角で分れるのが先生に済まないような気がした。「ついでにお宅《たく》の前までお伴《とも》しましょうか」といった。先生はたちまち手で私を遮《さえぎ》った。

「もう遅いから早く帰りたまえ。私も早く帰ってやるんだから、妻《さい》君《くん》のために」

先生が最後に付け加えた「妻君のために」という言葉は妙にその時の私の心を暖かにした。私はその言葉のために、帰ってから安心して寝る事が出来た。私はその後も長い間この「妻君のために」という言葉を忘れなかった。

先生と奥さんの間に起った波瀾《はらん》が、大したものでない事はこれでも解った。それがまた滅多《めった》に起る現象でなかった事も、その後《ご》絶えず出入《でい》りをして来た私にはほぼ推察が出来た。それどころか先生はある時こんな感想すら私に洩《も》らした。

「私は世の中で女というものをたった一人しか知らない。妻《さい》以外の女はほとんど女として私に訴えないのです。妻《さい》の方でも、私を天下にただ一人しかない男と思ってくれています。そういう意味からいって、私達は最も幸福に生れた人間の一対であるべきはずです」

私は今前後の行き掛りを忘れてしまったから、先生が何のためにこんな自白を私にして聞かせたのか、判然《はっきり》いう事が出来ない。けれども先生の態度の真面目《まじめ》であったのと、調子の沈んでいたのとは、今だに記憶に残っている。その時にただ私の耳に異様に響いたのは、「最も幸福に生れた人間の一対であるべきはずです」という最後の一句であった。先生はなぜ幸福な人間といい切らないであるべきはずであると断わったのか。私にはそれだけが不審《ふしん》であった。ことにそこへ一種の力を入れた先生の語気が不審であった。先生は事実果《はた》して幸福なのだろうか、また幸福であるべきはずでありながら、それほど幸福でないのだろうか。私は心の中《うち》で疑《うたぐ》らざるを得なかった。けれどもその疑いは一時《いちじ》限りどこかへ葬《ほうむ》られてしまった。

私はそのうち先生の留守に行って、奥さんと二人差向《さしむか》いで話をする機会に出合った。先生はその日横浜を出帆《しゅっぱん》［＊11］する汽船に乗って外国へ行くべき友人を新橋へ送りに行って留守であった。横浜から船に乗る人が、朝八時半の汽車で新橋を立つのはその頃の習慣であった。私は書物について先生に話して貰う必要があったので、予《あらかじ》め先生の承諾《しょうだく》を得た通り、約束の九時に訪問した。先生の新橋行きは前日わざわざ告別に来た友人に対する礼義としてその日突然起った出来事であった。先生はすぐ帰るから留守でも私に待っているようにといい残して行った。それで私は座敷へ上って、先生を待つ間、奥さんと話をした。

＊11　船が出港すること。

十一

その時の私はすでに大学生であった。始めて先生の宅《うち》へ来た頃から見るとずっと成人した気でいた。奥さんとも大分《だいぶ》懇意になった後《のち》であった。私は奥さんに対して何の窮屈《きゅうくつ》も感じなかった。差向いで色々の話をした。しかしそれは特色のないただの談話だから、今ではまるで忘れてしまった。そのうちでたった一つ私の耳に留《と》まったものがある。しかしそれを話す前に、一寸《ちょっと》断っておきたい事がある。

先生は大学出身であった。これは始めから私に知れていた。しかし先生の何もしないで遊んでいるという事は、東京へ帰って少し経《た》ってから始めて分った。私はその時どうして遊んでいられるのかと思った。

先生はまるで世間に名前を知られていない人であった。だから先生の学問や思想については、先生と密切の関係をもっている私より外《ほか》に敬意を払うもののあるべきはずがなかった。それを私は常に惜《お》しい事だといった。先生はまた「私のようなものが世の中へ出て、口を利いては済まない」と答えるぎりで、取り合わなかった。私にはその答えが謙遜《けんそん》過ぎてかえって世間を冷評するようにも聞こえた。実際先生は時々昔の同級生で今著名《ちょめい》になっている誰彼を捉《とら》えて、ひどく無遠慮《ぶえんりょ》な批評を加える事があった。それで私は露骨《ろこつ》にその矛《む》盾《じゅん》を挙げて云々《うんぬん》してみた。私の精神は反抗の意味というよりも、世間が先生を知らないで平気でいるのが残念だったからである。その時先生は沈んだ調子で、「どうしても私は世間に向って働き掛ける資格のない男だから仕方がありません」といった。先生の顔には深い一種の表情がありありと刻まれた。私にはそれが失望だか、不平だか、悲哀だか、解らなかったけれども、何しろ二の句の継げないほどに強いものだったので、私はそれぎり何もいう勇気が出なかった。

私が奥さんと話している間に、問題が自然先生の事からそこへ落ちて来た。

「先生はなぜああやって、宅で考えたり勉強したりなさるだけで、世の中へ出て仕事をなさらないんでしょう」

「あの人は駄目ですよ。そういう事が嫌いなんですから」

「つまり下《くだ》らない事だと悟っていらっしゃるんでしょうか」

「悟るの悟らないのって、――そりゃ女だからわたくしには解りませんけれど、恐らくそんな意味じゃないでしょう。やっぱり何かやりたいのでしょう。それでいて出来ないんです。だから気の毒ですわ」

「しかし先生は健康からいって、別にどこも悪いところはないようじゃありませんか」

「丈夫ですとも。何にも持病はありません」

「それでなぜ活動が出来ないんでしょう」

「それが解らないのよ、あなた。それが解るくらいなら私だって、こんなに心配しやしません。わからないから気の毒でたまらないんです」

奥さんの語気には非常に同情があった。それでも口元だけには微笑が見えた。外側からいえば、私の方がむしろ真面目だった。私はむずかしい顔をして黙っていた。すると奥さんが急に思い出したようにまた口を開いた。

「若い時はあんな人じゃなかったんですよ。若い時はまるで違っていました。それが全く変ってしまったんです」

「若い時っていつ頃ですか」と私が聞いた。

「書生時代よ」

「書生時代から先生を知っていらっしゃったんです

か」
奥さんは急に薄赤い顔をした。

十二

奥さんは東京の人であった。それはかつて先生からも奥さん自身からも聞いて知っていた。奥さんは「本当いうと合《あい》の子《こ》なんですよ」といった。奥さんの父親はたしか鳥取《とっとり》かどこかの出であるのに、お母さんの方はまだ江戸といった時分の市ヶ谷《いちがや》で生れた女なので奥さんは冗談半分そういったのである。ところが先生は全く方角違いの新潟県人であった。だから奥さんがもし先生の書生時代を知っているとすれば、郷里の関係からでない事は明らかであった。しかし薄赤い顔をした奥さんはそれより以上の話をしたくないようだったので、私の方でも深くは聞かずにおいた。

先生と知合になってから先生の亡くなるまでに、私は随分《ずいぶん》色々の問題で先生の思想や情操に触れてみたが、結婚当時の状況については、ほとんど何ものも聞き得なかった。私は時によると、それを善意に解釈しても見た。年輩の先生の事だから、艶《なま》めかしい回想などを若いものに聞かせるのはわざと慎《つつし》んでいるのだろうと思った。時によると、またそれを悪くも取った。先生に限らず、奥さんに限らず、二人とも私に比べると、一時代前の因《いん》襲《しゅう》のうちに成人したために、そういう艶《つや》っぽい問題になると、正直に自分を開放するだけの勇気がないのだろうと考えた。もっともどちらも推測に過ぎなかった。そうしてどちらの推測の裏にも、二人の結婚の奥に横たわる華やかなロマンスの存在を仮定していた。

私の仮定は果して誤らなかった。けれども私はただ恋の半面だけを想像に描き得たに過ぎなかった。先生は美しい恋愛の裏に、恐ろしい悲劇を持っていた。そうしてその悲劇のどんなに先生にとって見惨《みじめ》なものであるかは相手の奥さんにまるで知れていなかった。奥さんは今でもそれを知らずにいる。先生はそれを奥さんに隠して死んだ。先生は奥さんの幸福を破壊《はかい》する前に、まず自分の生命《せいめい》を破壊してしまった。

私は今この悲劇について何事も語らない。その悲劇のためにむしろ生れ出たともいえる二人の恋愛については、先刻《さっき》いった通りであった。二人とも私にはほとんど何も話してくれなかった。奥さんは慎みのために、先生はまたそれ以上の深い理由のために。

ただ一つ私の記憶に残っている事がある。ある時花時分《はなじぶん》に私は先生といっしょに上野へ行った。そうしてそこで美しい一対の男女《なんにょ》を見た。彼らは睦《むつ》まじそうに寄添《よりそ》って花の下を歩いていた。場所が場所なので、花よりもそちらを向いて眼を峙《そば》だてて［＊12］いる人が沢《たく》山《さん》あった。

「新婚の夫婦のようだね」と先生がいった。

「仲が好さそうですね」と私が答えた。

先生は苦笑さえしなかった。二人の男女を視線の外《ほか》に置くような方角へ足を向けた。それから私にこう聞いた。

「君は恋をした事がありますか」

私はないと答えた。

「恋をしたくはありませんか」

私は答えなかった。

「したくない事はないでしょう」

「ええ」

「君は今あの男と女を見て、冷評《ひやか》しましたね。あの冷評《ひやかし》のうちには君が恋を求めながら相手を得られないという不快の声が交《まじ》っていましょう」

「そんな風《ふう》に聞こえましたか」

「聞こえました。恋の満足を味わっている人はもっと暖かい声を出すものです。しかし……しかし君、恋は罪悪ですよ。解《わか》っていますか」

私は急に驚かされた。何とも返事をしなかった。

＊12　注意して見たり聞いたりすること。

十三

我々は群集の中にいた。群集はいずれも嬉《うれ》しそうな顔をしていた。そこを通り抜けて、花も人も見えない森の中へ来るまでは、同じ問題を口にする機会がなかった。

「恋は罪悪ですか」と私がその時突然聞いた。

「罪悪です。たしかに」と答えた時の先生の語気は前と同じように強かった。

「なぜですか」

恋は罪悪ですよ

「なぜだか今に解ります。今にじゃない、もう解っているはずです。あなたの心はとっくの昔からすでに恋で動いているじゃありませんか」

私は一応自分の胸の中を調べてみた。けれどもそこは案外に空虚《くうきょ》であった。思い中《あた》るようなものは何にもなかった。

「私の胸の中にこれという目的物は一つもありません。私は先生に何も隠してはいないつもりです」

「目的物がないから動くのです。あれば落ち付けるだろうと思って動きたくなるのです」

「今それほど動いちゃいません」

「あなたは物足りない結果私の所に動いて来たじゃありませんか」

「それはそうかも知れません。しかしそれは恋とは違います」

「恋に上《のぼ》る階段なんです。異性と抱き合う順序として、まず同性の私の所へ動いて来たのです」

「私には二つのものが全く性質を異《こと》にしているように思われます」

「いや同じです。私は男としてどうしてもあなたに満足を与えられない人間なのです。それから、ある特別の事情があって、なおさらあなたに満足を与えられないでいるのです。

私は実際お気の毒に思っています。あなたが私からよそへ動いて行くのは仕方がない。私はむしろそれを希望しているのです。しかし……」

　私は変に悲しくなった。

「私が先生から離れて行くようにお思いになれば仕方がありませんが、私にそんな気の起った事はまだありません」

　先生は私の言葉に耳を貸さなかった。

「しかし気を付けないといけない。恋は罪悪なんだから。私の所では満足が得られない代りに危険もないが、――君、黒い長い髪で縛《しば》られた時の心持を知っていますか」

しかし気を付けないといけない
恋は罪悪なんだから

私は想像で知っていた。しかし事実としては知らなかった。いずれにしても先生のいう罪悪という意味は朦朧《もうろう》［＊13］としてよく解らなかった。その上私は少し不愉快になった。

「先生、罪悪という意味をもっと判然《はっきり》いって聞かして下さい。それでなければこの問題をここで切り上げて下さい。私自身に罪悪という意味が判然《はっきり》解るまで」

「悪い事をした。私はあなたに真実《まこと》を話している気でいた。ところが実際は、あなたを焦《じ》慮《ら》していたのだ。私は悪い事をした」

先生と私とは博物館の裏から鶯渓《うぐいすだに》の方角に静かな歩調で歩いて行った。垣の隙間《すきま》から広い庭の一部に茂る熊笹《くまざさ》が幽邃《ゆうすい》［＊14］に見えた。

「君は私がなぜ毎月《まいげつ》雑司ヶ谷の墓地に埋《う》っている友人の墓へ参るのか知っていますか」

先生のこの問は全く突然であった。しかも先生は私がこの問に対して答えられないという事もよく承知していた。私はしばらく返事をしなかった。すると先生は初めて気が付いたようにこういった。

「また悪い事をいった。焦慮《じら》せるのが悪いと思って、説明しようとすると、その説明がまたあなたを焦慮《じら》せるような結果になる。どうも仕方がない。この問題はこれで止《や》めましょう。とにかく恋は罪悪ですよ、よござんすか。そうして神聖なものですよ」

私には先生の話がますます解らなくなった。しかし先生はそれぎり恋を口にしなかった。

＊13　はっきりとしないこと。
＊14　静かで奥深い様子。

十四

年の若い私は動《やや》ともすると一図《いちず》になり易《やす》かった。少なくとも先生の眼にはそう映っていたらしい。私には学校の講義よりも先生の談話の方が有益なのであった。教授の意見よりも先生の思想の方が有難いのであった。とどの詰《つま》りをいえば、教壇に立って私を指導してくれる偉い人々よりもただ独《ひと》りを守って多くを語らない先生の方が偉く見えたのであった。

「あんまり逆上《のぼせ》ちゃいけません」と先生がいった。

「覚《さ》めた結果としてそう思うんです」と答えた時の私には十分の自信があった。その自信を先生は肯《うけ》がってくれなかった。

「あなたは熱に浮かされているのです。熱がさめると厭《いや》になります。私は今のあなたからそれほどに思われるのを苦しく感じています。しかしこれから先の貴方《あなた》に起るべき変化を予想してみると、なお苦しくなります」

「私はそれほど軽薄に思われているんですか、それほど不信用なんですか」

「私はお気の毒に思うのです」

「気の毒だが信用されないとおっしゃるんですか」

先生は迷惑そうに庭の方を向いた。その庭に、この間まで重そうな赤い強い色をぽたぽた点じていた椿《つばき》の花はもう一つも見えなかった。先生は座敷からこの椿の花をよく眺《なが》める癖《くせ》があった。

「信用しないって、特にあなたを信用しないんじゃない。人間全体を信用しないんです」

その時生垣《いけがき》の向うで金魚売りらしい声がした。その外《ほか》には何の聞こえるものもなかった。大通りから二丁［＊15］も深く折れ込んだ小路《こうじ》は存外《ぞんがい》静かであった。家《うち》の中はいつもの通りひっそりしていた。私は次の間に奥さんのいる事を知っていた。黙って針仕事か何かしている奥さんの耳に私の話し声が聞こえるという事も知っていた。しかし私は全くそれを忘れてしまった。

「じゃ奥さんも信用なさらないんですか」と先生に聞いた。

先生は少し不安な顔をした。そうして直接の答えを避けた。

「私は私自身さえ信用していないのです。つまり自分で自分が信用出来ないから、人も信用出来ないようになっているのです。自分を呪《のろ》うより外《ほか》に仕方がないのです」

「そうむずかしく考えれば、誰だって確かなものはないでしょう」

「いや考えたんじゃない。やったんです。やった後で驚いたんです。そうして非常に怖くなったんです」

私はもう少し先まで同じ道を辿《たど》って行きたかった。すると襖《ふすま》の陰《かげ》で「あなた、あなた」という奥さんの声が二度聞こえた。先生は二度目に「何だい」といった。奥さんは「一寸《ちょっと》」と先生を次の間へ呼んだ。二人の間にどんな用事が起ったのか、私には解らなかった。それを想像する余裕を与えないほど早く先生はまた座敷へ帰って来た。

「とにかくあまり私を信用してはいけませんよ。今に後悔するから。そうして自分が欺《あざむ》かれた返報に、残酷《ざんこく》な復讐《ふくしゅう》をするようになるものだから」

「そりゃどういう意味ですか」

「かつてはその人の膝《ひざ》の前に跪《ひざまず》いたという記憶が、今度はその人の頭の上に足を載せさせようとするのです。私は未来の侮辱《ぶじょく》を受けないために、今の尊敬を斥《しりぞ》けたいと思うのです。私は今一層淋《さび》しい未来の私を我慢《がまん》する代りに、淋しい今の私を我慢したいのです。自由と独立と己《おの》れとに充《み》ちた現代に生れた我々は、その犠牲《ぎせい》としてみんなこの淋しみを味わわなくてはならないでしょう」

私はこういう覚悟をもっている先生に対して、いうべき言葉を知らなかった。

＊15　約２１８ｍ。一丁は、１０９ｍほど。

十五

その後《ご》私は奥さんの顔を見るたびに気になった。先生は奥さんに対しても始終こういう態度に出るのだろうか。もしそうだとすれば、奥さんはそれで満足なのだろうか。

奥さんの様子は満足とも不満足とも極《き》めようがなかった。私はそれほど近く奥さんに接触する機会がなかったから。それから奥さんは私に会うたびに尋常《じんじょう》であったから。最後に先生のいる席でなければ私と奥さんとは滅多《めった》に顔を合せなかったから。

私の疑惑はまだその上にもあった。先生の人間に対するこの覚悟はどこから来るのだろうか。ただ冷たい眼で自分を内省したり現代を観察したりした結果なのだろうか。先生は坐《すわ》って考える質《たち》の人であった。先生の頭さえあれば、こういう態度は坐って世の中を考えていても自然と出て来るものだろうか。私にはそうばかりとは思えなかった。先生の覚悟は生きた覚悟らしかった。火に焼けて冷却し切った石造家屋の輪廓《りんかく》とは違っていた。私の眼に映ずる先生はたしかに思想家であった。けれどもその思想家の纏《まと》め上げた主義の裏には、強い事実が織り込まれているらしかった。自分と切り離された他人の事実でなくって、自分自身が痛切に味わった事実、血が熱くなったり脈が止まったりするほどの事実が、畳《たた》み込まれているらしかった。

これは私の胸で推測するがものはない。先生自身すでにそうだと告白していた。ただその告白が雲の峯《みね》のようであった。私の頭の上に正体の知れない恐ろしいものを蔽《おお》い被《かぶ》せた。そうしてなぜそれが恐ろしいか私にも解らなかった。告白はぼうとしていた。それでいて明らかに私の神経を震《ふる》わせた。

私は先生のこの人生観の基点に、ある強烈《きょうれつ》な恋愛事情を仮定して見た。（無論《むろん》先生と奥さんとの間に起った）。先生がかつて恋は罪悪だといった事から照らし合せて見ると、多少それが手掛《てが》かりにもなった。しかし先生は現に奥さんを愛していると私に告げた。すると二人の恋からこんな厭世《えんせい》［＊16］に近い覚悟が出ようはずがなかった。「かつてはその人の前に跪《ひざまず》いたという記憶が、今度はその人の頭の上に足を載せさせようとする」といった先生の言葉は、現代一般の誰彼《たれかれ》について用いられるべきで、先生と奥さんの間には当てはまらないもののようでもあった。

雑司ヶ谷にある誰だか分らない人の墓、――これも私の記憶に時々動いた。私はそれが先生と深い縁故《えんこ》のある墓だという事を知っていた。先生の生活に近づきつつありながら、近づく事の出来ない私は、先生の頭の中にある生命《いのち》の断片として、その墓を私の頭の中にも受け入れた。けれども私にとってその墓は、全く死んだものであった。二人の間にある生命《いのち》の扉《とびら》を開ける鍵《かぎ》にはならなかった。むしろ二人の間に立って、自由の往来を妨《さまた》げる魔物のようであった。

　そうこうしているうちに、私はまた奥さんと差向《さしむか》いで話をしなければならない時機が来た。その頃は日の詰《つま》って行くせわしない秋に、誰も注意を惹《ひ》かれる肌寒《はださむ》の季節であった。先生の附近《ふきん》で盗難に罹《かか》ったものが三四日続いて出た。盗難はいずれも宵《よい》の口であった。大した

雑司ヶ谷にある
あの墓……
あの墓の住人が
鍵になっている
のだろうか

ものを持って行かれた家《うち》はほとんどなかったけれども、這入《はい》られた所では必ず何か取られた。奥さんは気味をわるくした。そこへ先生がある晩家《うち》を空けなければならない事情が出来てきた。先生と同郷の友人で地方の病院に奉職〔*17〕しているものが上京したため、先生は外《ほか》の二三名と共に、ある所でその友人に飯を食わせなければならなくなった。先生は訳《わけ》を話して、私に帰ってくる間までの留守番を頼んだ。私はすぐ引受けた。

*16　世を疎ましく、生きることを辛く思う気持ち。
*17　公の職に就くこと。

十六

私の行ったのはまだ灯《ひ》の点《つ》くか点かない暮方《くれがた》であったが、几帳面《きちょうめん》な先生はもう宅《うち》にいなかった。「時間に後《おく》れると悪いって、つい今しがた出掛けました」といった奥さんは、私を先生の書斎へ案内した。

書斎には洋机《テーブル》と椅子《いす》の外《ほか》に、沢山の書物が美しい背皮《せがわ》を並べて、硝子越《ガラスごし》に電燈《でんとう》の光で照らされていた。奥さんは火鉢《ひばち》の前に敷いた座蒲団《ざぶとん》の上へ私を坐《すわ》らせて、「ちっとそこいらにある本でも読んでいて下さい」と断って出て行った。私はちょうど主人の帰りを待ち受ける客のような気がして済まなかった。私は畏《かしこ》まったまま烟草《たばこ》を飲んでいた。奥さんが茶の間で何か下女《げじょ》に話している声が聞こえた。書斎は茶の間の縁側を突き当って折れ曲った角にあるので、棟《むね》の位置からいうと、座敷よりもかえって掛け離れた静かさを領《りょう》していた。一しきりで奥さんの話声《はなしごえ》が已《や》むと、後はしんとした。私は泥棒を待ち受けるような心持で、凝《じっ》としながら気をどこかに配った。

三十分ほどすると、奥さんがまた書斎の入口へ顔を出した。「おや」といって、軽く驚いた時の眼を私に向けた。そうして客に来た人のように鹿爪《しかつめ》らしく[*18]控《ひか》えている私を可笑《おか》しそうに見た。

「それじゃ窮屈《きゅうくつ》でしょう」

「いえ、窮屈じゃありません」

「でも退屈でしょう」

「いいえ。泥棒が来るかと思って緊張しているから退屈でもありません」

奥さんは手に紅茶茶碗《ぢゃわん》を持ったまま、笑いながらそこに立っていた。

「ここは隅《すみ》っこだから番をするには好《よ》くありませんね」と私がいった。

「じゃ失礼ですがもっと真中へ出て来て頂戴《ちょうだい》。ご退屈だろうと思って、お茶を入れて持って来たんですが、茶の間で宜《よろ》しければあちらで上げますから」

私は奥さんの後《あと》に尾《つ》いて書斎を出た。茶の間には綺麗《きれい》な長火鉢《ながひばち》に鉄瓶《てつびん》が鳴っていた。私はそこで茶と菓子のご馳走《ちそう》になった。奥さんは寝《ね》られないといけないといって、茶碗に手を触れなかった。

「先生はやっぱり時々こんな会へお出掛になるんですか」

「いいえ滅多《めった》に出た事はありません。近頃は段々人の顔を見るのが嫌《きら》いになるようです」

こういった奥さんの様子に、別段困ったものだという風《ふう》も見えなかったので、私はつい大胆《だいたん》になった。

「それじゃ奥さんだけが例外なんですか」

「いいえ私も嫌われている一人なんです」

「そりゃ嘘《うそ》です」と私がいった。「奥さん自身嘘と知りながらそうおっしゃるんでしょう」

「なぜ」

「私にいわせると、奥さんが好きになったから世間が嫌いになるんですもの」

「あなたは学問をする方だけあって、中々お上手ね。空《から》っぽな理窟《りくつ》を使いこなす事が。世の中が嫌いになったから、私までも嫌いになったんだともいわれるじゃありませんか。それと同《おん》なじ理窟で」

「両方ともいわれる事はいわれますが、この場合は私の方が正しいのです」

「議論はいやよ。よく男の方は議論だけなさるのね、面白そうに。空の盃《さかずき》でよくああ飽《あ》きずに献酬《けんしゅう》［＊19］が出来ると思いますわ」

奥さんの言葉は少し手痛《てひど》かった。しかしその言葉の耳障《みみざわり》からいうと、決して猛烈なものではなかった。自分に頭脳のある事を相手に認めさせて、そこに一種の誇りを見出《みいだ》すほどに奥さんは現代的でなかった。奥さんはそれよりもっと底の方に沈んだ心を大事にしているらしく見えた。

＊18　真面目くさって、堅苦しい様子。
＊19　酒杯を交わすこと。

十七

私はまだその後《あと》にいうべき事をもっていた。けれども奥さんから徒《いたず》らに議論を仕掛ける男のように取られては困ると思って遠慮した。奥さんは飲み干した紅茶茶碗の底を覗《のぞ》いて黙《だま》っている私を外《そ》らさないように、「もう一杯上げましょうか」と聞いた。私はすぐ茶碗を奥さんの手に渡した。

「いくつ？　一つ？　二ッつ？」

妙なもので角砂糖を撮《つま》み上げた奥さんは、私の顔を見て、茶碗の中へ入れる砂糖の数を聞いた。奥さんの態度は私に媚《こ》びるというほどではなかったけれども、先刻《さっき》の強い言葉を力《つと》めて打ち消そうとする愛嬌《あいきょう》に充ちていた。

私は黙って茶を飲んだ。飲んでしまっても黙っていた。

「あなた大変黙り込んじまったのね」と奥さんがいった。

「何かいうとまた議論を仕掛けるなんて、叱《しか》り付けられそうですから」と私は答えた。

「まさか」と奥さんが再びいった。

二人はそれを緒口《いとくち》にまた話を始めた。そうしてまた二人に共通な興味のある先生を問題にした。

「奥さん、先刻《さっき》の続きをもう少しいわせて下さいませんか。奥さんには空《から》な理窟と聞こえるかも知れませんが、私はそんな上《うわ》の空《そら》でいってる事じゃないんだから」

「じゃおっしゃい」

「今奥さんが急にいなくなったとしたら、先生は現在の通りで生きていられるでしょうか」

「そりゃ分らないわ、あなた。そんな事、先生に聞いてみるより外《ほか》に仕方がないじゃありませんか、私の所へ持って来る問題じゃないわ」

「奥さん、私は真面目《まじめ》ですよ。だから逃げちゃいけません。正直に答えなくちゃ」

「正直よ。正直にいって私には分らないのよ」

「じゃ奥さんは先生をどのくらい愛していらっしゃるんですか。これは先生に聞くよりむしろ奥さんに伺《うかが》っていい質問ですから、あなたに伺います」

「何もそんな事を開き直って聞かなくっても好いじゃありませんか」

「真面目腐《くさ》って聞くがものはない。分り切ってるとおっしゃるんですか」

「まあそうよ」

「そのくらい先生に忠実なあなたが急にいなくなったら、先生はどうなるんでしょう。世の中のどっちを向いても面白そうでない先生は、あなたが急にいなくなったら後でどうなるでしょう。先生から見てじゃない。あなたから見てですよ。あなたから見て、先生は幸福になるでしょうか、不幸になるでしょうか」

「そりゃ私から見れば分っています（先生はそう思っていないかも知れませんが）。先生は私を離れれば不幸になるだけです。あるいは生きていられないかも知れませんよ。そういうと、己惚《おのぼれ》［＊20］になるようですが、私は今先生を人間として出来るだけ幸福にしているんだと信じていますわ。どんな人があっても私ほど先生を幸福にできるものはないとまで思い込んでいますわ。それだからこうして落ち付いていられるんです」

「その信念が先生の心に好《よ》く映るはずだと私は思いますが」

「それは別問題ですわ」

「やっぱり先生から嫌われているとおっしゃるんですか」

「私は嫌われてるとは思いません。嫌われる訳がないんですもの。しかし先生は世間が嫌いなんでしょう。世間というより近頃では人間が嫌いになっているんでしょう。だからその人間の一人《いちにん》として、私も好かれるはずがないじゃありませんか」
奥さんの嫌われるという意味がやっと私に呑《の》み込めた。

＊20 自惚れ。

十八

私は奥さんの理解力に感心した。奥さんの態度が旧式の日本の女らしくないところも私の注意に一種の刺戟《しげき》を与えた。それで奥さんはその頃流行《はや》り始めたいわゆる新しい言葉などはほとんど使わなかった。

私は女というものに深い交際《つきあい》をした経験のない迂濶《うかつ》な青年であった。男としての私は、異性に対する本能から、憧憬《どうけい》の目的物として常に女を夢みていた。けれどもそれは懐《なつ》かしい春の雲を眺めるような心持で、ただ漠然《ばくぜん》と夢みていたに過ぎなかった。だから実際の女の前へ出ると、私の感情が突然変る事が時々あった。私は自分の前に現われた女のために引き付けられる代りに、その場に臨《のぞ》んでかえって変な反撥力《はんぱつりょく》を感じた。奥さんに対した私にはそんな気がまるで出なかった。普通男女《なんにょ》の間に横たわる思想の不平均という考えもほとんど起らなかった。私は奥さんの女であるという事を忘れた。私はただ誠実なる先生の批評家及び同情家として奥さんを眺めた。

「奥さん、私がこの前なぜ先生が世間的にもっと活働なさらないのだろうといって、あなたに聞いた時に、あなたはおっしゃった事がありますね。元はああじゃなかったんだって」

「ええいいました。実際あんなじゃなかったんですもの」

「どんなだったんですか」

「あなたの希望なさるような、また私の希望するような頼もしい人だったんです」

「それがどうして急に変化なすったんですか」

「急にじゃありません、段々ああなって来たのよ」

「奥さんはその間《あいだ》始終先生といっしょにいらしったんでしょう」

「無論いましたわ。夫婦ですもの」

「じゃ先生がそう変って行かれる原因がちゃんと解《わか》るべきはずですがね」

「それだから困るのよ。あなたからそういわれると実に辛《つら》いんですが、私にはどう考えても、考えようがないんですもの。私は今まで何遍《なんぺん》あの人に、どうぞ打ち明けて下さいって頼んで見たか分りゃしません」

「先生は何とおっしゃるんですか」

「何にもいう事はない、何にも心配する事はない、おれはこういう性質になったんだからというだけで、取り合ってくれないんです」

私は黙っていた。奥さんも言葉を途切《とぎ》らした。下女部屋にいる下女はことりとも音をさせなかった。私はまるで泥棒の事を忘れてしまった。

「あなたは私に責任があるんだと思ってやしませんか」と突然奥さんが聞いた。

「いいえ」と私が答えた。

「どうぞ隠さずにいって下さい。そう思われるのは身を切られるより辛いんだから」と奥さんがまたいった。「これでも私は先生のために出来るだけの事はしているつもりなんです」

「そりゃ先生もそう認めていられるんだから、大丈夫です。ご安心なさい、私が保証します」

奥さんは火鉢の灰を掻《か》き馴《な》らした。それから水注《みずさし》［＊21］の水を鉄瓶《てつびん》に注《さ》した。鉄瓶はたちまち鳴りを沈めた。

「私はとうとう辛抱《しんぼう》し切れなくなって、先生に聞きました。私に悪いところがあるなら遠慮なくいって下さい、改められる欠点なら改めるからって、すると先生は、お前に欠点なんかありゃしない、欠点はおれの方にあるだけだというんです。そういわれると、私悲しくなって仕様がないんです、涙が出てなおの事自分の悪いところが聞きたくなるんです」

奥さんは眼の中《うち》に涙をいっぱい溜《た》めた。

＊21　ピッチャー。鉄瓶ややかんに水を注ぐための道具。

十九

始め私は理解のある女性《にょしょう》として奥さんに対していた。私がその気で話しているうちに、奥さんの様子が次第に変って来た。奥さんは私の頭脳に訴える代りに、私の心臓《ハート》を動かし始めた。自分と夫の間には何の蟠《わだかま》りもない、またないはずであるのに、やはり何かある。それだのに眼を開けて見極《みきわ》めようとすると、やはり何にもない。奥さんの苦にする要点はここにあった。

奥さんは最初世の中を見る先生の眼が厭世的《えんせいてき》だから、その結果として自分も嫌われているのだと断言した。そう断言しておきながら、ちっともそこに落ち付いていられなかった。底を割ると、かえってその逆を考えていた。先生は自分を嫌う結果、とうとう世の中まで厭《いや》になったのだろうと推測していた。けれどもどう骨を折っても、その推測を突き留めて事実とする事が出来なかった。先生の態度はどこまでも良人《おっと》らしかった。親切で優しかった。疑いの塊《かたま》りをその日その日の情合《じょうあい》［*22］で包んで、そっと胸の奥にしまっておいた奥さんは、その晩その包みの中を私の前で開けて見せた。

「あなたどう思って？」と聞いた。「私からああなったのか、それともあなたのいう人世観《じんせいかん》とか何とかいうものから、ああなったのか。隠さずいって頂戴《ちょうだい》」

私は何も隠す気はなかった。けれども私の知らないあるものがそこに存在しているとすれば、私の答が何であろうと、それが奥さんを満足させるはずがなかった。そうして私はそこに私の知らないあるものがあると信じていた。

「私には解りません」

奥さんは予期の外《はず》れた時に見る憐《あわ》れな表情をその咄嗟《とっさ》に現わした。私はすぐ私の言葉を継ぎ足した。

「しかし先生が奥さんを嫌っていらっしゃらない事だけは保証します。私は先生自身の口から聞いた通りを奥さんに伝えるだけです。先生は嘘《うそ》を吐《つ》かない方《かた》でしょう」

奥さんは何とも答えなかった。しばらくしてからこういった。

「実は私すこし思い中《あた》る事があるんですけれども……」

「先生がああいう風《ふう》になった原因についてですか」

「ええ。もしそれが原因だとすれば、私の責任だけはなくなるんだから、それだけでも私大変楽になれるんですが、……」

「どんな事ですか」

奥さんはいい渋って膝《ひざ》の上に置いた自分の手を眺めていた。

「あなた判断して下すって。いうから」

「私に出来る判断ならやります」

「みんなはいえないのよ。みんないうと叱《しか》られるから。叱られないところだけよ」

私は緊張して唾液《つばき》を呑み込んだ。

「先生がまだ大学にいる時分、大変仲の好《い》いお友達が一人あったのよ。その方《かた》がちょうど卒業する少し前に死んだんです。急に死んだんです」

奥さんは私の耳に私語《ささや》くような小さな声で、「実は変死したんです」といった。それは「どうして」と聞き返さずにはいられないようないい方であった。

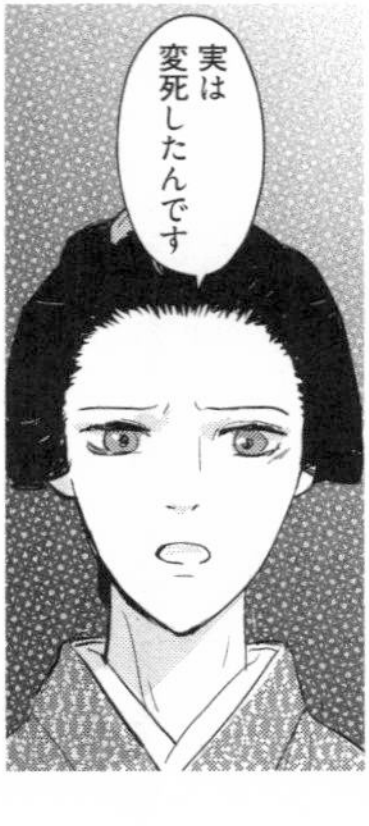

「それっ切りしかいえないのよ。けれどもその事があってから後《のち》なんです。先生の性質が段々変って来たのは。なぜその方が死んだのか、私には解らないの。先生にも恐らく解っていないでしょう。けれどもそれから先生が変って来たと思えば、そう思われない事もないのよ」

「その人の墓ですか、雑司ヶ谷にあるのは」

「それもいわない事になってるからいいません。しかし人間は親友を一人亡《な》くしただけで、そんなに変化できるものでしょうか。私はそれが知りたくって堪《たま》らないんです。だからそこを一つ貴方《あなた》に判断して頂きたいと思うの」

私の判断はむしろ否定の方に傾いていた。

＊22　思いやり。

二十

私は私のつらまえた事実の許す限り、奥さんを慰《なぐさ》めようとした。奥さんもまた出来るだけ私によって慰められたそうに見えた。それで二人は同じ問題をいつまでも話し合った。けれども私はもともと事の大根《おおね》［＊23］を攫《つか》んでいなかった。奥さんの不安も実はそこに漂《ただよ》う薄い雲に似た疑惑《ぎわく》から出て来ていた。事件の真相になると、奥さん自身にも多くは知れていなかった。知れているところでもすっかりは私に話す事が出来なかった。従って慰める私も、慰められる奥さんも、共に波に浮いて、ゆらゆらしていた。ゆらゆらしながら、奥さんはどこまでも手を出して、覚束《おぼつか》ない私の判断に縋《すが》り付こうとした。

十時頃になって先生の靴の音が玄関に聞こえた時、奥さんは急に今までの凡《すべ》てを忘れたように、前に坐《すわ》っている私をそっちのけにして立ち上った。そうして格子《こうし》を開ける先生をほとんど出合頭《であいがしら》に迎えた。私は取り残されながら、後《あと》から奥さんに尾《つ》いて行った。下女だけは仮寝《うたたね》でもしていたと見えて、ついに出て来なかった。

先生はむしろ機嫌がよかった。しかし奥さんの調子は更によかった。今しがた奥さんの美しい眼のうちに溜《たま》った涙の光と、それから黒い眉毛《まゆげ》の根に寄せられた八の字を記憶していた私は、その変化を異常なものとして注意深く眺めた。もしそれが詐《いつわ》りでなかったならば、(実際それは詐りとは思えなかったが)今までの奥さんの訴えは感傷《センチメント》を玩《もてあそ》ぶためにとくに私を相手に拵《こしら》えた、徒《いたず》らな女性《じょせい》の遊戯《ゆうぎ》と取れない事もなかった。もっともその時の私には奥さんをそれほど批評的に見る気は起らなかった。私は奥さんの態度の急に輝いて来たのを見て、むしろ安心した。これならばそう心配する必要もなかったんだと考え直した。

先生は笑いながら「どうもご苦労さま、泥棒は来ませんでしたか」と私に聞いた。それから「来ないんで張合《はりあい》が抜けやしませんか」といった。

帰る時、奥さんは「どうもお気の毒さま」と会釈《えしゃく》した。その調子は忙しいところを暇《ひま》を潰《つぶ》させて気の毒だというよりも、せっかく来たのに泥棒が這入《はい》らなくって気の毒だという冗談のように聞えた。奥さんはそういいながら、先刻《さっき》出した西洋菓子の残りを、紙に包んで私の手に持たせた。私はそれを袂《たもと》へ入れて、人通りの少ない夜寒《よさむ》の小路《こうじ》を曲折して賑《にぎ》やかな町の方へ急いだ。

私はその晩の事を記憶のうちから抽《ひ》き抜いてここへ詳しく書いた。これは書くだけの必要があるから書いたのだが、実をいうと、奥さんに菓子を貰《もら》って帰るときの気分では、それほど当夜の会話を重く見ていなかった。私はその翌日午飯《ひるめし》を食いに学校から帰ってきて、昨夜《ゆうべ》机の上に載せておいた菓子の包みを見ると、すぐその中からチョコレーを塗った鳶色《とびいろ》のカステラを出して頬張《ほおば》った。そうしてそれを食う時に、必竟《ひっきょう》この菓子を私にくれた二人の男女《なんにょ》は、幸福な一対として世の中に存在しているのだと自覚しつつ味わった。

秋が暮れて冬が来るまで格別の事もなかった。私は先生の宅《うち》へ出這《ではい》りをするついでに、衣服の洗い張りや仕立方《したてかた》などを奥さんに頼んだ。それまで繻袢《じゅばん》［*24］というものを着た事のない私が、シャツの上に黒い襟《えり》のかかったものを重ねるようになったのはこの時からであった。子供のない奥さんは、そういう世話を焼くのがかえって退屈凌《しの》ぎになって、結句《けっく》身体《からだ》の薬だぐらいの事をいっていた。

「こりゃ手織《ており》ね。こんな地の好《い》い着物は今まで縫《ぬ》った事がないわ。その代り縫い悪《にく》いのよそりあ。まるで針が立たないんですもの。お蔭《かげ》で針を二本折りましたわ」

こんな苦情をいう時ですら、奥さんは別に面倒臭いという顔をしなかった。

＊23　根本。おおもと。
＊24　和装用の下着。

二十一

冬が来た時、私は偶然国へ帰らなければならない事になった。私の母から受取った手紙の中に、父の病気の経過が面白くない様子を書いて、今が今という心配もあるまいが、年が年だから、出来るなら都合して帰って来てくれと頼むように付け足してあった。

父はかねてから腎臓《じんぞう》を病んでいた。中年以後の人にしばしば見る通り、父のこの病《やまい》は慢《まん》性《せい》であった。その代り要心《ようじん》さえしていれば急変のないものと当人も家族のものも信じて疑わなかった。現に父は養生のお蔭《かげ》一つで、今日《こんにち》までどうかこうか凌《しの》いで来たように客が来ると吹聴《ふいちょう》していた。その父が、母の書信によると、庭へ出て何かしている機《はずみ》に突然眼暈《めまい》がして引ッ繰り返った。家内のものは軽症の脳溢血《のういっけつ》と思い違えて、すぐその手当をした。後で医者からどうもそうではないらしい、やはり持病の結果だろうという判断を得て、始めて卒倒［＊25］と腎臓病とを結び付けて考えるようになったのである。

冬休みが来るにはまだ少し間《ま》があった。私は学期の終りまで待っていても差支《さしつか》えあるまいと思って一日二日そのままにしておいた。するとその一日二日の間に、父の寝ている様子だの、母の心配している顔だのが時々眼に浮かんだ。そのたびに一種の心苦しさを嘗《な》めた私は、とうとう帰る決心をした。国から旅費を送らせる手数《てかず》と時間を省くため、私は暇乞《いとまごい》［＊26］かたがた先生の所へ行って、要《い》るだけの金を一時立て替えてもらう事にした。

先生は少し風邪《かぜ》の気味で、座敷へ出るのが臆劫《おっくう》だといって、私をその書斎に通した。書斎の硝子戸《ガラスど》から冬に入って稀《まれ》に見るような懐《なつ》かしい和《やわ》らかな日光が机掛《つくえか》けの上に射《さ》していた。先生はこの日あたりの好《い》い室《へや》の中へ大きな火鉢を置いて、五徳《ごとく》［＊27］の上に懸けた金盥《かなだらい》［＊28］から立ち上《あが》る湯気で、呼吸《いき》の苦しくなるのを防いでいた。

「大病は好《い》いが、ちょっとした風邪などはかえって厭《いや》なものですね」といった先生は、苦笑しながら私の顔を見た。

先生は病気という病気をした事のない人であった。先生の言葉を聞いた私は笑いたくなった。

「私は風邪ぐらいなら我慢《がまん》しますが、それ以上の病気は真平《まっぴら》です。先生だって同じ事でしょう。試みにやってご覧になるとよく解ります」

「そうかね。私は病気になるくらいなら、死病に罹《かか》りたいと思ってる」

私は先生のいう事に格別注意を払わなかった。すぐ母の手紙の話をして、金の無心［＊29］を申し出た。

「そりゃ困るでしょう。そのくらいなら今手元にあるはずだから持って行きたまえ」

先生は奥さんを呼んで、必要の金額を私の前に並べさせてくれた。それを奥の茶箪笥《ちゃだんす》か何かの抽斗《ひきだし》から出して来た奥さんは、白い半紙の上へ鄭寧《ていねい》に重ねて、「そりゃご心配ですね」といった。

「何遍《なんべん》も卒倒したんですか」と先生が聞いた。

「手紙には何とも書いてありませんが。――そんなに何度も引ッ繰り返るものですか」

「ええ」

先生の奥さんの母親という人も私の父と同じ病気で亡くなったのだという事が始めて私に解った。

「どうせむずかしいんでしょう」と私がいった。

「そうさね。私が代られれば代って上げても好《い》いが。——嘔気《はきけ》はあるんですか」

「どうですか、何とも書いてないから、大方《おおかた》ないんでしょう」

「嘔気さえ来なければまだ大丈夫ですよ」と奥さんがいった。

私はその晩の汽車で東京を立った。

＊25　気を失い倒れること。
＊26　別れの挨拶をすること。
＊27　火鉢の中の灰に据えて、鉄瓶や釜をのせる三本脚の輪形の台。
＊28　金属製のたらい。
＊29　人に物をねだること。

二十二

父の病気は思ったほど悪くはなかった。それでも着いた時は、床《とこ》の上に胡坐《あぐら》をかいて

「みんなが心配するから、まあ我慢してこう凝《じっ》としている。なにもう起きても好《い》いのさ」といった。しかしその翌日からは母が止めるのも聞かずに、とうとう床を上げさせてしまった。母は不承無精《ふしょうぶしょう》［＊30］に太織《ふとおり》の蒲団《ふとん》を畳《たた》みながら、「お父さんはお前が帰って来たので、急に気が強くおなりなんだよ」といった。私には父の挙動がさして虚勢《きょせい》［＊31］を張っているようにも思えなかった。

私の兄はある職を帯びて遠い九州にいた。これは万一の事がある場合でなければ、容易に父母《ちちはは》の顔を見る自由の利《き》かない男であった。妹は他国へ嫁《とつ》いだ。これも急場の間に合うように、おいそれと呼び寄せられる女ではなかった。兄妹《きょうだい》三人のうちで、一番便利なのはやはり書生をしている私だけであった。その私が母のいい付け通り学校の課業を放り出して、休み前に帰って来たという事が、父には大きな満足であった。

「これしきの病気に学校を休ませては気の毒だ。お母さんがあまり仰山《ぎょうさん》な手紙を書くものだからいけない」

父は口ではこういった。こういったばかりでなく、今まで敷いていた床を上げさせて、いつものような元気を示した。

「あんまり軽はずみをしてまた逆回《ぶりかえ》すといけませんよ」

私のこの注意を父は愉快《ゆかい》そうにしかし極《きわ》めて軽く受けた。

「なに大丈夫、これでいつものように要心さえしていれば」

実際父は大丈夫らしかった。家の中を自由に往来して、息も切れなければ、眩暈《めまい》も感じなかった。ただ顔色だけは普通の人よりも大変悪かったが、これはまた今始まった症状でもないので、私達は格別それを気に留めなかった。

私は先生に手紙を書いて恩借《おんしゃく》［＊32］の礼を述べた。正月上京する時に持参するからそれまで待ってくれるようにと断った。そうして父の病状の思ったほど険悪でない事、この分なら当分安心な事、眩暈も嘔気《はきけ》も皆無な事などを書き連ねた。最後に先生の風邪《ふうじゃ》についても一言《いちごん》の見舞を附《つ》け加えた。私は先生の風邪《ふうじゃ》を実際軽く見ていたので。

私はその手紙を出す時に決して先生の返事を予期していなかった。出した後で父や母と先生の噂《うわさ》などをしながら、遥《はる》かに先生の書斎を想像した。

「こんど東京へ行くときには椎茸《しいたけ》でも持って行ってお上げ」

「ええ、しかし先生が干した椎茸なぞを食うかしら」

「旨《うま》くはないが、別に嫌《きら》いな人もないだろう」

私には椎茸と先生を結び付けて考えるのが変であった。

先生の返事が来た時、私は一寸《ちょっと》驚かされた。ことにその内容が特別の用件を含んでいなかった時、驚かされた。先生はただ親切ずくで、返事を書いてくれたんだと私は思った。そう思うと、その簡単な一本の手紙が私には大層な喜びになった。もっともこれは私が先生から受取った第一の手紙には相違《そうい》なかったが。

第一というと私と先生の間に書信の往復がたびたびあったように思われるから、事実は決してそうでない事を一寸《ちょっと》断っておきたい。私は先生の生前にたった二通の手紙しか貰《もら》っていない。その一通は今いうこの簡単な返書で、あとの一通は先生の死ぬ前とくに私宛《あて》で書いた大変長いものである。

父は病気の性質として、運動を慎《つつし》まなければならないので、床《とこ》を上げてからも、ほとんど戸外《そと》へは出なかった。一度天気のごく穏やかな日の午後庭へ下りた事があるが、その時は万一を気遣《きづか》って、私が引き添うように傍《そば》に付いていた。私が心配して自分の肩へ手を掛けさせようとしても、父は笑って応じなかった。

＊30　嫌々ながら行うこと。
＊31　空元気。空威張りすること。

＊32　特別の情けで金品を借りること。またはその金品。

二十三

私は退屈な父の相手としてよく将棋盤《しょうぎばん》に向った。二人とも無精《ぶしょう》な性質《たち》なので、炬燵《こたつ》にあたったまま、盤を櫓《やぐら》の上へ載せて、駒《こま》を動かすたびに、わざわざ手を掛蒲団の下から出すような事をした。時々持駒《もちごま》を失《な》くして、次の勝負の来るまで双方とも知らずにいたりした。それを母が灰の中から見付け出して、火箸《ひばし》で挟み上げるという滑稽《こっけい》もあった。

「碁《ご》だと盤が高過ぎる上に、足が着いているから、炬燵の上では打てないが、そこへ来ると将棋盤は好《い》いね、こうして楽に差せるから。無精者には持って来いだ、もう一番やろう」

父は勝った時は必ずもう一番やろうといった。その癖負けた時にも、もう一番やろうといった。要するに、勝っても負けても、炬燵にあたって、将棋を差したがる男であった。始めのうちは珍しいので、この隠居《いんきょ》じみた娯楽が私にも相当の興味を与えたが、少し時日《じじつ》が経《た》つに伴《つ》れて、若い私の気力はそのくらいな刺戟《しげき》で満足出来なくなった。私は金や香車《きょうしゃ》を握った拳《こぶし》を頭の上へ伸ばして、時々思い切ったあくびをした。

私は東京の事を考えた。そうして漲《みなぎ》る心臓の血潮の奥に、活動活動と打ちつづける鼓動《こどう》を聞いた。不思議にもその鼓動の音が、ある微妙《びみょう》な意識状態から、先生の力で強められているように感じた。

私は心のうちで、父と先生とを比較して見た。両方とも世間から見れば、生きているか死んでいるか分らないほど大人しい男であった。他《ひと》に認められるという点からいえばどっちも零《れい》であった。それでいて、この将棋を差したがる父は、単なる娯楽の相手としても私には物足りなかった。かつて遊興のために往来《ゆきき》をした覚《おぼ》えのない先生は、歓楽の交際から出る親しみ以上にいつか私の頭に影響を与えていた。ただ頭というのはあまりに冷《ひや》やか過ぎるから私は胸といい直したい。肉のなかに先生の力が喰い込んでいるといっても、血のなかに先生の命が流れているといっても、その時の私には少しも誇張《こちょう》でないように思われた。私は父が私の本当の父であり、先生はまたいうまでもなく、あかの他人であるという明白な事実を、ことさらに眼の前に並べてみて、始めて大きな真理でも発見したかの如《ごと》くに驚いた。

私がのつそつし出すと前後して、父や母の眼にも今まで珍しかった私が段々陳腐《ちんぷ》になって来た。これは夏休みなどに国へ帰る誰でもが一様に経験する心持だろうと思うが、当座の一週間ぐらいは下にも置かないように、ちやほや歓待《もてな》されるのに、その峠を定規《ていき》通り通り越すと、あとはそろそろ家族の熱が冷めて来て、しまいには有っても無くっても構わないもののように粗末に取扱われがちになるものである。私も、滞在中にその峠を通り越した。その上私は国へ帰るたびに、父にも母にも解らない変なところを東京から持って帰った。昔でいうと、儒者《じゅしゃ》［＊33］の家へ切支丹《きりしたん》の臭《にお》いを持ち込むように、私の持って帰るものは父とも母とも調和しなかった。無論私はそれを隠していた。けれども元々身に着いているものだから、出すまいと思っても、いつかそれが父や母の眼に留《とま》った。私はつい面白くなくなった。早く東京へ帰りたくなった。

父の病気は幸い現状維持《いじ》のままで、少しも悪い方へ進む模様は見えなかった。念のためにわざわざ遠くから相当の医者を招いたりして、慎重《しんちょう》に診察して貰《もら》ってもやはり私の知っている以外に異状は認められなかった。私は冬休みの尽きる少し前に国を立つ事にした。立つといい出すと、人情は妙なもので、父も母も反対した。

「もう帰るのかい、まだ早いじゃないか」と母がいった。

「まだ四五日いても間に合うんだろう」と父がいった。
私は自分の極《き》めた出立《しゅったつ》の日を動かさなかった。

＊33　儒教を学び、教える者。儒学者。

二十四

東京へ帰ってみると、松飾《まつかざり》はいつか取払われていた。町は寒い風の吹くに任せて、どこを見てもこれというほどの正月めいた景気はなかった。

私は早速《さっそく》先生のうちへ金を返しに行った。例の椎茸もついでに持って行った。ただ出すのは少し変だから、母がこれを差上げてくれといいましたとわざわざ断って奥さんの前へ置いた。椎茸は新しい菓子折に入れてあった。鄭寧《ていねい》に礼を述べた奥さんは、次の間へ立つ時、その折を持ってみて、軽いのに驚かされたのか「こりゃ何のお菓子」と聞いた。奥さんは懇意《こんい》［＊34］になると、こんなところに極めて淡泊《たんぱく》な子供らしい心を見せた。

二人とも父の病気について、色々の掛念《けねん》［＊35］の問を繰り返してくれた中に、先生はこんな事をいった。

「なるほど容体《ようだい》を聞くと、今が今どうという事もないようですが、病気が病気だからよほど気をつけないといけません」

先生は腎臓《じんぞう》の病について私の知らない事を多く知っていた。

「自分で病気に罹《かか》っていながら、気が付かないで平気でいるのがあの病の特色です。私の知ったある士官は、とうとうそれでやられたが、全く嘘《うそ》のような死に方をしたんですよ。何しろ傍《そば》に寝ていた細君《さいくん》が看病をする暇もなんにもないくらいなんですからね。夜中に一寸《ちょっと》苦しいといって、細君を起したぎり、翌《あく》る朝はもう死んでいたんです。しかも細君は夫が寝ているとばかり思ってたんだっていうんだから」

今まで楽天的に傾いていた私は急に不安になった。

「私の父《おやじ》もそんなになるでしょうか。ならんともいえないですね」

「医者は何というのです」

「医者は到底《とても》治らないというんです。けれども当分のところ心配はあるまいというんです」

「それじゃ好《い》いでしょう。医者がそういうなら。私の今話したのは気が付かずにいた人の事で、しかもそれが随分乱暴な軍人なんだから」

私はやや安心した。私の変化を凝《じっ》と見ていた先生は、それからこう付け足した。

「しかし人間は健康にしろ病気にしろ、どっちにしても脆《もろ》いものですね。いつどんな事でどんな死にようをしないとも限らないから」

「先生もそんな事を考えてお出《いで》ですか」

「いくら丈夫の私でも、満更《まんざら》考えない事もありません」

先生の口元には微笑の影が見えた。

「よくころりと死ぬ人があるじゃありませんか。自然に。それからあっと思う間《ま》に死ぬ人もあるでしょう。不自然な暴力で」

「不自然な暴力って何ですか」

「何だかそれは私にも解らないが、自殺する人はみんな不自然な暴力を使うんでしょう」

「すると殺されるのも、やはり不自然な暴力のお蔭《かげ》ですね」

「殺される方はちっとも考えていなかった。なるほどそういえばそうだ」

その日はそれで帰った。帰ってからも父の病気の事はそれほど苦にならなかった。先生のいった自然に死ぬとか不自然の暴力で死ぬとかいう言葉も、その場限りの浅い印象を与えただけで、後は何らのこだわりを私の頭に残さなかった。私は今まで幾度《いくたび》か手を着けようとしては手を引っ込めた卒業論文を、いよいよ本式に書き始めなければならないと思い出した。

*34 親しくすること。
*35 気がかり。心配。

二十五

その年の六月に卒業するはずの私は、ぜひともこの論文を成規《せいき》通り四月いっぱいに書き上げてしまわなければならなかった。二、三、四と指を折って余る時日を勘定《かんじょう》してみた時、私は少し自分の度胸を疑った。他《ほか》のものはよほど前から材料を蒐《あつ》めたり、ノートを溜《た》めたりして、余所目《よそめ》にも忙しそうに見えるのに、私だけはまだ何《なん》にも手を着けずにいた。私にはただ年が改まったら大いにやろうという決心だけがあった。私はその決心でやり出した。そうしてたちまち動けなくなった。今まで大きな問題を空《くう》に描いて、骨組だけはほぼ出来上っているくらいに考えていた私は、頭を抑えて悩み始めた。私はそれから論文の問題を小さくした。そうして練《ね》り上げた思想を系統的に纏《まと》める手数《てすう》を省くために、ただ書物の中にある材料を並べて、それに相当な結論を一寸《ちょっと》付け加える事にした。

私の選択した問題は先生の専門と縁故《えんこ》の近いものであった。私がかつてその選択について先生の意見を尋《たず》ねた時、先生は好《い》いでしょうといった。狼狽《ろうばい》した気味の私は、早速《さっそく》先生の所へ出掛けて、私の読まなければならない参考書を聞いた。先生は自分の知っている限りの知識を、快《こころよ》く私に与えてくれた上に、必要の書物を二三冊貸そうといった。しかし先生はこの点について毫《ごう》も［＊36］私を指導する任に当ろうとしなかった。

「近頃はあんまり書物を読まないから、新しい事は知りませんよ。学校の先生に聞いた方が好いでしょう」

先生は一時非常の読書家であったが、その後《ご》どういう訳か、前ほどこの方面に興味が働かなくなったようだと、かつて奥さんから聞いた事があるのを、私はその時ふと思い出した。私は論文をよそにして、そぞろに口を開いた。

「先生はなぜ元のように書物に興味をもち得ないんですか」

「なぜという訳もありませんが。……つまりいくら本を読んでもそれほどえらくならないと思うせいでしょう。それから……」

「それから、まだあるんですか」

「まだあるというほどの理由でもないが、以前はね、人の前へ出たり、人に聞かれたりして知らないと恥《はじ》のように極《きまり》が悪かったものだが、近頃は知らないという事が、それほどの恥でないように見え出したものだから、つい無理にも本を読んで見ようという元気が出なくなったのでしょう。まあ早くいえば老い込んだのです」

先生の言葉はむしろ平静であった。世間に背中を向けた人の苦味《くみ》を帯びていなかっただけに、私にはそれほどの手応《てごたえ》もなかった。私は先生を老い込んだとも思わない代りに、偉いとも感心せずに帰った。

それからの私はほとんど論文に祟《たた》られた精神病者のように眼を赤くして苦しんだ。私は一年前《ぜん》に卒業した友達について、色々な様子を聞いてみたりした。そのうちの一人《いちにん》は締切《しめきり》の日に車で事務所へ駆《か》けつけてようやく間に合わせたといった。他の一人《いちにん》は五時を十五分ほど後《おく》らして持って行ったため、危うく跳《は》ね付けられようとしたところを、主任教授の好意でやっと受理して貰《もら》ったといった。私は不安を感ずると共に度胸を据《す》えた。毎日机の前で精根《せいこん》のつづく限り働いた。でなければ、薄暗い書庫に這入《はい》って、高い本棚のあちらこちらを見廻《みまわ》した。私の眼は好事《こうず》家《か》［＊37］が骨董《こっとう》でも掘り出す時のように脊表紙《せびょうし》の金文字をあさった。

　梅が咲くにつけて寒い風は段々向きを南へ更《か》えて行った。それが一仕切《ひとしきり》経つと、桜の噂《うわさ》がちらほら私の耳に聞こえ出した。それでも私は馬車馬のように正面ばかり見て、論文に鞭《むちう》たれた。私はついに四月の下旬が来て、やっと予定通りのものを書き上げるまで、先生の敷居《しきい》を跨《また》がなかった。

＊36　少しも。
＊37　風流を好む人。

二十六

私の自由になったのは、八重桜《やえざくら》の散った枝にいつしか青い葉が霞《かす》むように伸び始める初夏の季節であった。私は籠《かご》を抜け出した小鳥の心をもって、広い天地を一目《ひとめ》に見渡しながら、自由に羽搏《はばた》きをした。私はすぐ先生の家《うち》へ行った。枳殻《からたち》〔＊38〕の垣が黒ずんだ枝の上に、萌《もえ》るような芽を吹いていたり、石榴の枯れた幹から、つやつやしい茶褐色の葉が、柔らかそうに日光を映していたりするのが、道々私の眼を引き付けた。私は生れて初めてそんなものを見るような珍しさを覚えた。

先生は嬉《うれ》しそうな私の顔を見て、「もう論文は片付いたんですか、結構ですね」といった。私は「お蔭《かげ》でようやく済みました。もう何にもする事はありません」といった。

実際その時の私は、自分のなすべき凡《すべ》ての仕事がすでに結了《けつりょう》して、これから先は威張《いば》って遊んでいても構わないような晴やかな心持でいた。私は書き上げた自分の論文に対して十分の自信と満足をもっていた。私は先生の前で、しきりにその内容を喋々《ちょうちょう》した〔＊39〕。先生はいつもの調子で、「なるほど」とか、「そうですか」とかいってくれたが、それ以上の批評は少しも加えなかった。私は物足りないというよりも、聊《いささ》か拍《ひょう》子《し》抜《ぬ》けの気味であった。それでもその日私の気力は、因循《いんじゅん》［＊40］らしく見える先生の態度に逆襲《ぎゃくしゅう》を試みるほどに生々《いきいき》していた。私は青く蘇生《よみがえ》ろうとする大きな自然の中に、先生を誘い出そうとした。

「先生どこかへ散歩しましょう。外へ出ると大変好《い》い心持です」

「どこへ」

私はどこでも構わなかった。ただ先生を伴《つ》れて郊外へ出たかった。

一時間の後《のち》、先生と私は目的通り市を離れて、村とも町とも区別の付かない静かな所を宛《あて》もなく歩いた。私はかなめの垣から若い柔らかい葉を挘《も》ぎ取って芝笛《しばぶえ》［＊41］を鳴らした。ある鹿児島人を友達にもって、その人の真似《まね》をしつつ自然に習い覚えた私は、この芝笛というものを鳴らす事が上手であった。私が得意にそれを吹きつづけると、先生は知らん顔

をしてよそを向いて歩いた。

やがて若葉に鎖《と》ざされたように蓊鬱《こんもり》した小高い一構《ひとかま》え［＊42］の下に細い路《みち》が開けた。門の柱に打ち付けた標札に何々園とあるので、その個人の邸宅でない事がすぐ知れた。先生はだらだら上りになっている入口を眺めて、「這入《はい》ってみようか」といった。私はすぐ「植木屋ですね」と答えた。

植込《うえこみ》の中を一うねりして奥へ上ると左側に家《うち》があった。明け放った障子《しょうじ》の内はがらんとして人の影も見えなかった。ただ軒先《のきさき》に据《す》えた大きな鉢の中に飼ってある金魚が動いていた。

「静かだね。断らずに這入《はい》っても構わないだろうか」

「構わないでしょう」

二人はまた奥の方へ進んだ。しかしそこにも人影は見えなかった。躑躅《つつじ》が燃えるように咲き乱れていた。先生はそのうちで樺色《かばいろ》［＊43］の丈《たけ》の高いのを指して、「これは霧島《きりしま》［＊44］でしょう」といった。

芍薬《しゃくやく》［＊45］も十坪《とつぼ》あまり一面に植付けられていたが、まだ季節が来ないので花を着けているのは一本もなかった。この芍薬畠《しゃくやくばたけ》の傍《そば》にある古びた縁台のようなものの上に先生は大の字なりに寝た。私はその余った端《はじ》の方に腰を卸《おろ》して煙草《たばこ》を吹かした。先生は蒼《あお》い透《す》き徹《とお》るような空を見ていた。私は私を包む青葉の色に心を奪われていた。その若葉の色をよくよく眺めると、一々違っていた。同じ楓《かえで》の樹《き》でも同じ色を枝に着けているものは一つもなかった。細い杉苗の頂《いただき》に投げ被《かぶ》せてあった先生の帽子が風に吹かれて落ちた。

＊38 ミカン科の落葉低木。白色の五弁花をつける。
＊39 口数多くしゃべること。
＊40 グズグズして煮え切らないさま。
＊41 若葉の一端を唇に当てて吹き鳴らすもの。
＊42 ひとかたまり。
＊43 赤身の強い茶黄色。
＊44 ツツジ科の常緑低木。3、4cm大の花を咲かせる。
＊45 ボタン科の多年草。

二十七

私はすぐその帽子を取り上げた。所々に着いている赤土を爪《つめ》で弾《はじ》きながら先生を呼んだ。

「先生帽子が落ちました」

「ありがとう」

身体《からだ》を半分起してそれを受取った先生は、起きるとも寝るとも片付かないその姿勢のままで、変な事を私に聞いた。

「突然だが、君の家《うち》には財産がよっぽどあるんですか」

「あるというほどありゃしません」

「まあどのくらいあるのかね。失礼のようだが」

「どのくらいって、山と田地《でんち》が少しあるぎりで、金なんかまるで無いんでしょう」

先生が私の家の経済について、問らしい問を掛けたのはこれが始めてであった。私の方はまだ先生の暮し向きに関して、何も聞いた事がなかった。先生と知り合いになった始め、私は先生がどうして遊んでいられるかを疑った。その後《ご》もこの疑いは絶えず私の胸を去らなかった。しかし私はそんな露骨《あらわ》な問題を先生の前に持ち出すのをぶしつけとばかり思っていつでも控《ひか》えていた。若葉の色で疲れた眼を休ませていた私の心は、偶然またその疑いに触れた。

「先生はどうなんです。どのくらいの財産をもっていらっしゃるんですか」

「私は財産家と見えますか」

先生は平生《へいぜい》［＊46］からむしろ質素な服装《なり》をしていた。それに家内は小人数《こにんず》であった。従って住宅も決して広くはなかった。けれどもその生活の物質的に豊かな事は、内輪に這入《はい》り込まない私の眼にさえ明らかであった。要するに先生の暮しは贅沢《ぜいたく》とはいえないまでも、あたじけなく切り詰めた無弾力性のものではなかった。

「そうでしょう」と私がいった。

「そりゃそのくらいの金はあるさ。けれども決して財産家じゃありません。財産家ならもっと大きな家《うち》でも造るさ」

この時先生は起き上って、縁台の上に胡坐《あぐら》をかいていたが、こういい終ると、竹の杖《つえ》の先で地面の上へ円のようなものを描《か》き始めた。それが済むと、今度はステッキを突き刺すように真直《まっすぐ》に立てた。

「これでも元は財産家なんだがなあ」

先生の言葉は半分独言《ひとりごと》のようであった。それですぐ後《あと》に尾《つ》いて行き損《そこ》なった私は、つい黙っていた。

「これでも元は財産家なんですよ、君」といい直した先生は、次に私の顔を見て微笑した。私はそれでも何とも答えなかった。むしろ不調法《ぶちょうほう》［＊47］で答えられなかったのである。するとと先生がまた問題を他《よそ》へ移した。

「あなたのお父さんの病気はその後《ご》どうなりました」

私は父の病気について正月以後何にも知らなかった。月々国から送ってくれる為替《かわせ》と共に来る簡単な手紙は、例の通り父の手蹟《しゅせき》［＊48］であったが、病気の訴えはそのうちにほとんど見当らなかった。その上書体も確かであった。この種の病人に見る顫《ふるえ》が少しも筆の運びを乱していなかった。

「何ともいって来ませんが、もう好《い》いんでしょう」

「好《よ》ければ結構だが、病症が病症なんだからね」

「やっぱり駄目《だめ》ですかね。でも当分は持ち合ってるんでしょう。何ともいって来ませんよ」

「そうですか」

私は先生が私のうちの財産を聞いたり、私の父の病気を尋ねたりするのを普通の談話――胸に浮かんだままをその通り口にする、普通の談話と思って聞いていた。ところが先生の言葉の底には両方を結び付ける大きな意味があった。先生自身の経験を持たない私は無論そこに気が付くはずがなかった。

＊46　平素。普段。
＊47　うまくできないさま。行き届かない、下手なこと。
＊48　筆跡。

二十八

「君のうちに財産があるなら、今のうちによく始末をつけて貰《もら》っておかないといけないと思うがね、余計なお世話だけれども。君のお父さんが達者なうちに、貰うものはちゃんと貰っておくようにしたらどうですか。万一の事があったあとで、一番面倒の起るのは財産の問題だから」

「ええ」

私は先生の言葉に大した注意を払わなかった。私の家庭でそんな心配をしているものは、私に限らず、父にしろ母にしろ、一人もないと私は信じていた。その上先生のいう事の、先生として、あまりに実際的なのに私は少し驚かされた。しかしそこは年長者に対する平生の敬意が私を無口にした。

「あなたのお父さんが亡《な》くなられるのを今から予想して掛るような言葉遣《ことばつか》いをするのが気に触ったら許してくれたまえ。しかし人間は死ぬものだからね。どんなに達者なものでも、いつ死ぬか分らないものだからね」

先生の口気《こうき》［＊49］は珍しく苦々しかった。

「そんな事をちっとも気に掛けちゃいません」と私は弁解した。

「君の兄妹《きょうだい》は何人でしたかね」と先生が聞いた。

先生はその上に私の家族の人数を聞いたり、親類の有無を尋ねたり、叔父《おじ》や叔母《おば》の様子を問いなどした。そうして最後にこういった。

「みんな好い人ですか」

「別に悪い人間というほどのものもいないようです。大抵田舎者《いなかもの》ですから」

「田舎者はなぜ悪くないんですか」

私はこの追窮《ついきゅう》に苦しんだ。しかし先生は私に返事を考えさせる余裕さえ与えなかった。

「田舎者は都会のものよりかえって悪いくらいなものです。それから、君は今、君の親戚《しんせき》なぞの中《うち》に、これといって、悪い人間はいないようだといいましたね。しかし悪い人間という一種の人間が世の中にあると君は思っているんですか。そんな鋳型《いかた》［＊50］に入れたような悪人は世の中にあるはずがありませんよ。平生はみんな善人なんです、少なくともみんな普通の人間なんです。それが、いざという間際《まぎわ》に、急に悪人に変るんだから恐ろしいのです。だから油断が出来ないんです」

先生のいう事は、ここで切れる様子もなかった。私はまたここで何かいおうとした、すると後ろの方で犬が急に吠《ほ》え出した。先生も私も驚いて後ろを振り返った。縁台の横から後部へ掛けて植付けてある杉苗の傍《そば》に、熊笹《くまざさ》が三坪ほど地を隠すように茂って生えていた。犬はその顔と脊《せ》を熊笹の上に現して、盛んに吠え立てた。そこへ十《とお》ぐらいの子供が馳《か》けて来て犬を叱《しか》り付けた。子供は徽章《きしょう》［＊51］の着いた黒い帽子を被《かぶ》ったまま先生の前へ廻《まわ》って礼をした。

「叔父さん、這入って来る時、家《うち》に誰もいなかったかい」と聞いた。

「誰もいなかったよ」

「姉さんやおっかさんが勝手の方にいたのに」

「そうか、いたのかい」

「ああ。叔父さん、今日《こんち》はって、断って這入って来ると好《よ》かったのに」

先生は苦笑した。懐《ふところ》中から蟇口《がまぐち》を出して、五銭《せん》の白銅《はくどう》を子供の手に握らせた。

「おっかさんにそう言っとくれ。少しここで休まして下さいって」

子供は怜悧《りこう》そうな眼に笑いを漲《みなぎ》らして、首肯《うなず》いてみせた。

「今斥候長《せっこうちょう》［＊52］になってるところなんだよ」

子供はこう断って、躑躅《つつじ》の間を下の方へ駆《か》け下りて行った。犬も尻尾《しっぽ》を高く巻いて子供の後《あと》を追い掛けた。しばらくすると同じくらいの年恰好《としかっこう》の子供が二三人、これも斥候長の下りて行った方へ駆けて行った。

＊49 言い方。口ぶり。
＊50 決まり切った形。定型。
＊51 所属団体などを表すためにつけるバッジ。
＊52 敵の情報や、敵の地形を探る兵の隊長。

二十九

先生の談話は、この犬と子供のために、結末まで進行する事が出来なくなったので、私はついにその要領を得ないでしまった。先生の気にする財産云々《うんぬん》の掛念《けねん》はその時の私には全くなかった。私の性質として、また私の境遇からいって、その時の私には、そんな利害の念に頭を悩ます余地がなかったのである。考えるとこれは私がまだ世間に出ないためでもあり、また実際その場に臨まないためでもあったろうが、とにかく若い私にはなぜか金の問題が遠くの方に見えた。

先生の話のうちでただ一つ底まで聞きたかったのは、人間がいざという間際に、誰でも悪人になるという言葉の意味であった。単なる言葉としては、これだけでも私に解《わか》らない事はなかった。しかし私はこの句についてもっと知りたかった。

犬と子供が去ったあと、広い若葉の園は再び故《もと》の静かさに帰った。そうして我々は沈黙に鎖《と》ざされた人のようにしばらく動かずにいた。うるわしい空の色がその時次第に光を失って来た。眼の前にある樹《き》は大概楓《かえで》であったが、その枝に滴《したた》るように吹いた軽い緑の若葉が、段々暗くなって行くように思われた。遠い往来を荷車を引いて行く響《ひび》きがごろごろと聞こえた。私はそれを村の男が植木か何かを載せて縁日へでも出掛けるものと想像した。先生はその音を聞くと、急に瞑想《めいそう》から呼息《いき》を吹き返した人のように立ち上った。

「もう、そろそろ帰りましょう。大分《だいぶ》日が永くなったようだが、やっぱりこう安閑《あんかん》［*53］としているうちには、いつの間にか暮れて行くんだね」

先生の脊中《せなか》には、さっき縁台の上に仰向《あおむき》に寝た痕《あと》がいっぱい着いていた。私は両手でそれを払い落した。

「ありがとう。脂《やに》［＊54］がこびり着いてやしませんか」

「綺麗《きれい》に落ちました」

「この羽織はつい此間《こないだ》拵《こしら》えたばかりなんだよ。だから無暗《むやみ》に汚して帰ると、妻《さい》に叱られるからね、有難《ありがと》う」

二人はまただらだら坂の中途にある家《うち》の前へ来た。這入る時には誰もいる気色《けしき》の見えなかった縁《えん》に、お上《かみ》さんが、十五六の娘を相手に、糸巻へ糸を巻きつけていた。二人は大きな金魚鉢の横から、「どうもお邪魔《じゃま》をしました」と挨拶《あいさつ》した。お上さんは「いいえお構い申しも致しませんで」と礼を返した後《あと》、先刻《さっき》子供にやった白銅の礼を述べた。

門口を出て二三町来た時、私はついに先生に向って口を切った。

「さきほど先生のいわれた、人間は誰でもいざという間際に悪人になるんだという意味ですね。あれはどういう意味ですか」

「意味といって、深い意味もありません。——つまり事実なんですよ。理屈《りくつ》じゃないんだ」

「事実で差支《さしつかえ》ありませんが、私の伺《うかが》いたいのは、いざという間際という意味なんです。一体どんな場合を指すのですか」

先生は笑い出した。あたかも時機の過ぎた今、もう熱心に説明する張合《はりあい》がないといった風《ふう》に。

「金さ君。金を見ると、どんな君子《くんし》でもすぐ悪人になるのさ」

私には先生の返事があまりに平凡過ぎてつまらなかった。先生が調子に乗らない如《ごと》く、私も拍子《ひょうし》抜《ぬ》けの気味であった。私は澄ましてさっさと歩き出した。いきおい先生は少し後《おく》れがちになった。先生はあとから「おいおい」と声を掛けた。

「そら見たまえ」

「何をですか」

「君の気分だって、私の返事一つですぐ変るじゃないか」

待ち合わせるために振り向いて立ち留まった私の顔を見て、先生はこういった。

＊53　何もせず、のんびりしていること。
＊54　木から出た樹脂など。

三十

その時の私は腹の中で先生を憎《にく》らしく思った。肩を並べて歩き出してからも自分の聞きたい事をわざと聞かずにいた。しかし先生の方では、それに気が付いていたのか、いないのか、まるで私の態度に拘泥《こだわ》る様子を見せなかった。いつもの通り沈黙がちに落付き払った歩調をすまして運んで行くので、私は少し業腹《ごうはら》［＊55］になった。何とかいって一つ先生をやっ付けてみたくなって来た。

「先生」

「何ですか」

「先生はさっき少し昂奮《こうふん》なさいましたね。あの植木屋の庭で休んでいる時に。私は先生の昂奮したのを滅多《めった》に見た事がないんですが、今日は珍しいところを拝見したような気がします」

先生はすぐ返事をしなかった。私はそれを手応《てごたえ》のあったようにも思った。また的が外《はず》れたようにも感じた。仕方がないから後はいわない事にした。すると先生がいきなり道の端《はじ》へ寄って行った。そうして綺麗《きれい》に刈り込んだ生垣《いけがき》の下で、裾《すそ》をまくって小便をした。私は先生が用を足す間ぼんやりそこに立っていた。

「やあ失敬」

先生はこういってまた歩き出した。私はとうとう先生をやり込める事を断念した。私達の通る道は段々賑《にぎ》やかになった。今までちらほらと見えた広い畠《はたけ》の斜面や平地《ひらち》が、全く眼に入《い》らないように左右の家並《いえなみ》が揃《そろ》ってきた。それでも所々宅地の隅《すみ》などに、豌豆《えんどう》の蔓《つる》を竹にからませたり、金網《かなあみ》で鶏《にわとり》を囲い飼いにしたりするのが閑静《かんせい》に眺められた。市中から帰る駄馬《だば》が仕切りなく擦《す》れ違って行った。こんなものに始終気を奪《と》られがちな私は、さっきまで胸の中にあった問題をどこかへ振り落してしまった。先生が突然そこへ後戻りをした時、私は実際それを忘れていた。

「私は先刻《さっき》そんなに昂奮したように見えたんですか」

「そんなにというほどでもありませんが、少し……」

「いや見えても構わない。実際昂奮するんだから。私は財産の事をいうときっと昂奮するんです。君にはどう見えるか知らないが、私はこれで大変執念《しゅうねん》深い男なんだから。人から受けた屈辱《くつじょく》や損害は、十年たっても二十年たっても忘れやしないんだから」

先生の言葉は元よりもなお昂奮していた。しかし私の驚いたのは、決してその調子ではなかった。むしろ先生の言葉が私の耳に訴える意味そのものであった。

　先生の口からこんな自白を聞くのは、いかな私にも全くの意外に相違なかった。私は先生の性質の特色として、こんな執着力《しゅうじゃくりょく》を未《いま》だかつて想像した事さえなかった。私は先生をもっと弱い人と信じていた。そうしてその弱くて高い処《ところ》に、私の懐《なつ》かしみの根を置いていた。一時の気分で先生にちょっと楯《たて》を突いてみようとした私は、この言葉の前に小さくなった。先生はこういった。

「私は他《ひと》に欺《あざむ》かれたのです。しかも血のつづいた親戚《しんせき》のものから欺かれたのです。私は決してそれを忘れないのです。私の父の前には善人であったらしい彼らは、父の死ぬや否《いな》や許しがたい不徳義漢《ふとくぎかん》[＊56]に変ったのです。私は彼らから受けた屈辱と損害を子供の時から今日《きょう》まで脊負《しょ》わされている。恐らく死ぬまで脊負わされ通しでしょう。私は死ぬまでそれを忘れる事が出来ないんだから。しかし

私はまだ復讐《ふくしゅう》をしずにいる。考えると私は個人に対する復讐以上の事を現にやっているんだ。私は彼らを憎むばかりじゃない、彼らが代表している人間というものを、一般に憎む事を覚えたのだ。私はそれで沢山だと思う」

私は慰藉《いしゃ》［＊57］の言葉さえ口へ出せなかった。

＊55　腹が立つこと。
＊56　人としての道に背く悪い男。
＊57　いたわり、慰めること。

三十一

その日の談話も遂《つい》にこれぎりで発展せずにしまった。私はむしろ先生の態度に畏縮《いしゅく》［＊58］して、先へ進む気が起らなかったのである。

二人は市の外れから電車に乗ったが、車内ではほとんど口を聞かなかった。電車を降りると間もなく別れなければならなかった。別れる時の先生はまた変っていた。常よりは晴やかな調子で、「これから六月までは一番気楽な時ですね。ことによると生涯《しょうがい》で一番気楽かも知れない。精出して遊びたまえ」といった。私は笑って帽子を脱《と》った。その時私は先生の顔を見て、先生は果して心のどこで、一般の人間を憎んでいるのだろうかと疑《うたぐ》った。その眼、その口、どこにも厭世的《えんせいてき》の影は射《さ》していなかった。

私は思想上の問題について、大いなる利益を先生から受けた事を自白する。しかし同じ問題について、利益を受けようとしても、受けられない事が間々《まま》あったといわなければならない。先生の談話は時として不得要領《ふとくようりょう》［＊59］に終った。その日二人の間に起った郊外の談話も、この不得要領の一例として私の胸の裏《うち》に残った。

無遠慮な私は、ある時遂《つい》にそれを先生の前に打ち明けた。先生は笑っていた。私はこういった。

「頭が鈍《にぶ》くて要領を得ないのは構いませんが、ちゃんと解《わか》ってる癖《くせ》に、はっきりいってくれないのは困ります」

「私は何にも隠《かく》してやしません」

「隠していらっしゃいます」

「あなたは私の思想とか意見とかいうものと、私の過去とを、ごちゃごちゃに考えているんじゃありませんか。私は貧弱な思想家ですけれども、自分の頭で纏《まと》め上げた考えを無暗《むやみ》に人に隠しやしません。隠す必要がないんだから。けれども私の過去を悉《ことごと》くあなたの前に物語らなくてはならないとなると、それはまた別問題になります」

「別問題とは思われません。先生の過去が生み出した思想だから、私は重きを置くのです。二つのものを切り離したら、私にはほとんど価値のないものになります。私は魂の吹き込まれていない人形を与えられただけで、満足は出来ないのです」

先生はあきれたといった風《ふう》に、私の顔を見た。巻烟草《まきたばこ》を持っていたその手が少し顫《ふる》えた。

「あなたは大胆だ」

「ただ真面目《まじめ》なんです。真面目に人生から教訓を受けたいのです」

「私の過去を訐《あば》いてもですか」

訐くという言葉が、突然恐ろしい響きを以《もっ》て、私の耳を打った。私は今私の前に坐《すわ》っているのが、一人の罪人《ざいにん》であって、不断から尊敬している先生でないような気がした。先生の顔は蒼《あお》かった。

「あなたは本当に真面目なんですか」と先生が念を押した。「私は過去の因果《いんが》で、人を疑りつけている。だから実はあなたも疑《うたぐ》っている。しかしどうもあなただけは疑りたくない。

あなたは疑るには余りに単純すぎるようだ。私は死ぬ前にたった一人で好《い》いから、他《ひと》を信用して死にたいと思っている。あなたはそのたった一人になれますか。なってくれますか。あなたは腹の底から真面目ですか」

「もし私の命が真面目なものなら、私の今いった事も真面目です」

　私の声は顫《ふる》えた。

「よろしい」と先生がいった。「話しましょう。私の過去を残らず、あなたに話して上げましょう。その代り……。いやそれは構わない。しかし私の過去はあなたにとってそれほど有益でないかも知れませんよ。聞かない方が増《まし》かも知れませんよ。それから、——今は話せないんだから、そのつもりでいて下さい。適当の時機が来なくっちゃ話さないんだから」

私は下宿へ帰ってからも一種の圧迫を感じた。

＊58　おそれかしこまって自由に振る舞えず、小さくなること。
＊59　要領を得ず、何を言いたいのかがわからない様子。

三十二

私の論文は自分が評価していたほどに、教授の眼にはよく見えなかったらしい。それでも私は予定通り及第《きゅうだい》した。卒業式の日、私は黴臭《かびくさ》くなった古い冬服を行李《こうり》の中から出して着た。式場に並ぶと、どれもこれもみな暑そうな顔ばかりであった。私は風の通らない厚羅紗《あつらしゃ》［＊60］の下に密封された自分の身体《からだ》を持て余した。しばらく立っているうちに手に持ったハンケチがぐしょぐしょになった。

私は式が済むとすぐ帰って裸体《はだか》になった。下宿の二階の窓をあけて、遠眼鏡《とおめがね》のようにぐるぐる巻いた卒業証書の穴から、見えるだけの世の中を見渡した。それからその卒業証書を机の上に放り出した。そうして大の字なりになって、室《へや》の真中《まんなか》に寝そべった。私は寝ながら自分の過去を顧《かえり》みた。また自分の未来を想像した。するとその間に立って一区切を付けているこの卒業証書なるものが、意味のあるような、また意味のないような変な紙に思われた。

私はその晩先生の家へご馳走《ちそう》に招かれて行った。これはもし卒業したらその日の晩餐《ばんさん》はよそで喰わずに、先生の食卓で済ますという前からの約束であった。

食卓は約束通り座敷の縁《えん》近くに据《す》えられてあった。模様の織り出された厚い糊《のり》の硬《こわ》い卓布《テーブルクロース》が美しくかつ清らかに電燈《でんとう》の光を射返していた。先生のうちで飯を食うと、きっとこの西洋料理店に見るような白いリンネルの上に、箸《はし》や茶碗《ちゃわん》が置かれた。そうしてそれが必ず洗濯したての真白なものに限られていた。

「カラやカフスと同じ事さ。汚れたのを用いるくらいなら、一層《いっそ》始めから色の着いたものを使うが好《い》い。白ければ純白でなくちゃ」

こういわれてみると、なるほど先生は潔癖《けっぺき》であった。書斎なども実に整然《きちり》と片付いていた。無頓着《むとんじゃく》［＊61］な私には、先生のそういう特色が折々著《いちじる》しく眼に留まった。

「先生は癇症《かんしょう》［＊62］ですね」とかつて奥さんに告げた時、奥さんは「でも着物などは、それほど気にしないようですよ」と答えた事があった。それを傍に聞いていた先生は、「本当をいうと、私は精神的に癇症なんです。それで始終苦しいんです。考えると実に馬鹿馬鹿《ばかばか》しい性分《しょうぶん》だ」といって笑った。精神的に癇症という意味は、俗に神経質という意味か、または倫理的に潔癖だという意味か、私には解《わか》らなかった。奥さんにもよく通じないらしかった。

その晩私は先生と向い合わせに、例の白い卓布《たくふ》の前に坐《すわ》った。奥さんは二人を左右に置いて、独り庭の方を正面にして席を占めた。「お目出《めで》とう」といって、先生が私のために盃《さかずき》を上げてくれた。私はこの盃《さかずき》に対してそれほど嬉《うれ》しい気を起さなかった。無論私自身の心がこの言葉に反響するように、飛び立つ嬉しさをもっていなかったのが、一つの原因であった。けれども先生のいい方も決して私の嬉しさを唆《そそ》る浮々《うきうき》した調子を帯びていなかった。先生は笑って杯を上げた。私はその笑いのうちに、ちっとも意地の悪いアイロニー〔＊63〕を認めなかった。同時に目出たいという真情も汲《く》み取る事が出来なかった。先生の笑いは、「世間はこんな場合によくお目出とうといいたがるものですね」と私に物語っていた。

奥さんは私に「結構ね。さぞお父さんやお母さんはお喜びでしょう」といってくれた。

私は突然病気の父の事を考えた。早くあの卒業証書を持って行って見せてやろうと思った。

「先生の卒業証書はどうしました」と私が聞いた。

「どうしたかね、――まだどこかにしまってあったかね」と先生が奥さんに聞いた。

「ええ、たしかしまってあるはずですが」

卒業証書の在処《ありどころ》は二人ともよく知らなかった。

*60 厚い毛織物の衣類。
*61 気にしないこと。こだわらない様子。
*62 潔癖症。
*63 皮肉。あてこすり。

三十三

飯になった時、奥さんは傍《そば》に坐っている下女を次へ立たせて、自分で給仕《きゅうじ》の役をつとめた。これが表立たない客に対する先生の家の仕来《しきた》りらしかった。始めの一二回は私も窮屈《きゅうくつ》を感じたが、度数の重なるにつけ、茶碗を奥さんの前へ出すのが、何でもなくなった。

「お茶？　ご飯？　随分よく食べるのね」

奥さんの方でも思い切って遠慮のない事をいうことがあった。しかしその日は、時候が時候なので、そんなに調戯《からか》われるほど食欲《しょくよく》が進まなかった。

「もうおしまい。あなた近頃大変小食になったのね」

「小食になったんじゃありません。暑いんで食われないんです」

奥さんは下女を呼んで食卓を片付けさせた後《あと》へ、改めてアイスクリームと水菓子《みずかし》を運ばせた。

「これは宅《うち》で拵《こしら》えたのよ」

用のない奥さんには、手製のアイスクリームを客に振舞《ふるま》うだけの余裕があると見えた。私はそれを二杯更《か》えて貰《もら》った。

「君もいよいよ卒業したが、これから何をする気ですか」と先生が聞いた。先生は半分縁側の方へ席をずらして、敷居際《しきいぎわ》で脊中《せなか》を障子《しょうじ》に靠《も》たせていた。

私にはただ卒業したという自覚があるだけで、これから何をしようという目的《あて》もなかった。返事にためらっている私を見た時、奥さんは「教師？」と聞いた。それにも答えずにいると、今度は、「じゃお役人?」とまた聞かれた。私も先生も笑い出した。

「本当いうと、まだ何をする考えもないんです。実は職業というものについて、全く考えた事がないくらいなんですから。だいちどれが善《い》いか、どれが悪いか、自分がやってみた上でないと解らないんだから、選択に困る訳だと思います」

「それもそうね。けれどもあなたは必竟《ひっきょう》[*64]財産があるからそんな呑気《のんき》な事をいっていられるのよ。これが困る人でご覧なさい。中々あなたのように落付いちゃいられないから」

私の友達には卒業しない前から、中学教師の口を探している人があった。私は腹の中で奥さんのいう事実を認めた。しかしこういった。

「少し先生にかぶれたんでしょう」

「碌《ろく》なかぶれ方をして下さらないのね」

先生は苦笑した。

「かぶれても構わないから、その代りこの間いった通り、お父さんの生きてるうちに、相当の財産を分けて貰っておおきなさい。それでないと決して油断はならない」

私は先生といっしょに、郊外の植木屋の広い庭の奥で話した、あの躑躅《つつじ》の咲いている五月の初めを思い出した。あの時帰り途《みち》に、先生が昂奮《こうふん》した語気で、私に物語った強い言葉を再び耳の底で繰り返した。それは強いばかりでなく、むしろ凄《すご》い言葉であった。けれども事実を知らない私には同時に徹底《てってい》しない言葉でもあった。

「奥さん、お宅の財産はよッぽどあるんですか」

「何だってそんな事をお聞きになるの」

「先生に聞いても教えて下さらないから」

奥さんは笑いながら先生の顔を見た。

「教えて上げるほどないからでしょう」

「でもどのくらいあったら先生のようにしていられるか、宅《うち》へ帰って一つ父に談判《だんぱん》する時の参考にしますから聞かして下さい」

先生は庭の方を向いて、澄まして烟草を吹かしていた。相手は自然奥さんでなければならなかった。

「どのくらいってほどありゃしませんわ。まあこうしてどうかこうか暮して行かれるだけよ、あなた。――そりゃどうでも宜《い》いとして、あなたはこれから何か為《な》さらなくっちゃ本当にいけませんよ。先生のようにごろごろばかりしていちゃ……」

「ごろごろばかりしていやしないさ」

先生はちょっと顔だけ向け直して、奥さんの言葉を否定した。

＊64　結局。要するに。

三十四

私はその夜十時過ぎに先生の家を辞した。二三日うちに帰国するはずになっていたので、座を立つ前に私は一寸《ちょっと》暇乞《いとまごい》の言葉を述べた。

「また当分お目にかかれませんから」

「九月には出ていらっしゃるんでしょうね」

私はもう卒業したのだから、必ず九月に出て来る必要もなかった。しかし暑い盛りの八月を東京まで来て送ろうとも考えていなかった。私には位置を求めるための貴重な時間というものがなかった。

「まあ九月頃になるでしょう」

「じゃ随分ご機嫌《きげん》よう。私達もこの夏はことによるとどこかへ行くかも知れないのよ。随分暑そうだから行ったらまた絵端書《えはがき》でも送って上げましょう」

「どちらの見当です。もしいらっしゃるとすれば」

先生はこの問答をにやにや笑って聞いていた。

「何まだ行くとも行かないとも極《き》めていやしないんです」

席を立とうとした時に、先生は急に私をつらまえて、「時にお父さんの病気はどうなんです」と聞いた。私は父の健康についてほとんど知るところがなかった。何ともいって来ない以上、悪くはないのだろうくらいに考えていた。

「そんなに容易《たやす》く考えられる病気じゃありませんよ。尿毒症《にょうどくしょう》［＊65］が出ると、もう駄目なんだから」

尿毒症という言葉も意味も私には解らなかった。この前の冬休みに国で医者と会見した時に、私はそんな術語をまるで聞かなかった。

「本当に大事にしてお上げなさいよ」と奥さんもいった。「毒が脳へ廻るようになると、もうそれっきりよ、あなた。笑い事じゃないわ」

無経験な私は気味を悪がりながらも、にやにやしていた。

「どうせ助からない病気だそうですから、いくら心配したって仕方がありません」

「そう思い切りよく考えれば、それまでですけれども」

奥さんは昔同じ病気で死んだという自分のお母さんの事でも憶《おも》い出したのか、沈んだ調子でこういったなり下を向いた。私も父の運命が本当に気の毒になった。

すると先生が突然奥さんの方を向いた。

「静《しず》、お前はおれより先へ死ぬだろうかね」

「なぜ」

「なぜでもない、ただ聞いてみるのさ。それとも己《おれ》の方がお前より前に片付くかな。大抵世間じゃ旦那《だんな》が先で、細君《さいくん》が後へ残るのが当り前のようになってるね」

「そう極った訳でもないわ。けれども男の方《ほう》はどうしても、そら年が上でしょう」

「だから先へ死ぬという理窟《りくつ》なのかね。すると己《おれ》もお前より先にあの世へ行かなくちゃならない事になるね」

「あなたは特別よ」

「そうかね」

「だって丈夫なんですもの。ほとんど煩《わずら》った例《ためし》がないじゃありませんか。そりゃどうしたって私の方が先だわ」

「先かな」

「え、きっと先よ」

先生は私の顔を見た。私は笑った。

「しかしもしおれの方が先へ行くとするね。そうしたらお前どうする」

「どうするって……」

奥さんはそこで口籠《くちごも》った。先生の死に対する想像的な悲哀が、ちょっと奥さんの胸を襲ったらしかった。けれども再び顔をあげた時は、もう気分を更《か》えていた。

「どうするって、仕方がないわ、ねえあなた。老少不定《ろうしょうふじょう》［＊66］っていうくらいだから」

奥さんはことさらに私の方を見て笑談《じょうだん》らしくこういった。

＊65　腎臓の機能障害による嘔吐、浮腫、意識障害などのこと。
＊66　人の生命は予測しがたく、その点においては老いも若きも変わりはないこと。

三十五

私は立て掛けた腰をまた卸《おろ》して、話の区切の付くまで二人の相手になっていた。

「君はどう思います」と先生が聞いた。

先生が先へ死ぬか、奥さんが早く亡《な》くなるか、固《もと》より私に判断のつくべき問題ではなかった。私はただ笑っていた。

「寿命《じゅみょう》は分りませんね。私にも」

「これぱかりは本当に寿命ですからね。生れた時にちゃんと極った年数をもらって来るんだから仕方がないわ。先生のお父さんやお母さんなんか、ほとんど同《おん》なじよ、あなた、亡くなったのが」

「亡くなられた日がですか」

「まさか日まで同《おん》なじじゃないけれども。でもまあ同なじよ。だって続いて亡くなっちまったんですもの」

この知識は私にとって新しいものであった。私は不思議に思った。

「どうしてそう一度に死なれたんですか」

奥さんは私の問に答えようとした。先生はそれを遮《さえぎ》った。

「そんな話はお止《よ》しよ。つまらないから」

先生は手に持った団扇《うちわ》をわざとばたばたいわせた。そうしてまた奥さんを顧《かえり》みた。

「静、おれが死んだらこの家をお前にやろう」

奥さんは笑い出した。

「ついでに地面も下さいよ」

「地面は他《ひと》のものだから仕方がない。その代りおれの持ってるものは皆《みん》なお前にやるよ」

「どうも有難《ありがと》う。けれども横文字の本なんか貰っても仕様がないわね」

「古本屋に売るさ」

「売ればいくらになって」

先生はいくらともいわなかった。けれども先生の話は、容易《ようい》に自分の死という遠い問題を離れなかった。そうしてその死は必ず奥さんの前に起るものと仮定されていた。奥さんも最初のうちは、わざとたわいのない受け答えをしているらしく見えた。それがいつの間にか、感傷的な女の心を重苦しくした。

「おれが死んだら、おれが死んだらって、まあ何遍《なんべん》おっしゃるの。後生《ごしょう》だからもう好《い》い加減にして、おれが死んだらは止《よ》して頂戴《ちょうだい》。縁喜《えんぎ》でもない。あなたが死んだら、何でもあなたの思い通りにして上げるから、それで好いじゃありませんか」

先生は庭の方を向いて笑った。しかしそれぎり奥さんの厭《いや》がる事をいわなくなった。私もあまり長くなるので、すぐ席を立った。先生と奥さんは玄関まで送って出た。

「ご病人をお大事に」と奥さんがいった。

「また九月に」と先生がいった。

私は挨拶《あいさつ》をして格子《こうし》の外へ足を踏み出した。玄関と門の間にあるこんもりした木犀《もくせい》[*67]の一株が、私の行手を塞《ふさ》ぐように夜陰《やいん》のうちに枝を張っていた。私は二三歩動き出しながら、黒ずんだ葉に被《おお》われているその梢《こずえ》を見て、来《きた》るべき秋の花と香《か》を想《おも》い浮べた。私は先生の宅《うち》とこの木犀とを、以前から心のうちで、離す事の出来ないもののように、いっしょに記憶していた。私が偶然その樹《き》の前に立って、再びこの宅《うち》の玄関を跨《また》ぐべき次の秋に思いを馳《は》せた時、今まで格子の間から射《さ》していた玄関の電燈《でんとう》がふっと消えた。先生夫婦はそれぎり奥へ這入《はいっ》たらしかった。私は一人暗い表へ出た。

私はすぐ下宿へは戻らなかった。国へ帰る前に調える買物もあったし、ご馳走《ちそう》を詰めた胃袋にくつろぎを与える必要もあったので、ただ賑《にぎ》やかな町の方へ歩いて行った。町はまだ宵《よい》の口であった。用事もなさそうな男女《なんにょ》がぞろぞろ動く中に、私は今日私といっしょに卒業したなにがしに会った。彼は私を無理やりにある酒場《バー》へ連れ込んだ。私はそこで麦酒《ビール》の泡のような彼の気焔《きえん》［＊68］を聞かされた。私の下宿へ帰ったのは十二時過ぎであった。

＊67　モクセイ科の常緑小高木。花は甘い香りを放つ。
＊68　威勢のいい話。

三十六

私はその翌日も暑さを冒《おか》して、頼まれものを買い集めて歩いた。手紙で注文を受けた時は何でもないように考えていたのが、いざとなると大変億劫《おっくう》に感ぜられた。私は電車の中で汗を拭《ふ》きながら、他《ひと》の時間と手数《てすう》に気の毒という観念をまるでもっていない田舎者を憎らしく思った。

私はこの一夏を無為《むい》［＊69］に過ごす気はなかった。国へ帰ってからの日程というようなものを予《あらかじ》め作っておいたので、それを履行《りこう》［＊70］するに必要な書物も手に入れなければならなかった。私は半日を丸善《まるぜん》の二階で潰《つぶ》す覚悟でいた。私は自分に関係の深い部門の書籍棚の前に立って、隅から隅まで一冊ずつ点検して行った。

買物のうちで一番私を困らせたのは女の半襟《はんえり》［＊71］であった。小僧にいうと、いくらでも出してはくれるが、さてどれを選んでいいのか、買う段になっては、ただ迷うだけであった。その上価《あたい》が極めて不定であった。安かろうと思って聞くと非常に高かったり、高かろうと考えて、聞かずにいると、かえって大変安かったりした。あるいはいくら比べて見ても、どこから価格の差違が出るのか見当の付かないのもあった。私は全く弱らせられた。そうして心のうちで、なぜ先生の奥さんを煩《わずら》わさなかったかを悔《く》いた。

私は鞄《かばん》を買った。無論和製の下等な品に過ぎなかったが、それでも金具やなどがぴかぴかしているので、田舎ものを威嚇《おど》かすには十分であった。この鞄を買うという事は、私の母の注文であった。卒業したら新しい鞄を買って、そのなかに一切の土産《みやげ》ものを入れて帰るようにと、わざわざ手紙の中に書いてあった。私は文句を読んだ時に笑い出した。私には母の料簡《りょうけん》［＊72］が解らないというよりも、その言葉が一種の滑稽《こっけい》として訴えたのである。

私は暇乞《いとまごい》をする時先生夫婦に述べた通り、それから三日目の汽車で東京を立って国へ帰った。この冬以来父の病気について先生から色々の注意を受けた私は、一番心配しなければならない地位にありながら、どういうものか、それが大して苦にならなかった。私はむしろ父がいなくなったあとの母を想像して気の毒に思った。そのくらいだから私は心のどこかで、父はすでに亡くなるべきものと覚悟していたに違いなかった。九州にいる兄へやった手紙のなかにも、私は父の到底故《とてももと》のような健康体になる見込のない事を述べた。一度などは職務の都合もあろうが、出来るなら繰り合せてこの夏ぐらい一度顔だけでも見に帰ったらどうだとまで書いた。その上年寄《としより》が二人ぎりで田舎にいるのは定めて心細いだろう、我々も子として遺憾《いかん》［＊73］の至《いた》りであるというような感傷的な文句さえ使った。私は実際心に浮ぶままを書いた。けれども書いたあとの気分は書いた時とは違っていた。

私はそうした矛盾《むじゅん》を汽車の中で考えた。考えているうちに自分が自分に気の変りやすい軽薄《けいはく》もののように思われて来た。私は不愉快になった。私はまた先生夫婦の事を想い浮べた。ことに二三日前晩食《ばんめし》に呼ばれた時の会話を憶《おも》い出した。

「どっちが先へ死ぬだろう」

私はその晩先生と奥さんの間に起った疑問をひとり口の内で繰り返してみた。そうして

この疑問には誰も自信をもって答える事が出来ないのだと思った。しかしどっちが先へ死ぬと判然《はっきり》分っていたならば、先生はどうするだろう。奥さんはどうするだろう。先生も奥さんも、今のような態度でいるより外《ほか》に仕方がないだろうと思った。（死に近づきつつある父を国元に控えながら、この私がどうする事も出来ないように）。私は人間をはかないものに観じた。人間のどうする事も出来ない持って生れた軽薄を、はかないものに観じた。

＊69　何もせずに、ぶらぶらしていること。
＊70　実行。
＊71　和装下着の襟に汚れ防止や飾りのためにかける襟。
＊72　教え。気持ち。
＊73　心残りがあること。残念なさま。

両親と私

一

宅《うち》に帰って案外に思ったのは、父の元気がこの前見た時と大して変っていない事であった。

「ああ帰ったかい。そうか、それでも卒業が出来てまあ結構だった。一寸《ちょっと》お待ち、今顔を洗って来るから」

父は庭へ出て何かしていたところであった。古い麦藁帽《むぎわらぼう》の後ろへ、日除《ひよけ》のために括《くく》り付けた薄汚《うすぎた》ないハンケチをひらひらさせながら、井戸のある裏手の方へ廻《まわ》って行った。

学校を卒業するのを普通の人間として当然のように考えていた私《わたくし》は、それを予期以上に喜んでくれる父の前に恐縮《きょうしゅく》した。

「卒業が出来てまあ結構だ」

父はこの言葉を何遍《なんべん》も繰り返した。私は心のうちでこの父の喜びと、卒業式のあった晩先生の家《うち》の食卓で「お目出《めで》とう」といわれた時の先生の顔付とを比較した。私には口で祝ってくれながら、腹の底でけなしている先生の方が、それほどにもないものを珍しそうに嬉しがる父よりも、かえって高尚[＊74]に見えた。　私はしまいに父の無知から出る田舎臭いところに不快を感じ出した。

「大学ぐらい卒業したって、それほど結構でもありません。卒業するものは毎年《まいとし》何百人だってあります」

私は遂《つい》にこんな口の利《き》きようをした。すると父が変な顔をした。

「何も卒業したから結構とばかりいうんじゃない。そりゃ卒業は結構に違いないが、おれのいうのはもう少し意味があるんだ。それがお前に解《わか》っていてくれさえすれば、……」

私は父からその後《あと》を聞こうとした。父は話したくなさそうであったが、とうとうこういった。

「つまり、おれが結構という事になるのさ。おれはお前の知ってる通りの病気だろう。去年の冬お前に会った時、ことによるともう三月《みつき》か四月《よつき》ぐらいなものだろうと思っていたのさ。それがどういう仕合《しあわ》せか、今日《きょう》までこうしている。起居《たちい》に不自由なくこうしている。そこへお前が卒業してくれた。だから嬉しいのさ。せっかく丹精《たんせい》［＊75］した息子が、自分のいなくなった後で卒業してくれるよりも、丈夫なうちに学校を出てくれる方が親の身になれば嬉しいだろうじゃないか。大きな考えをもっているお前から見たら、高《たか》が大学を卒業したぐらいで、結構だ結構だといわれるのは余り面白くもないだろう。しかしおれの方から見てご覧、立場が少し違っているよ。つまり卒業はお前にとってより、このおれにとって結構なんだ。解ったかい」

私は一言《いちごん》もなかった。詫《あや》まる以上に恐縮して俯向《うつむ》いていた。父は平気なうちに自分の死を覚悟していたものと見える。しかも私の卒業する前に死ぬだろうと思い定めていたと見える。その卒業が父の心にどのくらい響くかも考えずいた私は全く愚《おろ》かものであった。私は鞄《かばん》の中から卒業証書を取り出して、それを大事そうに父と母に見せた。証書は何かに圧《お》し潰《つぶ》されて、元の形を失っていた。父はそれを鄭寧《ていねい》に伸《の》した。

「こんなものは巻いたなり手に持って来るものだ」

「中に心《しん》でも入れると好《よ》かったのに」と母も傍《かたわら》から注意した。

父はしばらくそれを眺《なが》めた後《あと》、起《た》って床《とこ》の間の所へ行って、誰の目にもすぐ這入《はい》るような正面へ証書を置いた。いつもの私ならすぐ何とかいうはずであったが、その時の私はまるで平生《へいぜい》と違っていた。父や母に対して少しも逆らう気が起らなかった。私はだまって父の為《な》すがままに任せておいた。一旦《いったん》癖のついた鳥《とり》の子紙《こがみ》［＊76］の証書は、中々父の自由にならなかった。適当な位置に置かれるや否《いな》や、すぐ己《おの》れに自然な勢いを得て倒れようとした。

＊74 知性や品性は高く、立派なこと。
＊75 心を込めてする様子。
＊76 雁皮という落葉低木を主に原材料とした高級な和紙。鶏卵の色をしていることから名がついた。

二

私は母を蔭《かげ》へ呼んで父の病状を尋ねた。

「お父さんはあんなに元気そうに庭へ出たり何《なに》かしているが、あれでいいんですか」

「もう何ともないようだよ。大方好《よ》くおなりなんだろう」

母は案外平気であった。都会から懸《か》け隔《へだ》った森や田の中に住んでいる女の常として、母はこういう事に掛けてはまるで無知識であった。それにしてもこの前父が卒倒《そっとう》した時には、あれほど驚いて、あんなに心配したものを、と私は心のうちで異《い》な感じを抱《いだ》いた。

「でも医者はあの時到底《とても》むずかしいって宣告したじゃありませんか」

「だから人間の身体《からだ》ほど不思議なものはないと思うんだよ。あれほどお医者が手重くいったものが、今までしゃんしゃんしているんだからね。お母さんも始めのうちは心配して、なるべく動かさないようにと思ってたんだがね。それ、あの気性だろう。養生《ようじょう》はしなさるけれども、強情《ごうじょう》でねえ。自分が好《い》いと思い込んだら、中々私のいう事なんか、聞きそうにもなさらないんだからね」

私はこの前帰った時、無理に床《とこ》を上げさして、髭《ひげ》を剃《そ》った父の様子と態度とを思い出した。「もう大丈夫、お母さんがあんまり仰山《ぎょうさん》［＊77］過ぎるからいけないんだ」といったその時の言葉を考えてみると、満更《まんざら》母ばかり責める気にもなれなかった。「しかし傍《はた》でも少しは注意しなくっちゃ」といおうとした私はとうとう遠慮して何にも口へ出さなかった。ただ父の病の性質について、私の知る限りを教えるように話して聞かせた。しかしその大部分は先生と先生の奥さんから得た材料に過ぎなかった。母は別に感動した様子も見せなかった。ただ「へえ、やっぱり同《おん》なじ病気でね。お気の毒だね。いくつでお亡《な》くなりかえ、その方は」などと聞いた。

私は仕方がないから、母をそのままにしておいて直接父に向った。父は私の注意を母よりは真面目《まじめ》に聞いてくれた。「もっともだ。お前のいう通りだ。けれども、己《おれ》の身体は畢竟《ひっきょう》己の身体で、その己の身体についての養生法は、多年の経験上、己が一番よく心得ているはずだからね」といった。それを聞いた母は苦笑した。「それご覧な」といった。

「でも、あれでお父さんは自分でちゃんと覚悟だけはしているんですよ。今度私が卒業して帰ったのを大変喜んでいるのも、全くそのためなんです。生きてるうちに卒業は出来まいと思ったのが、達者［＊78］なうちに免状を持って来たから、それで嬉しいんだって、お父さんは自分でそういっていましたぜ」

「そりゃ、お前、口でこそそうおいいだけれどもね。お腹《なか》のなかではまだ大丈夫だと思ってお出《いで》のだよ」

「そうでしょうか」

「まだまだ十年も二十年も生きる気でお出のだよ。もっとも時々はわたしにも心細いような事をおいいだがね。おれもこの分じゃもう長い事もあるまいよ、おれが死んだら、お前はどうする、一人でこの家《うち》にいる気かなんて」

私は急に父がいなくなって母一人が取り残された時の、古い広い田舎家を想像してみた。この家から父一人を引き去った後《あと》は、そのままで立ち行くだろうか。兄はどうするだろうか。母は何というだろうか。そう考える私はまたここの土を離れて、東京で気楽に暮らして行けるだろうか。私は母を眼の前に置いて、先生の注意――父の丈夫でいるうちに、分けて貰《もら》うものは、分けて貰っておけという注意を、偶然思い出した。

「なにね、自分で死ぬ死ぬっていう人に死んだ試《ため》しはないんだから安心だよ。お父さんなんぞも、死ぬ死ぬっていいながら、これから先まだ何年生きなさるか分るまいよ。それよりか黙ってる丈夫の人の方が剣呑《けんのん》［＊79］さ」

私は理窟《りくつ》から出たとも統計から来たとも知れない、この陳腐［＊80］なような母の言葉を、黙然《もくねん》［＊81］と聞いていた。

＊77　おおげさなさま。
＊78　健康なさま。

*79 あぶないさま。
*80 古臭くありふれていること。
*81 何も言わずにいるさま。

三

私のために赤い飯を炊《た》いて客をするという相談が、父と母の間に起った。私は帰った当日から、あるいはこんな事になるだろうと思って、心のうちで暗にそれを恐れていた。私はすぐ断った。

「あんまり仰山《ぎょうさん》な事は止《よ》して下さい」

私は田舎の客が嫌いだった。飲んだり食ったりするのを、最後の目的としてやって来る彼らは、何か事があれば好《い》いといった風《ふう》の人ばかり揃《そろ》っていた。私は子供の時から彼らの席に侍《じ》するのを心苦しく感じていた。まして自分のために彼らが来るとなると、私の苦痛は一層甚《はなは》だしいように想像された。しかし私は父や母の手前、あんな野鄙《やひ》［*82］な人を集めて騒ぐのは止《よ》せともいいかねた。それで私はただあまり仰山だからとばかり主張した。

「仰山仰山とおいいだが、ちっとも仰山じゃないよ。生涯に二度とある事じゃないんだからね。お客ぐらいするのは当り前だよ。そう遠慮をおしでない」

母は私が大学を卒業したのを、ちょうど嫁でも貰ったと同じ程度に、重く見ているらしかった。

「呼ばなくっても好《い》いが、呼ばないとまた何とかいうから」

これは父の言葉であった。父は彼らの陰口《かげぐち》を気にしていた。実際彼らはこんな場合に、自分達の予期通りにならないと、すぐ何とかいいたがる人々であった。

「東京と違って田舎は蒼蠅《うるさ》いからね」

父はこうもいった。

「お父さんの顔もあるんだから」と母がまた付け加えた。

私は我《が》を張る訳にも行かなかった。どうでも二人の都合の好《い》いようにしたらと思い出した。

「つまり私のためなら、止《よ》して下さいというだけなんです。陰で何か言われるのが厭《いや》だからというご主意なら、そりゃまた別です。あなたがたに不利益な事を私が強いて主張したって仕方がありません」

「そう理窟をいわれると困る」

父は苦い顔をした。

「何もお前のためにするんじゃないとお父さんがおっしゃるんじゃないけれども、お前だって世間への義理ぐらいは知っているだろう」

母はこうなると女だけにしどろもどろな事をいった。その代り口数からいうと、父と私を二人寄せても中々敵《かな》うどころではなかった。

「学問をさせると人間がとかく理窟っぽくなっていけない」

父はただこれだけしかいわなかった。しかし私はこの簡単な一句のうちに父が平生《へいぜい》から私に対してもっている不平の全体を見た。私はその時自分の言葉使いの角張ったところに気が付かずに、父の不平の方ばかりを無理のように思った。

父はその夜また気を更《か》えて、客を呼ぶなら何日《いつ》にするかと私の都合を聞いた。都合の好《い》いも悪いもなしにただぶらぶら古い家の中に寝起《ねお》きしている私に、こんな問を掛けるのは、父の方が折れて出たのと同じ事であった。私はこの穏やかな父の前に拘泥《こだわ》らない頭を下げた。私は父と相談の上招待《しょうだい》の日取を極《き》めた。

その日取のまだ来ないうちに、ある大きな事が起った。それは明治天皇のご病気の報知であった。新聞紙ですぐ日本中へ知れ渡ったこの事件は、一軒の田舎家《いなかや》のうちに多少の曲折《きょくせつ》を経てようやく纏《まと》まろうとした私の卒業祝いを、塵《ちり》の如《ごと》くに吹き払った。

「まあ遠慮申した方がよかろう」

眼鏡《めがね》を掛けて新聞を見ていた父はこういった。父は黙って自分の病気の事も考えているらしかった。私はついこの間の卒業式に例年の通り大学へ行幸《ぎょうこう》［＊83］になった陛下《へいか》を憶《おも》い出したりした。

＊82　いなかびている様子。
＊83　天皇が訪問すること。

四

小勢《こぜい》な人数《にんず》には広過ぎる古い家がひっそりしている中に、私は行李《こうり》を解いて書物を繙《ひもと》き［＊84］始めた。なぜか私は気が落ち付かなかった。あの目眩《めまぐ》るしい東京の下宿の二階で、遠く走る電車の音を耳にしながら、頁《ページ》を一枚一枚にまくって行く方が、気に張りがあって心持よく勉強が出来た。

私はややともすると机にもたれて仮寝《うたたね》［＊85］をした。時にはわざわざ枕《まくら》さえ出して本式に昼寝を貪《むさぼ》る事もあった。眼が覚めると、蟬《せみ》の声を聞いた。うつつから続いているようなその声は、急にやかましく耳の底を掻《か》き乱した。私は凝《じっ》とそれを聞きながら、時に悲しい思いを胸に抱《いだ》いた。

私は筆を執《と》って友達のだれかれに短い端書《はがき》または長い手紙を書いた。その友達のあるものは東京に残っていた。あるものは遠い故郷に帰っていた。返事の来るのも、音信《たより》の届かないのもあった。私は固《もと》より先生を忘れなかった。原稿紙へ細字で三枚ばかり国へ帰ってから以後の自分というようなものを題目にして書き綴《つづ》ったのを送る事にした。私はそれを封じる時、先生は果してまだ東京にいるだろうかと疑《うたぐ》った。先生が奥さんといっしょに宅《うち》を空ける場合には、五十恰好《がっこう》の切下《きりさげ》［＊86］の女の人がどこからか来て、留守番をするのが例になっていた。私がかつて先生にあの人は何ですかと尋《たず》ねたら、先生は何と見えますかと聞き返した。私はその人を先生の親類と思い違えていた。先生は「私には親類はありませんよ」と答えた。先生の郷里にいる続きあいの人々と、先生は一向音信《おんしん》の取りやりをしていなかった。私の疑問にしたその留守番の女の人は、先生とは縁のない奥さんの方の親《しん》戚《せき》であった。私は先生に郵便を出す時、ふと幅の細い帯を楽に後ろで結んでいるその人の姿を思い出した。もし先生夫婦がどこかへ避暑にでも行ったあとへこの郵便が届いたら、あの切下のお婆《ばあ》さんは、それをすぐ転地先へ送ってくれるだけの気転と親切があるだろうかなどと考えた。その癖その手紙のうちにはこれというほどの必要の事も書いてないのを、私はよく承知していた。ただ私は淋《さび》しかった。そうして先生から返事の来るのを予期してかかった。しかしその返事は遂《つい》に来なかった。

父はこの前の冬に帰って来た時ほど将棋《しょうぎ》を差したがらなくなった。将棋盤はほこりの溜《たま》ったまま、床《とこ》の間の隅に片寄せられてあった。ことに陛下のご病気以後父は凝と考え込んでいるように見えた。毎日新聞の来るのを待ち受けて、自分が一番先へ読んだ。それからその読みがらをわざわざ私のいる所へ持って来てくれた。

「おいご覧、今日も天子様の事が詳しく出ている」

父は陛下のことを、つねに天子さまといっていた。

「勿体《もったい》ない話だが、天子さまのご病気も、お父さんのとまあ似たものだろうな」

こういう父の顔には深い掛念《けねん》の曇《くもり》がかかっていた。こういわれる私の胸にはまた父がいつ斃《たお》れるか分らないという心配がひらめいた。

「しかし大丈夫だろう。おれのような下《くだ》らないものでも、まだこうしていられるくらいだから」

父は自分の達者な保証《ほしょう》を自分で与えながら、今にも已《おの》れに落ちかかって来そうな危険を予感しているらしかった。

「お父さんは本当に病気を怖がってるんですよ。お母さんのおっしゃるように、十年も二十年も生きる気じゃなさそうですぜ」

母は私の言葉を聞いて当惑《とうわく》そうな顔をした。

「ちっとまた将棋でも差すように勧めてご覧な」

私は床の間から将棋盤を取り卸《おろ》して、ほこりを拭《ふ》いた。

＊84　巻物の紐を解いたことから、書物を読むという意味。
＊85　寝に入らずに、ついうとうとすること。
＊86　切り下げ髪。髪を結っていないこと。

五

父の元気は次第に衰《おとろ》えて行った。私を驚かせたハンケチ付きの古い麦藁帽子《むぎわらぼうし》が自然と閑《かん》却《きゃく》［＊87］されるようになった。私は黒い煤《すす》けた棚の上に載っているその帽子を眺めるたびに、父に対して気の毒な思いをした。父が以前のように、軽々と動く間は、もう少し慎《つつし》んでくれたらと心配した。父が凝と坐《すわ》り込むようになるとやはり元の方が達者だったのだという気が起った。私は父の健康についてよく母と話し合った。

「全く気のせいだよ」と母がいった。母の頭は陛下の病と父の病とを結び付けて考えていた。私にはそうばかりとも思えなかった。

「気じゃない、本当に身体が悪かないんでしょうか。どうも気分より健康の方が悪くなって行くらしい」

私はこういって、心のうちでまた遠くから相当の医者でも呼んで、一つ見せようかしらと思案した。

「今年の夏はお前もつまらなかろう。せっかく卒業したのに、お祝いもして上げる事が出来ず、お父さんの身体もあの通りだし。それに天子様のご病気で。——いっその事、帰るすぐにお客でも呼ぶ方が好《よ》かったんだよ」

私が帰ったのは七月の五六日で、父や母が私の卒業を祝うために客を呼ぼうといいだしたのは、それから一週間後《ご》であった。そうしていよいよと極めた日はそれからまた一週間の余《よ》も先になっていた。時間に束縛《そくばく》を許さない悠長《ゆうちょう》［＊88］な田舎に帰った私は、お蔭《かげ》で好もしくない社交上の苦痛から救われたも同じ事であったが、私を理解しない母は少しもそこに気が付いていないらしかった。

崩御《ほうぎょ》［＊89］の報知が伝えられた時、父はその新聞を手にして、「ああ、ああ」といった。

「ああ、ああ、天子様もとうとうおかくれになる。己《おれ》も……」

父はその後《あと》をいわなかった。

私は黒いうすものを買うために町へ出た。それで旗竿《はたざお》の球《たま》を包んで、それで旗竿の先へ三寸幅のひらひらを付けて、門の扉の横から斜めに往来へさし出した。旗も黒いひらひらも、風のない空気のなかにだらりと下った。私の宅《うち》の古い門の屋根は藁《わら》で葺《ふ》いてあった。雨や風に打たれたりまた吹かれたりしたその藁の色はとくに変色して、薄く灰色を帯びた上に、所々の凸凹《でこぼこ》さえ眼に着いた。私はひとり門の外へ出て、黒いひらひらと、白いめりんすの地と、地のなかに染出した赤い日の丸の色とを眺めた。それが薄汚ない屋根の甍に映るのも眺めた。私はかつて先生から「あなたの宅《うち》の構えはどんな体裁《ていさい》ですか。私の郷里の方とは大分《だいぶ》趣《おもむき》が違っていますかね」と聞かれた事を思い出した。私は自分の生れたこの古い家を、先生に見せたくもあった。また先生に見せるのが恥《は》ずかしくもあった。

私はまた一人家のなかへ這入《はい》った。自分の机の置いてある所へ来て、新聞を読みながら、遠い東京の有様を想像した。私の想像は日本一の大きな都が、どんなに暗いなかでどんなに動いているだろうかの画面に集められた。私はその黒いなりに動かなければ仕末のつかなくなった都会の、不安でざわざわしているなかに、一点の燈火《とうか》の如くに先生の家を見た。私はその時この燈火が音のしない渦《うず》の中に、自然と捲《ま》き込まれている事に気が付かなかった。しばらくすれば、その灯《ひ》もまたふっと消えてしまうべき運命を、眼の前に控えているのだとは固《もと》より気が付かなかった。

私は今度の事件について先生に手紙を書こうかと思って、筆を執りかけた。私はそれを十行ばかり書いて已《や》めた。書いた所は寸々《すんずん》［＊90］に引き裂いて屑籠《くずかご》へ投げ込んだ。（先生に宛《あ》ててそういう事を書いても仕方がないとも思ったし、前例に徴《ちょう》して［＊91］見ると、とても返事をくれそうになかったから）。私は淋しかった。それで手紙を書くのであった。

そうして返事が来れば好《い》いと思うのであった。

＊87　いいかげんに放っておくこと。
＊88　のんびりとしている様。
＊89　天皇、皇后、皇太后、太皇太后、もしくは、上皇、法皇などが死ぬこと。
＊90　ズタズタに切る様子。
＊91　前例に照らし合わせて。

六

八月の半《なか》ばごろになって、私はある朋友《ほうゆう》［＊92］から手紙を受け取った。その中に地方の中学教員の口があるが行かないかと書いてあった。この朋友は経済の必要上自分でそんな位地を探し廻る男であった。この口も始めは自分のところへかかって来たのだが、もっと好《い》い地方へ相談が出来たので、余った方を私に譲る気で、わざわざ知らせて来てくれたのであった。私はすぐ返事を出して断った。知り合いの中には、随分《ずいぶん》骨を折って教師の職にありつきたがっているものがあるから、その方《ほう》へ廻してやったら好《よ》かろうと書いた。

私は返事を出した後で、父と母にその話をした。二人とも私の断った事に異存はないようであった。

「そんな所へ行かないでも、まだ好《い》い口があるだろう」

こういってくれる裏に、私は二人が私に対してもっている過分な希望を読んだ。迂闊《うかつ》［＊93］な父や母は、不相当な地位と収入とを卒業したての私から期待しているらしかったのである。

「相当の口って、近頃じゃそんな旨《うま》い口は中々あるものじゃありません。ことに兄さんと私とは専門も違うし、時代も違うんだから、二人を同じように考えられちゃ少し困ります」

「しかし卒業した以上は、少なくとも独立してやって行ってくれなくちゃこっちも困る。人からあなたのところのご二男は、大学を卒業なすって何をしてお出《いで》ですかと聞かれた時に返事が出来ないようじゃおれも肩身が狭いから」

父は渋面《じゅうめん》［＊94］をつくった。父の考えは古く住み慣れた郷里から外へ出る事を知らなかった。その郷里の誰彼から、大学を卒業すればいくらぐらい月給が取れるものだろうと聞かれたり、まあ百円ぐらいなものだろうかといわれたりした父はこういう人々に対して、外聞の悪くないように、卒業したての私を片付けたかったのである。広い都を根拠地として考えている私は、父や母から見ると、まるで足を空に向けて歩く奇体［＊95］な人間に異ならなかった。私の方でも、実際そういう人間のような気持を折々起した。私はあからさまに自分の考えを打ち明けるには、あまりに距離の懸隔《けんかく》［＊96］の甚《はなは》だしい父と母の前に黙然《もくねん》としていた。

「お前のよく先生先生という方にでもお願いしたら好《い》いじゃないか。こんな時こそ」

母はこうより外《ほか》に先生を解釈する事が出来なかった。その先生は私に国へ帰ったら父の生きているうちに早く財産を分けて貰《もら》えと勧める人であった。卒業したから、地位の周旋《しゅうせん》［＊97］をしてやろうという人ではなかった。

「その先生は何をしているのかい」と父が聞いた。

「何にもしていないんです」と私が答えた。

私はとくの昔から先生の何もしていないという事を父にも母にも告げたつもりでいた。そうして父はたしかにそれを記憶しているはずであった。

「何もしていないというのは、またどういう訳かね。お前がそれほど尊敬するくらいな人なら何かやっていそうなものだがね」

父はこういって、私を諷《ふう》し［＊98］た。父の考えでは、役に立つものは世の中へ出てみんな相当の地位を得て働いている。必竟《ひっきょう》やくざ［＊99］だから遊んでいるのだと結論しているらしかった。

「おれのような人間だって、月給こそ貰《もら》っちゃいないが、これでも遊んでばかりいるんじゃない」

父はこうもいった。私はそれでもまだ黙っていた。

「お前のいうような偉い方なら、きっと何か口を探して下さるよ。頼んでご覧なのかい」

と母が聞いた。

「いいえ」と私は答えた。

「じゃ仕方がないじゃないか。なぜ頼まないんだい。手紙でも好《い》いからお出しな」

「ええ」

私は生返事《なまへんじ》をして席を立った。

＊92　友人。

＊93　実際の役に立たず、実情から離れていること。
＊94　苦々しい不愉快な顔。
＊95　風変わりなさま。
＊96　大きく隔たりがあること。
＊97　仲立ち。仕事や売買の交渉の世話焼き。
＊98　遠回しに批判すること。
＊99　役に立たない者。まともでない人。

七

父は明らかに自分の病気を恐れていた。しかし医者の来るたびに蒼蠅《うるさ》い質問を掛けて相手を困らす質《たち》でもなかった。医者の方でもまた遠慮して何ともいわなかった。

父は死後の事を考えているらしかった。少なくとも自分がいなくなった後《あと》のわが家《いえ》を想像してみるらしかった。

「子供に学問をさせるのも、好《よ》し悪しだね。せっかく修業をさせると、その子供は決して宅《うち》へ帰って来ない。これじゃ手もなく親子を隔離《かくり》するために学問させるようなものだ」

学問をした結果兄は今遠国《えんごく》にいた。教育を受けた因果で、私はまた東京に住む覚悟を固くした。こういう子を育てた父の愚痴《ぐち》はもとより不合理ではなかった。永年《ながねん》住み古した田舎家の中に、たった一人取り残されそうな母を描き出す父の想像はもとより淋しいに違いなかった。

わが家《いえ》は動かす事の出来ないものと父は信じ切っていた。その中に住む母もまた命のある間は、動かす事の出来ないものと信じていた。自分が死んだ後《あと》、この孤独な母を、たった一人伽藍堂《がらんどう》［＊100］のわが家《いえ》に取り残すのもまた甚《はなは》だしい不安であった。それだのに、東京で好《い》い地位を求めろといって、私を強《し》いたがる父の頭には矛盾《むじゅん》があった。私はその矛盾を可笑《おか》しく思ったと同時に、そのお蔭でまた東京へ出られるのを喜んだ。

私は父や母の手前、この地位を出来るだけの努力で求めつつある如《ごと》くに装《よそお》わなくてはならなかった。私は先生に手紙を書いて、家の事情を精《くわ》しく述べた。もし自分の力で出来る事があったら何でもするから周旋してくれと頼んだ。私は先生が私の依頼《いらい》に取り合うまいと思いながらこの手紙を書いた。また取り合うつもりでも、世間の狭い先生としてはどうする事も出来まいと思いながらこの手紙を書いた。しかし私は先生からこの手紙に対する返事がきっと来るだろうと思って書いた。

私はそれを封じて出す前に母に向っていった。

「先生に手紙を書きましたよ。あなたのおっしゃった通り。一寸《ちょっと》読んでご覧なさい」

母は私の想像したごとくそれを読まなかった。

「そうかい、それじゃ早くお出し。そんな事は他《ひと》が気を付けないでも、自分で早くやるものだよ」

母は私をまだ子供のように思っていた。私も実際子供のような感じがした。

「しかし手紙じゃ用は足りませんよ。どうせ、九月にでもなって、私が東京へ出てからでなくっちゃ」

「そりゃそうかも知れないけれども、またひょっとして、どんな好《い》い口がないとも限らないんだから、早く頼んでおくに越した事はないよ」

「ええ。とにかく返事は来るに極《きま》ってますから、そうしたらまたお話ししましょう」

私はこんな事に掛けて几帳面《きちょうめん》な先生を信じていた。私は先生の返事の来るのを心待に待った。けれども私の予期はついに外《はず》れた。先生からは一週間経《た》っても何の音信《たより》もなかった。

「大方どこかへ避暑にでも行っているんでしょう」

私は母に向って言訳《いいわけ》らしい言葉を使わなければならなかった。そうしてその言葉は母に対する言訳ばかりでなく、自分の心に対する言訳でもあった。私は強いても何かの事情を仮定して先生の態度を弁護しなければ不安になった。

私は時々父の病気を忘れた。いっそ早く東京へ出てしまおうかと思ったりした。その父自身もおのれの病気を忘れる事があった。未来を心配しながら、未来に対する処置《しょち》は一向取らなかった。私はついに先生の忠告通り財産分配の事を父にいい出す機会を得ずに過ぎた。

＊100　広いところに何もないさま。

八

九月始めになって、私はいよいよまた東京へ出ようとした。私は父に向って当分今まで通り学資を送ってくれるようにと頼んだ。

「ここにこうしていたって、あなたのおっしゃる通りの地位が得られるものじゃないですから」

私は父の希望する地位を得るために東京へ行くような事をいった。

「無論口の見付かるまで好《い》いですから」ともいった。

私は心のうちで、その口は到底私の頭の上に落ちて来ないと思っていた。けれども事情にうとい父はまた飽くまでもその反対を信じていた。

「そりゃ僅《わずか》の間《あいだ》の事だろうから、どうにか都合してやろう。その代り永くはいけないよ。相当の地位を得次第《えしだい》独立しなくっちゃ。元来学校を出た以上、出たあくる日から他《ひと》の世話になんぞなるものじゃないんだから。今の若いものは、金を使う道だけ心得ていて、金を取る方は全く考えていないようだね」

父はこの外《ほか》にもまだ色々の小言をいった。その中には、「昔は親は子に食わせて貰ったのに、今の親は子に食われるだけだ」などという言葉があった。それらを私はただ黙って聞いていた。

小言が一通り済んだと思った時、私は静かに席を立とうとした。父はいつ行くかと私に尋ねた。私には早いだけが好《よ》かった。

「お母さんに日を見て貰いなさい」

「そうしましょう」

その時の私は父の前に存外《ぞんがい》大人しかった。私はなるべく父の機嫌《きげん》に逆らわずに、田舎を出ようとした。父はまた私を引き留めた。

「お前が東京へ行くと宅《うち》はまた淋《さび》しくなる。何しろ己《おれ》とお母さんだけなんだからね。そのおれも身体《からだ》さえ達者なら好《い》いが、この様子じゃいつ急にどんな事がないともいえないよ」

私は出来るだけ父を慰《なぐさ》めて、自分の机の置いてある所へ帰った。私は取り散らした書物の間に坐《すわ》って、心細そうな父の態度と言葉とを、幾度か繰り返し眺めた。私はその時また蟬《せみ》の声を聞いた。その声はこの間中聞いたのと違って、つくつく法師《ぼうし》［＊101］の声であった。私は夏郷里に帰って、煮え付くような蟬の声の中に凝《じっ》と坐っていると、変に悲しい心持になる事がしばしばあった。私の哀愁《あいしゅう》はいつもこの虫の烈《はげ》しい音《ね》と共に、心の底に沁《し》み込むように感ぜられた。私はそんな時にはいつも動かずに、一人で一人を見詰めていた。

私の哀愁はこの夏帰省した以後次第に情調を変えて来た。油蟬［＊102］の声がつくつく法師の声に変る如くに、私を取り巻く人の運命が、大きな輪廻《りんね》［＊103］のうちに、そろそろ動いているように思われた。私は淋しそうな父の態度と言葉を繰り返しながら、手紙を出しても返事を寄こさない先生の事をまた憶《おも》い浮かべた。先生と父とは、まるで反対の印象を私に与える点において、比較の上にも、連想の上にも、いっしょに私の頭に上り易《やす》かった。私はほとんど父の凡《すべ》ても知り尽していた。もし父を離れるとすれば、情合《じょうあい》の上に親子の心残りがあるだけであった。先生の多くはまだ私に解《わか》っていなかった。話すと約束されたその人の過去もまだ聞く機会を得ずにいた。要するに先生は私にとって薄暗かった。私はぜひともそこを通り越して、明るい所まで行かなければ気が済まなかった。先生と関係の絶えるのは私にとって大いな苦痛であった。私は母に日を見て貰って、東京へ立つ日取を極めた。

＊101　オーシィーツクツクと鳴く蝉の一種。
＊102　ジイジイと鳴く蝉の一種。
＊103　生き物すべてが繰り返す輪廻転生。流転。

九

私がいよいよ立とうという間際《まぎわ》になって、(たしか二日前の夕方の事であったと思うが、) 父はまた突然引っ繰り返った。私はその時書物や衣類を詰めた行李《こうり》をからげていた。父は風呂《ふろ》へ入ったところであった。父の脊中《せなか》を流しに行った母が大きな声を出して私を呼んだ。私は裸体《はだか》のまま母に後《うしろ》から抱かれている父を見た。それでも座敷へ伴《つ》れて戻った時、父はもう大丈夫だといった。念のために枕元《まくらもと》に坐《すわ》って、濡手拭《ぬれてぬぐい》で父の頭を冷していた私は、九時頃になってようやく形《かた》ばかりの夜食を済ました。

翌日になると父は思ったより元気が好《よ》かった。留めるのも聞かずに歩いて便所へ行ったりした。

「もう大丈夫」

父は去年の暮《くれ》倒れた時に私に向っていったと同じ言葉をまた繰り返した。その時は果して口でいった通りまあ大丈夫であった。私は今度もあるいはそうなるかも知れないと思った。しかし医者はただ用心が肝要［*104］だと注意するだけで、念を押しても判然《はっきり》した事を話してくれなかった。私は不安のために、出立の日が来てもついに東京へ立つ気が起らなかった。

「もう少し様子を見てからにしましょうか」と私は母に相談した。

「そうしておくれ」と母が頼んだ。

母は父が庭へ出たり脊戸《せど》［＊105］へ下りたりする元気を見ている間だけは平気でいる癖に、こんな事が起るとまた必要以上に心配したり気を揉《も》んだりした。

「お前は今日東京へ行くはずじゃなかったか」と父が聞いた。

「ええ、少し延ばしました」と私が答えた。

「おれのためにかい」と父が聞き返した。

私は一寸躊躇《ちょっとちゅうちょ》［＊106］した。そうだといえば、父の病気の重いのを裏書するようなものであった。私は父の神経を過敏にしたくなかった。しかし父は私の心をよく見抜いているらしかった。

「気の毒だね」といって、庭の方を向いた。

私は自分の部屋に這入《はい》って、そこに放り出された行李《こうり》を眺めた。行李はいつ持ち出しても差支《さしつかえ》［＊107］ないように、堅《かた》く括《くく》られたままであった。私はぼんやりその前に立って、また縄を解こうかと考えた。

私は坐ったまま腰を浮かした時の落付かない気分で、また三四日を過ごした。すると父がまた卒倒した。医者は絶対に安臥《あんが》〔＊108〕を命じた。

「どうしたものだろうね」と母が父に聞こえないような小さな声で私にいった。母の顔はいかにも心細そうであった。私は兄と妹に電報を打つ用意をした。けれども寝ている父には、ほとんど何の苦悶《くもん》〔＊109〕もなかった。話をするところなどを見ると、風邪《かぜ》でも引いた時と全く同じ事であった。その上食慾《しょくよく》は不断よりも進んだ。傍《はた》のものが、注意しても容易にいう事を聞かなかった。

「どうせ死ぬんだから、旨《うま》いものでも食って死ななくっちゃ」

私には旨いものという父の言葉が滑稽《こっけい》にも悲酸《ひさん》にも聞こえた。父は旨いものを口に入れられる都には住んでいなかったのである。夜《よ》に入《い》ってかき餅《もち》などを焼いて貰《もら》ってぼりぼり嚙《か》んだ。

「どうしてこう渇《かわ》くのかね。やっぱり心《しん》に丈夫のところがあるのかも知れないよ」

母は失望していいところにかえって頼みを置いた。その癖病気の時にしか使わない渇くという昔風の言葉を、何でも食べたがる意味に用いていた。

伯父《おじ》が見舞に来たとき、父はいつまでも引き留めて帰さなかった。淋《さむ》しいからもっといてくれというのが重な理由であったが、母や私が、食べたいだけ物を食べさせないという不平を訴えるのも、その目的の一つであったらしい。

*104 非常に大切なこと。
*105 家の裏。裏口。
*106 グズグズとためらうこと。
*107 都合の悪い事情。支障。
*108 体を横にして楽になること。
*109 痛みなどで苦しむこと。

十

父の病気は同じような状態で一週間以上つづいた。私はその間《あいだ》に長い手紙を九州にいる兄宛《あて》で出した。妹《いもと》へは母から出させた。私は腹の中で、恐らくこれが父の健康に関して二人へやる最後の音信《たより》だろうと思った。それで両方へいよいよという場合には電報を打つから出て来いという意味を書き込めた。

兄は忙しい職にいた。妹は妊娠中であった。だから父の危険が眼の前に逼《せま》らないうちに呼び寄せる自由は利《き》かなかった。といって、せっかく都合して来たには来たが、間に合わなかったといわれるのも辛《つら》かった。私は電報を掛ける時機について、人の知らない責任を感じた。

「そう判然《はっき》りした事になると私にも分りません。しかし危険はいつ来るか分らないという事だけは承知していて下さい」

停車場《ステーション》のある町から迎えた医者は私にこういった。私は母と相談して、その医者の周旋で、町の病院から看護婦を一人頼む事にした。父は枕元へ来て挨拶《あいさつ》する白い服を着た女を見て変な顔をした。

父は死病に罹《かか》っている事をとうから自覚していた。それでいて、眼前にせまりつつある死そのものには気が付かなかった。

「今に癒《なお》ったらもう一遍《いっぺん》東京へ遊びに行ってみよう。人間はいつ死ぬか分らないからな。何でもやりたい事は、生きてるうちにやっておくに限る」

母は仕方なしに「その時は私もいっしょに伴《つ》れて行って頂きましょう」などと調子を合

せていた。

時とするとまた非常に淋《さみ》しがった。

「おれが死んだら、どうかお母さんを大事にしてやってくれ」

私はこの「おれが死んだら」という言葉に一種の記憶をもっていた。東京を立つ時、先生が奥さんに向って何遍《なんべん》もそれを繰り返したのは、私が卒業した日の晩の事であった。私は笑いを帯びた先生の顔と、縁起《えんぎ》でもないと耳を塞《ふさ》いだ奥さんの様子とを憶《おも》い出した。あの時の「おれが死んだら」は単純な仮定であった。今私が聞くのはいつ起るか分らない事実であった。私は先生に対する奥さんの態度を学ぶ事が出来なかった。しかし口の先では何とか父を紛《まぎ》らさなければならなかった。

「そんな弱い事をおっしゃっちゃいけませんよ。今に癒《なお》ったら東京へ遊びにいらっしゃるはずじゃありませんか。お母さんといっしょに。今度いらっしゃるときっと吃驚《びっくり》しますよ、変っているんで。電車の新しい線路だけでも大変増えていますからね。電車が通るようになれば自然町並も変るし、その上に市区改正もあるし、東京が凝としている時は、まあ二六時中一分もないといっていいくらいです」

私は仕方がないからいわないでいい事まで喋舌《しゃべ》った。父はまた満足らしくそれを聞いていた。

病人があるので自然家《いえ》の出入《でいり》も多くなった。近所にいる親類などは、二日に一人ぐらいの割で、代る代る見舞に来た。中には比較的遠くにいて平生疎遠《へいぜいそえん》なものもあった。「どうかと思ったら、この様子じゃ大丈夫だ。話も自由だし、だいち顔がちっとも痩《や》せていないじゃないか」などといって帰るものがあった。私の帰った当時はひっそりし過ぎるほど静かであった家庭が、こんな事で段々ざわざわし始めた。

その中に動かずにいる父の病気は、ただ面白くない方へ移って行くばかりであった。私は母や伯父《おじ》と相談して、とうとう兄と妹に電報を打った。兄からはすぐ行くという返事が来た。妹の夫からも立つという報知《しらせ》があった。妹はこの前懐妊《かいにん》［＊110］した時に流産したので、今度こそは癖にならないように大事を取らせるつもりだと、かねていい越したその夫は、妹の代りに自分で出て来るかも知れなかった。

＊110　妊娠。

十一

こうした落付《おちつき》のない間にも、私はまだ静かに坐る余裕をもっていた。偶《たま》には書物を開けて十頁《ページ》もつづけざまに読む時間さえ出て来た。一旦《いったん》堅く括《くく》られた私の行李《こうり》［*111］は、いつの間にか解かれてしまった。私は要《い》るに任せて、その中から色々なものを取り出した。私は東京を立つ時、心のうちで極《き》めた、この夏中の日課を顧《かえり》みた。私のやった事はこの日課の三《さん》が一《いち》［*112］にも足らなかった。私は今までもこういう不愉快を何度となく重ねて来た。しかしこの夏ほど思った通り仕事の運ばない例《ためし》も少なかった。これが人の世の常だろうと思いながらも私は厭《いや》な気持に抑え付けられた。

私はこの不快の裏《うち》に坐りながら、一方に父の病気を考えた。父の死んだ後《あと》の事を想像した。そうしてそれと同時に、先生の事を一方に思い浮べた。私はこの不快な心持の両端《りょうたん》に地位、教育、性格の全然異《こと》なった二人の面影を眺めた。

私が父の枕元《まくらもと》を離れて、独り取り乱した書物の中に腕組をしているところへ母が顔を出した。

「少し午眠《ひるね》でもおしよ。お前もさぞ草臥《くたび》れるだろう」

母は私の気分を了解していなかった。私も母からそれを予期するほどの子供でもなかった。私は簡単に礼を述べた。母はまだ室《へや》の入口に立っていた。

「お父さんは？」と私が聞いた。

「今よく寝てお出《いで》だよ」と母が答えた。

母は突然這入《はい》って来て私の傍《そば》に坐った。

「先生からまだ何ともいって来ないかい」と聞いた。

母はその時の私の言葉を信じていた。その時の私は先生からきっと返事があると母に保証した。しかし父や母の希望するような返事が来るとは、その時の私もまるで期待しなかった。私は心得があって母を欺《あざむ》いたと同じ結果に陥《おちい》った。

「もう一遍《いっぺん》手紙を出してご覧な」と母がいった。

役に立たない手紙を何通書こうと、それが母の慰安《いあん》になるなら、手数《てすう》を厭《いと》うような私ではなかった。けれどもこういう用件で先生にせまるのは私の苦痛であった。私は父に叱《しか》られたり、母の機嫌を損じたりするよりも、先生から見下げられるのを遥《はる》かに恐れていた。あの依頼に対して今まで返事の貰えないのも、あるいはそうした訳からじゃないかしらという邪推《じゃすい》［＊113］もあった。

「手紙を書くのは訳はないですが、こういう事は郵便じゃとても埒《らち》は明き［＊114］ませんよ。どうしても自分で東京へ出て、じかに頼んで廻らなくっちゃ」

「だってお父さんがあの様子じゃ、お前、いつ東京へ出られるか分らないじゃないか」

「だから出やしません。癒《なお》るとも癒らないとも片付かないうちは、ちゃんとこうしているつもりです」

「そりゃ解《わか》り切った話だね。今にもむずかしいという大病人《たいびょうにん》を放《ほっ》ちらかしておいて、誰が勝手に東京へなんか行けるものかね」

私は始め心のなかで、何も知らない母を憐《あわ》れんだ。しかし母がなぜこんな問題をこのざわざわした際に持ち出したのか理解出来なかった。私が父の病気をよそに、静かに坐ったり書見したりする余裕のある如《ご》くに、母も眼の前の病人を忘れて、外《ほか》の事を考えるだけ、胸に空地《すきま》があるのかしらと疑《うたぐ》った。その時「実はね」と母がいい出した。

「実はお父さんの生きてお出のうちに、お前の口が極ったらさぞ安心なさるだろうと思うんだがね。この様子じゃ、とても間に合わないかも知れないけれども、それにしても、まだああやって口も慥《たし》かなら気も慥かなんだから、ああしてお出のうちに喜ばして上げるように親孝行をおしな」
憐《あわ》れな私は親孝行の出来ない境遇にいた。私は遂《つい》に一行の手紙も先生に出さなかった。

＊111 竹などで作った旅用の荷物などを入れるかぶせ蓋付きの入れ物。
＊112 三分の一。
＊113 ひがんで、悪く推し量ること。
＊114 物事のかたがつくこと。

十二

兄が帰って来た時、父は寝ながら新聞を読んでいた。父は平生から何を措《お》いても新聞だけには眼を通す習慣があったが、床《とこ》についてからは、退屈のためなおさらそれを読みたがった。母も私も強いては反対せずに、なるべく病人の思い通りにさせておいた。

「そういう元気なら結構なものだ。よっぽど悪いかと思って来たら、大変好《い》いようじゃありませんか」

兄はこんな事をいいながら父と話をした。その賑《にぎ》やか過ぎる調子が私にはかえって不調和に聞こえた。それでも父の前を外して私と差し向いになった時は、むしろ沈んでいた。

「新聞なんか読ましちゃいけなかないか」

「私もそう思うんだけれども、読まないと承知しないんだから、仕様がない」

兄は私の弁解を黙って聞いていた。やがて、「よく解るのかな」といった。兄は父の理解力が病気のために、平生よりもよっぽど鈍っているように観察したらしい。

「そりゃ慥《たし》か［＊115］です。私はさっき二十分ばかり枕元に坐って色々話してみたが、調子の狂ったところは少しもないです。あの様子じゃことによるとまだ中々持つかも知れませんよ」

兄と前後して着いた妹の夫の意見は、我々よりもよほど楽観的であった。父は彼に向って妹の事をあれこれと尋ねていた。「身体《からだ》が身体だから無暗《むやみ》に汽車になんぞ乗って揺れない方が好い。無理をして見舞に来られたりすると、かえってこっちが心配だから」といっていた。「なに今に治ったら赤ん坊の顔でも見に、久し振りにこっちから出掛るから差支《さしつかえ》ない」ともいっていた。

乃木《のぎ》大将の死んだ時も、父は一番さきに新聞でそれを知った。

「大変だ大変だ」といった。

　何事も知らない私達はこの突然な言葉に驚かされた。

「あの時はいよいよ頭が変になったのかと思って、ひやりとした」と後で兄が私にいった。「私も実は驚きました」と妹の夫も同感らしい言葉つきであった。

　その頃の新聞は実際田舎ものには日《ひ》毎《ごと》に待ち受けられるような記事ばかりであった。私は父の枕元に坐って鄭寧《ていねい》にそれを読んだ。読む時間のない時は、そっと自分の室《へや》へ持って来て、残らず眼を通した。私の眼は長い間、軍服を着た乃木大将と、それから官女《かんじょ》みたよ

うな服装《なり》をしたその夫人の姿を忘れる事が出来なかった。

悲痛な風が田舎の隅まで吹いて来て、眠たそうな樹《き》や草を震わせている最中に、突然私は一通の電報を先生から受取った。洋服を着た人を見ると犬が吠《ほ》えるような所では、一通の電報すら大事件であった。それを受取った母は、果して驚いたような様子をして、わざわざ私を人のいない所へ呼び出した。

「何だい」といって、私の封を開くのを傍《そば》に立って待っていた。

電報には一寸《ちょっと》会いたいが来られるかという意味が簡単に書いてあった。私は首を傾けた。

「きっとお頼《たの》もうしておいた口の事だよ」と母が推断［＊116］してくれた。

私もあるいはそうかも知れないと思った。しかしそれにしては少し変だとも考えた。とにかく兄や妹の夫まで呼び寄せた私が父の病気を打遣《うちや》って、東京へ行く訳には行かなかった。私は母と相談して行かれないという返電を打つ事にした。出来るだけ簡略な言葉で父の病気の危篤《きとく》に陥《おちい》りつつある旨《むね》も付け加えたが、それでも気が済まなかったから、委細《いさい》［＊117］手紙として、細かい事情をその日のうちに認《したた》めて郵便で出した。頼んだ位地［＊118］の事とばかり信じ切った母は、「本当に間の悪い時は仕方のないものだね」といって残念そうな顔をした。

＊115 明白なこと。
＊116 推し量り、判断すること。
＊117 詳しいこと。詳細。
＊118 くらい。地位。

十三

私の書いた手紙はかなり長いものであった。母も私も今度こそ先生から何とかいって来るだろうと考えていた。すると手紙を出して二日目にまた電報が私宛《あて》で届いた。それには来ないでもよろしいという文句だけしかなかった。私はそれを母に見せた。

「大方手紙で何とかいってきて下さるつもりだろうよ」

母はどこまでも先生が私のために衣食の口を周旋してくれるものとばかり解釈しているらしかった。私もあるいはそうかとも考えたが、先生の平生から推《お》して見ると、どうも変に思われた。「先生が口を探してくれる」。これは有り得べからざる事のように私には見えた。

「とにかく私の手紙はまだ向うへ着いていないはずだから、この電報はその前に出したものに違いないですね」

私は母に向ってこんな分り切った事をいった。母はまたもっともらしく思案しながら「そうだね」と答えた。私の手紙を読まない前に、先生がこの電報を打ったという事が、先生を解する上において何の役にも立たないのは知れているのに。

その日はちょうど主治医が町から院長を連れて来るはずになっていたので、母と私はそれぎりこの事件について話をする機会がなかった。二人の医者は立ち合いの上病人に浣《かん》腸《ちょう》などをして帰って行った。

父は医者から安《あん》臥《が》を命ぜられて以来、両便とも寝たまま他《ひと》の手で始末して貰《もら》っていた。潔《けっ》癖《ぺき》な父は最初の間こそ甚《はなは》だしくそれを忌《い》み嫌ったが、身体《からだ》が利《き》かないので、已《やむ》を得ずいやいや床《とこ》の上で用を足した。それが病気の加減で頭がだんだん鈍くなるのか何だか、日を経《ふ》るに従って、無《ぶ》精《しょう》な排《はい》泄《せつ》を意としないようになった。たまには蒲《ふ》団《とん》や敷布を汚して、傍《はた》のものが眉《まゆ》を寄せるのに、当人はかえって平気でいたりした。もっとも尿の量は病気の性質として、極めて少なくなった。医者はそれを苦にした。食慾も次第に衰《おとろ》えた。たまに何か欲しがっても、舌が欲しがるだけで、咽喉《のど》から下へはごく僅《わずか》しか通らなかった。好きな新聞も手に取る気力がなくなった。枕の傍《そば》にある老眼鏡《ろうがんきょう》は、いつまでも黒い鞘《さや》に納められたままであった。子供の時分から仲の好《よ》かった作さんという今では一里ばかり隔《へだ》たった所に住んでいる人が見舞に来た時、父は「ああ作さんか」といって、どんよりした眼を作さんの方に向けた。

「作さんよく来てくれた。作さんは丈夫で羨《うらや》ましいね。己《おれ》はもう駄目だ」

「そんな事はないよ。お前なんか子供は二人とも大学を卒業するし、少しぐらい病気になったって、申し分はないんだ。おれをご覧よ。かかあには死なれるしさ、子供はなしさ。ただこうして生きているだけの事だよ。達者だって何の楽しみもないじゃないか」

浣腸をしたのは作さんが来てから二三日あとの事であった。父は医者のお蔭《かげ》で大変楽になったといって喜んだ。少し自分の寿命に対する度胸が出来たという風《ふう》に機嫌が直った。傍《そば》にいる母は、それに釣り込まれたのか、病人に気力を付けるためか、先生から電報のきた事を、あたかも私の位置が父の希望する通り東京にあったように話した。傍《そば》にいる私はむずがゆい心持がしたが、母の言葉を遮《さえぎ》る訳にも行かないので、黙って聞いていた。病人は嬉《うれ》しそうな顔をした。

「そりゃ結構です」と妹の夫もいった。

「何の口だかまだ分らないのか」と兄が聞いた。

私は今更それを否定する勇気を失った。自分にも何とも訳の分らない曖昧《あいまい》な返事をして、わざと席を立った。

十四

父の病気は最後の一撃を待つ間際《まぎわ》まで進んで来て、そこでしばらく躊躇《ちゅうちょ》するように見えた。家のものは運命の宣告が、今日下るか、今日下《くだ》るかと思って、毎夜床《とこ》に這入《はい》った。

父は傍《はた》のものを辛《つら》くするほどの苦痛をどこにも感じていなかった。その点になると看病はむしろ楽であった。要心《ようじん》のために、誰か一人ぐらいずつ代る代る起きてはいたが、あとのものは相当の時間に各自《めいめい》の寝床《ねどこ》へ引き取って差支《さしつかえ》なかった。何かの拍子《ひょうし》で眠れなかった時、病人の唸《うな》るような声を微《かす》かに聞いたと思い誤った私は、一遍夜半《よなか》に床を抜け出して、念のため父の枕元まで行ってみた事があった。その夜は母が起きている番に当っていた。しかしその母は父の横に肱《ひじ》を曲げて枕としたなり寝入っていた。父も深い眠りの裏《うち》にそっと置かれた人のように静かにしていた。私は忍び足でまた自分の寝床へ帰った。

私は兄といっしょの蚊帳《かや》の中に寝た。妹の夫だけは、客扱いを受けているせいか、独り離れた座敷に入《い》って休んだ。

「関さんも気の毒だね。ああ幾日も引っ張られて帰れなくっちゃあ」

関というのはその人の苗字《みょうじ》であった。

「しかしそんなに忙しい身体でもないんだから、ああして泊っていてくれるんでしょう。関さんよりも兄さんの方が困るでしょう、こう長くなっちゃ」

「困っても仕方がない。外《ほか》の事と違うからな」

兄と床を並べて寝る私は、こんな寝物語りをした。兄の頭にも私の胸にも、父はどうせ助からないという考えがあった。どうせ助からないものならばという考えもあった。我々は子として親の死ぬのを待っているようなものであった。しかし子としての我々はそれを言葉の上に表すのを憚《はばか》った。そうしてお互いにお互いがどんな事を思っているかをよく理解し合っていた。

「お父さんは、まだ治る気でいるようだな」と兄が私にいった。

実際兄のいう通りに見えるところもないではなかった。近所のものが見舞にくると、父は必ず会うといって承知しなかった。会えばきっと、私の卒業祝いに呼ぶ事が出来なかったのを残念がった。その代り自分の病気が治ったらというような事も時々付け加えた。

「お前の卒業祝いは已《や》めになって結構だ。おれの時には弱ったからね」と兄は私の記憶を突ッついた。私はアルコールに煽《あお》られ［＊119］たその時の乱雑な有様を思い出して苦笑した。飲むものや食うものを強いて廻る父の態度も、にがにがしく私の眼に映った。

私達はそれほど仲の好《い》い兄弟ではなかった。小《ち》さいうちは好《よ》く喧嘩《けんか》をして、年の少ない私の方がいつでも泣かされた。学校へ這入《はい》ってからの専門の相違も、全く性格の相違から出ていた。大学にいる時分の私は、ことに先生に接触した私は、遠くから兄を眺めて、常に動物的だと思っていた。私は長く兄に会わなかったので、また懸《か》け隔《へだ》たった遠くにいたので、時からいっても距離からいっても、兄はいつでも私には近くなかったのである。それでも久し振りにこう落ち合ってみると、兄弟の優しい心持がどこからか自然に湧《わ》いて出た。場合が場合なのもその大きな原因になっ

ていた。二人に共通な父、その父の死のうとしている枕元で、兄と私は握手したのであった。

「お前これからどうする」と兄は聞いた。私はまた全く見当の違った質問を兄に掛けた。

「一体家《うち》の財産はどうなってるんだろう」

「おれは知らない。お父さんはまだ何ともいわないから。しかし財産っていったところで金としては高の知れたものだろう」

　母はまた母で先生の返事の来るのを苦にしていた。

「まだ手紙は来ないかい」と私を責めた。

＊119　たきつける。刺激して行動を起こさせる。

十五

「先生先生というのは一体誰の事だい」と兄が聞いた。

「こないだ話したじゃないか」と私は答えた。私は自分で質問しておきながら、すぐ他《ひと》の説明を忘れてしまう兄に対して不快の念を起した。

「聞いた事は聞いたけれども」

兄は必竟《ひっきょう》聞いても解《わか》らないというのであった。私から見ればなにも無理に先生を兄に理解して貰う必要はなかった。けれども腹は立った。また例の兄らしいところが出て来たと思った。

先生先生と私が尊敬する以上、その人は必ず著名の士でなくてはならないように兄は考えていた。少なくとも大学の教授ぐらいだろうと推察していた。名もない人、何もしていない人、それがどこに価値をもっているだろう。兄の腹はこの点において、父と全く同じものであった。けれども父が何も出来ないから遊んでいるのだと速断するのに引きかえて、兄は何かやれる能力があるのに、ぶらぶらしているのはつまらん人間に限るといった風《ふう》の口吻《こうふん》［＊120］を洩《も》らした。

「イゴイスト［＊121］はいけないね。何もしないで生きていようというのは横着［＊122］な了簡《りょうけん》［＊123］だからね。人は自分のもっている才能を出来るだけ働かせなくっちゃ嘘《うそ》だ」

私は兄に向って、自分の使っているイゴイストという言葉の意味がよく解るかと聞き返してやりたかった。

「それでもその人のお蔭で地位が出来ればまあ結構だ。お父さんも喜んでるようじゃないか」

兄は後からこんな事をいった。先生から明瞭《めいりょう》な手紙の来ない以上、私はそう信ずる事も出来ず、またそう口に出す勇気もなかった。それを母の早呑込《はやのみこみ》でみんなにそう吹聴《ふいちょう》［＊124］してしまった今となってみると、私は急にそれを打ち消す訳に行かなくなった。私は母に催促されるまでもなく、先生の手紙を待ち受けた。そうしてその手紙に、どうかみんなの考えているような衣食の口の事が書いてあればいいがと念じた。私は死に瀕《ひん》し［＊125］ている父の手前、その父に幾分でも安心させてやりたいと祈りつつある母の手前、働かなければ人間でないようにいう兄の手前、その他《た》妹の夫だの伯父《おじ》だの叔母《おば》だのの手前、私のちっとも頓着《とんじゃく》［＊126］していない事に、神経を悩まさなければならなかった。

父が変な黄色いものを嘔《は》いた時、私はかつて先生と奥さんから聞かされた危険を思い出した。「ああして長く寝ているんだから胃も悪くなるはずだね」といった母の顔を見て、何も知らないその人の前に涙ぐんだ。

兄と私が茶の間で落ち合った時、兄は「聞いたか」といった。それは医者が帰り際に兄に向っていった事を聞いたかという意味であった。私には説明を待たないでもその意味がよく解っている。

「お前ここへ帰って来て、宅《うち》の事を監理する気はないか」と兄が私を顧みた。

私は何とも答えなかった。

「お母さん一人じゃ、どうする事も出来ないだろう」と兄がまたいった。兄は私を土の臭《にお》いを嗅《か》いで朽《く》ちて行っても惜《お》しくないように見ていた。

「本を読むだけなら、田舎でも十分出来るし、それに働く必要もなくなるし、ちょうど好《い》いだろう」

「兄さんが帰って来るのが順ですね」と私がいった。

「おれにそんな事が出来るものか」と兄は一口に斥《しりぞ》けた。兄の腹の中には、世の中でこれから仕事をしようという気が充《み》ち満ちていた。

「お前が厭《いや》なら、まあ伯父さんにでも世話を頼むんだが、それにしてもお母さんはどっちかで引き取らなくっちゃなるまい」

「お母さんがここを動くか動かないかがすでに大きな疑問ですよ」

兄弟はまだ父の死なない前から、父の死んだ後《あと》について、こんな風に語り合った。

＊120 話ぶり。
＊121 エゴイスト。利己主義者。
＊122 怠けている様子。
＊123 考え。気持ち。
＊124 言いふらすこと。広めること。
＊125 瀕すること。差し迫ること。
＊126 気にすること。心配すること。

十六

父は時々囈語《うわごと》をいうようになった。

「乃木大将に済まない。実に面目《めんぼく》次第がない［＊127］。いえ私もすぐお後《あと》から」

　こんな言葉をひょいひょい出した。母は気味を悪がった。なるべくみんなを枕元へ集めておきたがった。気のたしかな時は頻《しき》りに淋《さび》しがる病人にもそれが希望らしく見えた。ことに室《へや》の中《うち》を見廻して母の影が見えないと、父は必ず「お光《みつ》は」と聞いた。聞かないでも、眼がそれを物語っていた。私はよく起《た》って母を呼びに行った。「何かご用ですか」と、母が仕掛けた用をそのままにしておいて病室へ来ると、父はただ母の顔を見詰めるだけで何もいわない事があった。そうかと思うと、まるで懸け離れた話をした。突然「お光お前にも色々世話になったね」などと優しい言葉を出す時もあった。母はそういう言葉の前にきっと涙ぐんだ。そうして後ではまたきっと丈夫であった昔の父をその対照として想い出すらしかった。

「あんな憐《あわ》れっぽい事をお言いだがね、あれでもとは随分酷《ずいぶんひど》かったんだよ」

母は父のために箒《ほうき》で脊中《せなか》をどやされた時の事などを話した。今まで何遍もそれを聞かされた私と兄は、いつもとはまるで違った気分で、母の言葉を父の記念《かたみ》のように耳へ受け入れた。

父は自分の眼の前に薄暗く映る死の影を眺めながら、まだ遺言《ゆいごん》らしいものを口に出さなかった。

「今のうち何か聞いておく必要はないかな」と兄が私の顔を見た。

「そうだなあ」と私は答えた。私はこちらから進んでそんな事を持ち出すのも病人のために良し悪《あ》しだと考えていた。二人は決しかねてついに伯父《おじ》に相談をかけた。伯父も首を傾けた。

「いいたい事があるのに、いわないで死ぬのも残念だろうし、といって、こっちから催促《さいそく》するのも悪いかも知れず」

話はとうとう愚図愚図《ぐずぐず》になってしまった。そのうちに昏睡《こんすい》［＊128］が来た。例の通り何も知らない母は、それをただの眠りと思い違えてかえって喜んだ。「まああああして楽に寝られれば、傍《はた》にいるものも助かります」といった。

父は時々眼を開けて、誰はどうしたなどと突然聞いた。その誰はつい先刻《さっき》までそこに坐《すわ》っていた人の名に限られていた。父の意識には暗い所と明るい所と出来て、その明るい所だけが、闇《やみ》を縫《ぬ》う白い糸のように、ある距離を置いて連続するように見えた。母が昏睡状態を普通の眠りと取り違えたのも無理はなかった。

そのうち舌が段々縺《もつ》れて来た。何かいい出しても尻《しり》が不明瞭《ふめいりょう》に了《おわ》るために、要領を得ないでしまう事が多くあった。その癖話し始める時は、危篤《きとく》［＊129］の病人とは思われないほど、強い声を出した。我々は固《もと》より不断以上に調子を張り上げて、耳元へ口を寄せるようにしなければならなかった。

「頭を冷やすと好《い》い心持ですか」

「うん」

私は看護婦を相手に、父の水枕を取り更《か》えて、それから新しい氷を入れた氷嚢《ひょうのう》［＊130］を頭の上へ載せた。がさがさに割られて尖《とが》り切った氷の破片が、嚢《ふくろ》の中で落ちつく間、私は父の禿《は》げ上った額の外《はず》れでそれを柔らかに抑《おさ》えていた。その時兄が廊下伝いに這入《はいっ》て来て、一通の郵便を

すぐ不審《ふしん》を起した。

無言のまま私の手に渡した。空いた方の左手を出して、その郵便を受け取った私は、すぐ不審《ふしん》を起した。

それは普通の手紙に比べるとよほど目方の重いものであった。並の状袋《じょうぶくろ》にも入れてなかった。また並の状袋に入れられべき分量でもなかった。半紙で包んで、封じ目を鄭寧《ていねい》に糊《のり》で貼《は》り付けてあった。私はそれを兄の手から受け取った時、すぐその書留《かきとめ》である事に気が付いた。裏を返して見るとそこに先生の名がつつしんだ字で書いてあった。手の放せない私は、すぐ封を切る訳に行かないので、一寸《ちょっと》それを懐《ふところ》に差し込んだ。

＊127　恥ずかしくて人に合わせる顔もないこと。
＊128　意識を失うこと。
＊129　今にも死にそうなこと。
＊130　頭や患部を冷やすのに使うゴム製などの水袋。

十七

その日は病人の出来がことに悪いように見えた。私が厠《かわや》［＊131］へ行こうとして席を立った時、廊下で行き合った兄は「どこへ行く」と番兵のような口調で誰何《すいか》し［＊132］た。

「どうも様子が少し変だからなるべく傍《そば》にいるようにしなくっちゃいけないよ」と注意した。

私もそう思っていた。懐中《かいちゅう》した手紙はそのままにしてまた病室へ帰った。父は眼を開けて、そこに並んでいる人の名前を母に尋ねた。母があれは誰、これは誰と一々説明してやると、父はそのたびに首肯《うなず》いた。首肯かない時は、母が声を張りあげて、何々さんです、分りましたかと念を押した。

「どうも色々お世話になります」

父はこういった。そうしてまた昏睡状態に陥った。枕辺《まくらべ》を取り巻いている人は無言のまましばらく病人の様子を見詰めていた。やがてその中《うち》の一人が立って次の間へ出た。するとまた一人立った。私も三人目にとうとう席を外して、自分の室《へや》へ来た。私には先刻《さっき》懐へ入れた郵便物の中を開けて見ようという目的があった。それは病人の枕元でも容易に出来る所作《しょさ》には違いなかった。しかし書かれたものの分量があまりに多過ぎるので、一息にそこで読み通す訳には行かなかった。私は特別の時間を偸《ぬす》んでそれに充《あ》てた。

私は繊維《せんい》の強い包み紙を引き搔《か》くように裂《さ》き破った。中から出たものは、縦横《たてよこ》に引いた罫《けい》[＊133]の中へ行儀よく書いた原稿様のものであった。そうして封じる便宜《べんぎ》[＊134]のために、四つ折に畳まれてあった。私は癖のついた西洋紙を、逆に折り返して読み易《やす》いように平たくした。

私の心はこの多量の紙と印気《いんき》[＊135]が、私に何事を語るのだろうかと思って驚いた。私は同時に病室の事が気にかかった。私がこのかきものを読み始めて、読み終らない前に、父はきっとどうかなる、少なくとも、私は兄からか母からか、それでなければ伯父からか、呼ばれるに極《きま》っているという予覚があった。私は落ち付いて先生の書いたものを読む気になれなかった。私はそわそわしながらただ最初の一頁《ページ》を読んだ。その頁は下《しも》のように綴《つづ》られていた。

「あなたから過去を問いただされた時、答える事の出来なかった勇気のない私は、今あなたの前に、それを明白に物語る自由を得たと信じます。しかしその自由はあなたの上京を待っているうちにはまた失われてしまう世間的の自由に過ぎないのであります。従って、それを利用出来る時に利用しなければ、私の過去をあなたの頭に間接の経験として教えて上げる機会を永久に逸《いっ》する［＊136］ようになります。そうすると、あの時あれほど堅く約束した言葉がまるで嘘になります。私は已《やむ》を得ず、口でいうべきところを、筆で申し上げる事にしました」

　私はそこまで読んで、始めてこの長いものが何のために書かれたのか、その理由を明らかに知る事が出来た。私の衣食の口、そんなものについて先生が手紙を寄こす気遣《きづか》いはないと、私は初手《しょて》［＊137］から信じていた。しかし筆を執《と》ることの嫌いな先生が、どうしてあの事件をこう長く書いて、私に見せる気になったのだろう。先生はなぜ私の上京するまで待っていられないだろう。

「自由が来たから話す。しかしその自由はまた永久に失われなければならない」

　私は心のうちでこう繰り返しながら、その意味を知るに苦しんだ。私は突然不安に襲われた。私はつづいて後《あと》を読もうとした。その時病室の方から、私を呼ぶ大きな兄の声が聞こえた。私はまた驚いて立ち上った。廊下を駈《か》け抜けるようにしてみんなのいる方へ行った。私はいよいよ父の上に最後の瞬間が来たのだと覚悟した。

＊131 便所。
＊132 「誰か」と名を問いただすこと。
＊133 紙上に一定の間隔で引いた線。
＊134 便利なさま。
＊135 インク。
＊136 取り逃がす。
＊137 はじめ。最初。

十八

病室にはいつの間にか医者が来ていた。なるべく病人を楽にするという主意［＊138］からまた浣腸《かんちょう》を試みるところであった。看護婦は昨夜《ゆうべ》の疲れを休めるために別室で寝ていた。慣れない兄は起ってまごまごしていた。私の顔を見ると、「一寸《ちょっと》手をお貸し」といったまま、自分は席に着いた。私は兄に代って、油紙《あぶらかみ》を父の尻の下に宛《あ》てがったりした。

父の様子は少しくつろいで来た。三十分ほど枕元に坐っていた医者は、浣腸の結果を認めた上、また来るといって、帰って行った。帰り際《ぎわ》に、もしもの事があったらいつでも呼んでくれるようにわざわざ断っていた。

　私は今にも変がありそうな病室を退《しりぞ》いてまた先生の手紙を読もうとした。しかし私はすこしも寛《ゆっ》くりした気分になれなかった。机の前に坐るや否《いな》や、また兄から大きな声で呼ばれそうでならなかった。そうして今度呼ばれれば、それが最後だという畏怖《いふ》が私の手を顫《ふる》わした。私は先生の手紙をただ無意味に頁《ページ》だけ剥繰《はぐ》って［＊139］行った。私の眼は几帳面《きちょうめん》に枠の中に嵌《は》められた字画を見た。けれどもそれを読む余裕はなかった。拾い読みにする余裕すら覚束《おぼつか》なかった。私は一番しまいの頁まで順々に開けて見て、またそれを元の通りに畳んで机の上に置こうとした。その時ふと結末に近い一句が私の眼に這入《はい》った。

「この手紙があなたの手に落ちる頃には、私はもうこの世にはいないでしょう。とくに死んでいるでしょう」

　私ははっと思った。今までざわざわと動いていた私の

胸が一度に凝結《ぎょうけつ》［＊140］したように感じた。私はまた逆に頁をはぐり返した。そうして一枚に一句ぐらいずつの割で倒《さかさ》に読んで行った。私は咄嗟《とっさ》の間《あいだ》に、私の知らなければならない事を知ろうとして、ちらちらする文字《もんじ》を、眼で刺し通そうと試みた。その時私の知ろうとするのは、ただ先生の安否［＊141］だけであった。先生の過去、かつて先生が私に話そうと約束した薄暗いその過去、そんなものは私にとって、全く無用であった。私は倒《さかさ》まに頁をはぐりながら、私に必要な知識を容易に与えてくれないこの長い手紙を自烈《じれっ》たそうに畳んだ。

私はまた父の様子を見に病室の戸口まで行った。病人の枕辺《まくらべ》は存外静かであった。頼りなさそうに疲れた顔をしてそこに坐っている母を手招《てまね》ぎして、「どうですか様子は」と聞いた。母は「今少し持ち合ってるようだよ」と答えた。私は父の眼の前へ顔を出して、「どうです、浣腸して少しは心持が好くなりましたか」と尋ねた。父は首肯《うなず》いた。父はは

っきり「有難《ありがと》う」といった。父の精神は存外朦朧《もうろう》としていなかった。私はまた病室を退いて自分の部屋に帰った。そこで時計を見ながら、汽車の発着表を調べた。私は突然立って帯を締め直して、袂《たもと》の中へ先生の手紙を投げ込んだ。それから勝手口から表へ出た。私は夢中で医者の家へ馳け込んだ。私は医者から父がもう二三日《にさんち》保《も》つだろうか、そこのところを判然《はっきり》聞こうとした。注射でも何でもして保《も》たしてくれと頼もうとした。医者は生憎《あいにく》留守であった。私には凝《じっ》として彼の帰るのを待ち受ける時間がなかった、心の落付きもなかった。私はすぐ俥《くるま》を停車場《ステーション》へ急がせた。

私は停車場の壁へ紙片《かみぎれ》を宛てがって、その上から鉛筆で母と兄あてで手紙を書いた。手紙はごく簡単なものであったが、断らないで走るよりまだ増しだろうと思って、それを急いで宅《うち》へ届けるように車夫《しゃふ》に頼んだ。そうして思い切った勢いで東京行きの汽車に飛び乗ってしまった。私はごうごう鳴る三等列車の中で、また袂から先生の手紙を出して、ようやく始めからしまいまで眼を通した。

＊138　ねらい。主たる考え。
＊139　めくる。

＊140 凝り固まること。

＊141 無事かどうかということ。

先生と遺書

一

「……私《わたくし》はこの夏あなたから二三度手紙を受け取りました。東京で相当の地位を得たいから宜《よろ》しく頼むと書いてあったのは、たしか二度目に手に入《い》ったものと記憶しています。私はそれを読んだ時何とかしたいと思ったのです。少なくとも返事を上げなければ済まんとは考えたのです。しかし自白すると、私はあなたの依頼に対して、まるで努力をしなかったのです。ご承知の通り、交際区域の狭いというよりも、世の中にたった一人で暮しているといった方が適切なくらいの私には、そういう努力をあえてする余地が全くないのです。しかしそれは問題ではありません。実をいうと、私はこの自分をどうすれば好《い》いのかと思い煩《わずら》っていたところなのです。このまま人間の中に取り残されたミイラのように存在して行こうか、それとも……その時分の私は『それとも』という言葉を心のうちで繰り返すたびにぞっとしました。馳足《かけあし》で絶壁の端《はじ》まで来て、急に底の見えない谷を覗《のぞ》き込んだ人のようにに。私は卑怯《ひきょう》でした。そうして多くの卑怯な人と同じ程度において煩悶《はんもん》［*142］したのです。遺憾《いかん》ながら、その時私には、あなたというものがほとんど存在していなかったといっても誇張《こちょう》ではありません。一歩進めていうと、あなたの地位、あなたの糊口の資《ここうのし》［＊143］、そんなものは私にとってまるで無意味なのでした。どうでも構わなかったのです。私はそれどころの騒ぎでなかったのです。私は状差《じょうさし》［＊144］へ貴方《あなた》の手紙を差したなり、依然《いぜん》として腕組をして考え込んでいました。宅《うち》に相応の財産があるものが何を苦しんで、卒業するかしないのに、地位地位といって藻掻《もが》き廻るのか。私はむしろ苦々しい気分で、遠くにいる貴方にこんな一瞥《いちべつ》［＊145］を与えただけでした。私は返事を上げなければ済まない貴方に対して、言訳のためにこんな事を打ち明けるのです。あなたを怒らすためにわざと無躾《ぶしつけ》［＊146］な言葉を弄《ろう》する［＊147］のではありません。私の本意は後《あと》をご覧になればよく解《わか》る事と信じます。とにかく私は何とか挨拶《あいさつ》すべきところを黙っていたのですから、私はこの怠《たい》慢《まん》の罪をあなたの前に謝《しゃ》したいと思います。

その後《ご》私はあなたに電報を打ちました。有体《ありてい》［＊148］にいえば、あの時私は一寸《ちょっと》貴方に会いたかったのです。それから貴方の希望通り私の過去を貴方のために物語りたかったのです。あなたは返電を掛けて、今東京へは出られないと断って来ましたが、私は失望して永らくあの電報を眺めていました。あなたも電報だけでは気が済まなかったと見えて、また後から長い手紙を寄こしてくれたので、あなたの出京《しゅっきょう》出来ない事情がよく解りました。

私はあなたを失礼な男だとも何とも思う訳がありません。貴方の大事なお父さんの病気をそっち退《の》けにして、何であなたが宅《うち》を空けられるものですか。そのお父さんの生死《しょうし》を忘れているような私の態度こそ不都合です。――私は実際あの電報を打つ時に、あなたのお父さんの事を忘れていたのです。その癖あなたが東京にいる頃には、難症だからよく注意しなくってはいけないと、あれほど忠告したのは私ですのに。私はこういう矛盾《むじゅん》な人間なのです。あるいは私の脳髄《のうずい》よりも、私の過去が私を圧迫する結果こんな矛盾な人間に私を変化させるのかも知れません。私はこの点においても十分私の我《が》を認めています。あなたに許して貰《もら》わなくてはなりません。

あなたの手紙、――あなたから来た最後の手紙――を読んだ時、私は悪い事をしたと思いました。それでその意味の返事を出そうかと考えて、筆を執《と》りかけましたが、一行も書かずに已《や》めました。どうせ書くなら、この手紙を書いて上げたかったから、そうしてこの手紙を書くにはまだ時機が少し早過ぎたから、已めにしたのです。私がただ来るに及ばないという簡単な電報を再び打ったのは、それがためです。

＊142 苦しみ悶えること。

＊143 暮らしを立てる財産。
＊144 柱などに立て掛けて、ハガキや手紙などを入れておくもの。
＊145 ちらっと見ること。
＊146 礼儀をわきまえないさま。
＊147 もて遊ぶ。
＊148 ありのまま。

二

「私はそれからこの手紙を書き出しました。平生《へいぜい》筆を持ちつけない私には、自分の思うように、事件なり思想なりが運ばないのが重い苦痛でした。私はもう少しで、貴方《あなた》に対する私のこの義務を放擲《ほうてき》［＊149］するところでした。しかしいくら止《よ》そうと思って筆を擱《お》いて［＊150］も、何にもなりませんでした。私は一時間経《た》たないうちにまた書きたくなりました。貴方から見たら、これが義務の遂行《すいこう》を重んずる私の性格のように思われるかも知れません。私もそれは否《いな》みません。私は貴方の知っている通り、ほとんど世間と交渉のない孤独の人間ですから、義務というほどの義務は、自分の左右前後を見廻しても、どの方角にも根を張っておりません。故意か自然か、私はそれを出来るだけ切り詰めた生活をしていたのです。けれども私は義務に冷淡《れいたん》だからこうなったのではありません。むしろ鋭敏《えいびん》過ぎて刺戟《しげき》に堪《た》えるだけの精力がないから、ご覧のように消極的な月日を送る事になったのです。だから一旦《いったん》約束した以上、それを果さないのは、大変厭《いや》な心持です。私はあなたに対してこの厭な心持を避《さ》けるためにでも、擱いた筆をまた取り上げなければならないのです。

その上私は書きたいのです。義務は別として私の過去を書きたいのです。私の過去は私だけの経験だから、私だけの所有といっても差支《さしつかえ》ないでしょう。それを人に与えないで死ぬのは、惜《お》しいともいわれるでしょう。私にも多少そんな心持があります。ただし受け入れる事の出来ない人に与えるくらいなら、私はむしろ私の経験を私の生命《いのち》と共に葬《ほうむ》った方が好《い》いと思います。実際ここに貴方という一人の男が存在していないならば、私の過去はついに私の過去で、間接にも他人の知識にはならないで済んだでしょう。私は何千万といる日本人のうちで、ただ貴方だけに、私の過去を物語りたいのです。あなたは真面目《まじめ》だから。あなたは真面目に人生そのものから生きた教訓を得たいといったから。

私は暗い人世《じんせい》［＊151］の影を遠慮《えんりょ》なくあなたの頭の上に投げかけて上げます。しかし恐れてはいけません。暗いものを凝《じっ》と見詰めて、その中から貴方の参考になるものをお攫《つか》みなさい。私の暗いというのは固《もと》より倫理的《りんりてき》に暗いのです。私は倫理的に生れた男です。また倫理的に育てられた男です。その倫理上の考えは、今の若い人と大分《だいぶ》違ったところがあるかも知れません。しかしどう間違っても、私自身のものです。間に合せに借りた損料着《そんりょうぎ》［＊152］ではありません。だからこれから発達しようという貴方には幾分《いくぶん》か参考になるだろうと思うのです。

　貴方は現代の思想問題について、よく私に議論を向けた事を記憶しているでしょう。私のそれに対する態度もよく解《わか》っているでしょう。私はあなたの意見を軽蔑《けいべつ》までしなか

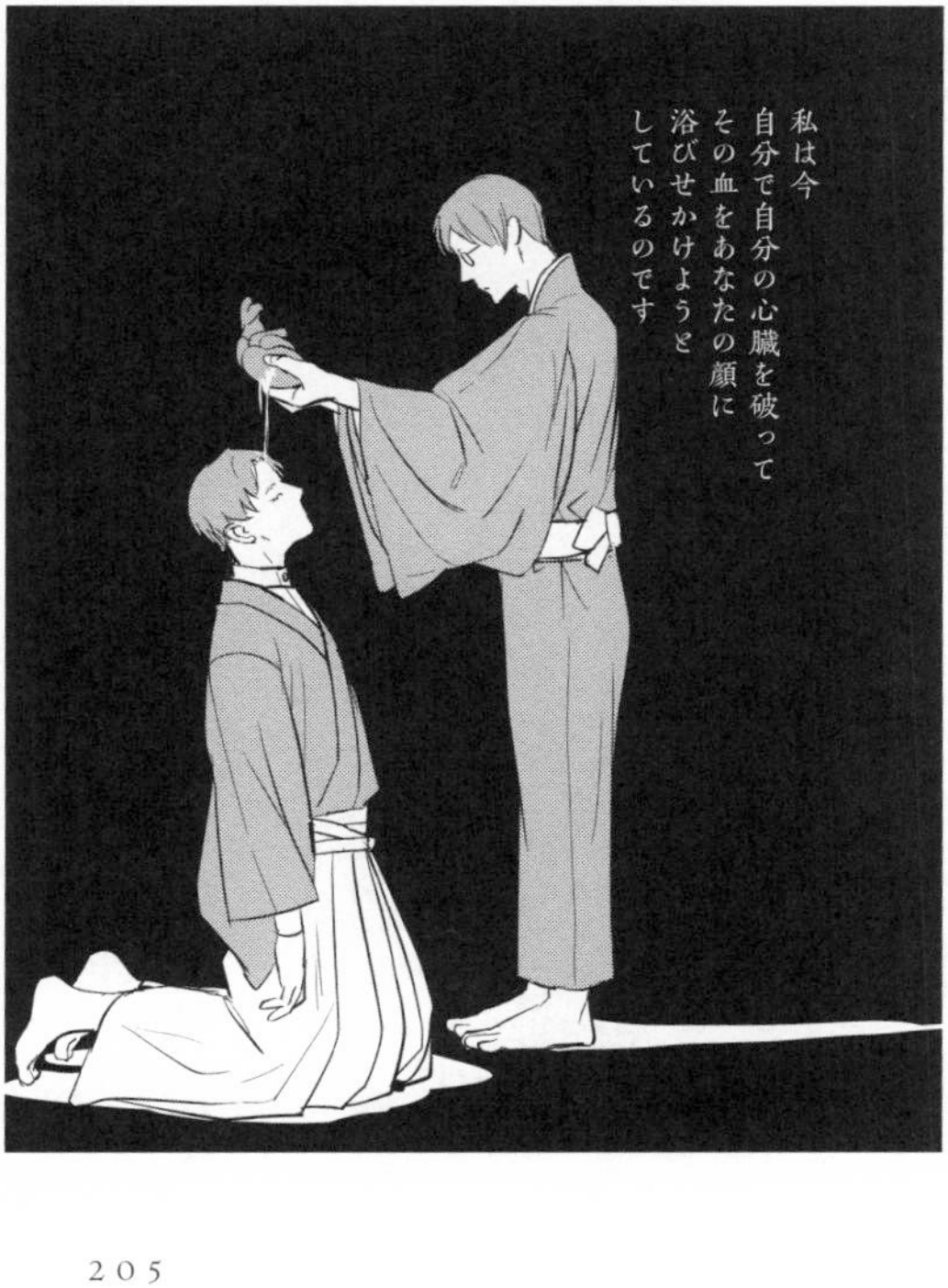
私は今
自分で自分の心臓を破って
その血をあなたの顔に
浴びせかけようと
しているのです

ったけれども、決して尊敬を払い得る程度にはなれなかった。あなたの考えには何らの背景もなかったし、あなたは自分の過去をもつには余りに若過ぎたからです。私は時々笑った。あなたは物足《ものた》りなそうな顔をちょいちょい私に見せた。その極《きょく》あなたは私の過去を絵《え》巻物《まきもの》のように、あなたの前に展開してくれと逼《せま》った。私はその時心のうちで、始めて貴方を尊敬した。あなたが無遠慮《ぶえんりょ》に私の腹の中から、ある生きたものを捕《つら》まえようという決心を見せたからです。私の心臓を立ち割って、温かく流れる血潮を啜《すす》ろうとしたからです。その時私はまだ生きていた。死ぬのが厭であった。それで他日を約して、あなたの要求を斥《しりぞ》けてしまった。私は今自分で自分の心臓を破って、その血をあなたの顔に浴びせかけようとしているのです。私の鼓動《こどう》が停《とま》った時、あなたの胸に新しい命が宿る事が出来るなら満足です。

＊149　放っておくこと。
＊150　文章を書き終わる。
＊151　世の中。世間。
＊152　使用料を払って借りる衣服。

三

「私が両親を亡《な》くしたのは、まだ私の二十歳《はたち》にならない時分でした。いつか妻《さい》があなたに話していたようにも記憶していますが、二人は同じ病気で死んだのです。しかも妻《さい》が貴方に不審を起させた通り、ほとんど同時といっていいくらいに、前後して死んだのです。実をいうと、父の病気は恐るべき腸窒扶斯《ちょうチフス》［＊153］でした。それが傍《そば》にいて看護をした母に伝染したのです。

私は二人の間に出来たたった一人の男の子でした。宅《うち》には相当の財産があったので、むしろ鷹揚《おうよう》［＊154］に育てられました。私は自分の過去を顧《かえり》みて、あの時両親が死なずにいてくれたなら、少なくとも父か母かどっちか、片方で好《い》いから生きていてくれたなら、私はあの鷹揚な気分を今まで持ち続ける事が出来たろうにと思います。

私は二人の後《あと》に茫然《ぼうぜん》として取り残されました。私には知識もなく、経験もなく、また分《ぶん》別《べつ》もありませんでした。父の死ぬ時、母は傍《そば》にいる事が出来ませんでした。母の死ぬ時、母には父の死んだ事さえまだ知らせてなかったのです。母はそれを覚《さと》っていたか、または傍《はた》の者のいう如《ごと》く、実際父は回復期に向いつつあるものと信じていたか、それは分りません。母はただ叔父《おじ》に万事を頼んでいました。そこに居合せた私を指さすようにして、『この子をどうぞ何分』といいました。私はその前から両親の許可を得て、東京へ出るはずになっていましたので、母はそれもついでにいうつもりらしかったのです。それで『東京へ』とだけ付け加えましたら、叔父がすぐ後《あと》を引き取って、『よろしい決して心配しないがいい』と答えました。母は強い熱に堪え得る体質の女なんでしたろうか、叔父は、『確《しっ》かりしたものだ』といって、私に向って母の事を褒《ほ》めていました。しかしこれが果して母の遺言《ゆいごん》であったのかどうだか、今考えると分らないのです。母は無論父の罹《かか》った病気の恐るべき名前を知っていたのです。そうして、自分がそれに伝染していた事も承知していたのです。けれども自分はきっとこの病気で命を取られるとまで信じていたかどうか、そこになると疑う余地はまだいくらでもあるだろうと思われるのです。その上熱の高い時に出る母の言葉は、いかにそれが筋道の通った明らかなものにせよ、一向記憶となって母の頭に影さえ残していない事がしばしばあったのです。だから……しかしそんな事は問題ではありません。ただこういう風《ふう》に物を解きほどいてみたり、またぐるぐる廻して眺めたりする癖は、もうその時分から、私にはちゃんと備わっていたのです。それは貴方にも始めからお断りしておかなければならないと思いますが、その実例としては当面の問題に大した関係のないこんな記述が、かえって役に立ちはしないかと考えます。貴方の方でもまあそのつもりで読んで下さい。この性分《しょうぶん》が倫理的に個人の行為やら動作の上に及んで、私は後来《こうらい》［＊155］ますます他《ひと》の徳義心を疑うようになったのだろうと思うのです。それが私の煩《はん》悶《もん》や苦悩に向って、積極的に大きな力を添えているのは慥《たし》かですから覚えていて下さい。

　話が本筋をはずれると、分り悪《にく》くなりますからまたあとへ引返しましょう。これでも私のこの長い手紙を書くのに、私と同じ地位に置かれた他《ほか》の人と比べたら、あるいは多少落ち付いていやしないかと思っているのです。世の中が眠ると聞こえだすあの電車の響きももう途絶えました。雨戸の外にはいつの間にか憐《あわ》れな虫の声が、露《つゆ》の秋をまた忍びやかに思い出させるような調子で微《かす》かに鳴いています。何も知らない妻《さい》は次の室《へや》で無邪気にすやすや寝入っています。私が筆を執《と》ると、一字一劃《かく》が出来上りつつペンの先で鳴っています。私はむしろ落付いた気分で紙に向っているのです。不《ふ》馴《なれ》のためにペンが横へ外《そ》れるかも知れませんが、頭が悩乱《のうらん》して筆がしどろに走るのではないように思います。

＊153　腸チフス。チフス菌による感染症。

＊154　ゆったりと小さなことにこだわらず振る舞うこと。
＊155　この後。今後。

四

「とにかくたった一人取り残された私は、母のいい付け通り、この叔父を頼るより外《ほか》に途《みち》はなかったのです。叔父はまた一切を引き受けて凡《すべ》ての世話をしてくれました。そうして私を私の希望する東京へ出られるように取り計らってくれました。

私は東京へ来て高等学校へ這入《はい》りました。その時の高等学校の生徒は今よりもよほど殺《さつ》伐《ばつ》［＊156］で粗野《そや》［＊157］でした。私の知ったものに、夜中《よる》職人と喧嘩《けんか》をして、相手の頭へ下《げ》駄《た》で傷を負わせたのがありました。それが酒を飲んだ揚句《あげく》の事なので、夢中に擲《なぐ》り合いをしている間に、学校の制帽をとうとう向うのものに取られてしまったのです。ところがその帽子の裏には当人の名前がちゃんと、菱形《ひしがた》の白いきれの上に書いてあったのです。それで事が面倒になって、その男はもう少しで警察から学校へ照会されるところでした。しかし友達が色々と骨を折って、ついに表沙汰《おもてざた》にせずに済むようにしてやりました。こんな乱暴な行為を、上品な今の空気のなかに育つあなた方に聞かせたら、定めて馬鹿馬鹿《ばかばか》しい感じを起すでしょう。私も実際馬鹿馬鹿しく思います。しかし彼らは今の学生にない一種質朴《しつぼく》［＊158］な点をその代りにもっていたのです。当時私の月々叔父から貰《もら》っていた金は、あなたが今、お父さんから送ってもらう学資に比べると遥《はる》かに少ないものでした。（無論物価も違いましょうが）。それでいて私は少しの不足も感じませんでした。のみならず数ある同級生のうちで、経済の点にかけては、決して人を羨《うらや》ましがる憐《あわ》れな境遇にいた訳ではないのです。今から回顧すると、むしろ人に羨ましがられる方だったのでしょう。というのは、私は月々極《きま》った送金の外《ほか》に、書籍費、（私はその時分から書物を買う事が好きでした）、及び臨時の費用を、よく叔父から請求して、ずんずんそれを自分の思うように消費する事が出来たのですから。

何も知らない私は、叔父を信じていたばかりでなく、常に感謝の心をもって叔父をありがたいもののように尊敬してい

ました。叔父は事業家でした。県会議員にもなりました。その関係からでもありましょう、政党にも縁故があったように記憶しています。父の実の弟ですけれども、そういう点で、性格からいうと父とはまるで違った方へ向いて発達したようにも見えます。父は先祖から譲《ゆず》られた遺産を大事に守って行く篤実《とくじつ》［＊159］一方の男でした、楽しみには、茶だの花だのをやりました。それから詩集などを読む事も好きでした。書画骨董《しょがこっとう》といった風《ふう》のものにも、多くの趣味をもっている様子でした。家は田舎にありましたけれども、二里ばかり隔《へだ》たった市、――その市には叔父が住んでいたのです、――その市から時々道具屋が懸物《かけもの》［＊160］だの、香炉《こうろ》［＊161］だのを持って、わざわざ父に見せに来ました。父は一口にいうと、まあマン・オフ・ミーンズ［＊162］とでも評したら好《い》いのでしょう。比較的上品な嗜好《しこう》［＊163］をもった田舎紳士《いなかしんし》だったのです。だから気性《きしょう》からいうと、濶達《かったつ》［＊164］な叔父とはよほどの懸《けん》隔《かく》がありました。それでいて二人はまた妙に仲が好《よ》かったのです。父はよく叔父を評して、自分よりも遥かに働きのある頼もしい人のようにいっていました。自分のように、親から財産を譲られたものは、どうしても固有の材幹《さいかん》［＊165］が鈍る。つまり世の中と闘う必要がないからいけないのだともいっていました。この言葉は母も聞きました。私も聞きました。父はむしろ私の心得になるつもりで、それをいったらしく思われます。『お前もよく覚えているが好《い》い』と父はその時わざわざ私の顔を見たのです。だから私はまだそれを忘れずにいます。このくらい私の父から信用されたり、褒《ほ》められたりしていた叔父を、私がどうして疑う事が出来るでしょう。私にはただでさえ誇りになるべき叔父でした。父や母が亡くなって、万事《ばんじ》その人の世話にならなければならない私には、もう単なる誇りではなかったのです。私の存在に必要な人間になっていたのです。

＊156 とげとげしい荒々しいさま。
＊157 洗練されていないこと。
＊158 飾り気がなく、素直なこと。
＊159 情に厚く、真面目であること。
＊160 布や和紙で軸物を表装し、床の間や壁などに掛けるように作ったもの。掛け軸。

＊161 香を焚く器。
＊162 「man of means」。財力のある人。資産家。
＊163 好み。趣味。
＊164 度量が大きく、小さいことにこだわらないさま。
＊165 物事をやりとげる才能。

五

「私が夏休みを利用して始めて国へ帰った時、両親の死に断《た》えた私の住居《すまい》には、新しい主人として、叔父夫婦が入れ代って住んでいました。これは私が東京へ出る前からの約束でした。たった一人取り残された私が家にいない以上、そうでもするより外《ほか》に仕方がなかったのです。

叔父はその頃市にある色々な会社に関係していたようです。業務の都合からいえば、今までの居宅《きょたく》に寝起きする方が、二里も隔《へだ》たった私の家に移るより遥かに便利だといって笑いました。これは私の父母が亡くなった後《あと》、どう邸《やしき》を始末して、私が東京へ出るかという相談の時、叔父の口を洩《も》れた言葉であります。私の家は旧《ふる》い歴史をもっているので、少しはその界隈《かいわい》で人に知られていました。あなたの郷里でも同じ事だろうと思いますが、田舎では由緒《ゆいしょ》のある家を、相続人があるのに壊したり売ったりするのは大事件です。今の私ならそのくらいの事は何とも思いませんが、その頃はまだ子供でしたから、東京へは出たし、家《うち》はそのままにしておかなければならず、甚《はなは》だ処置に苦しんだのです。

叔父は仕方なしに私の空屋へ這入《はい》る事を承諾してくれました。しかし市の方にある住居《すまい》もそのままにしておいて、両方の間を往《い》ったり来たりする便宜《べんぎ》を与えて貰わなければ困るといいました。私に固《もと》より異議のありようはずがありません。私はどんな条件でも東京へ出られれば好《い》いくらいに考えていたのです。

子供らしい私は、故郷《ふるさと》を離れても、まだ心の眼で、懐《なつ》かしげに故郷の家を望んでいました。固よりそこにはまだ自分の帰るべき家があるという旅人の心で望んでいたのです。休みが来れば帰らなくてはならないという気分は、いくら東京を恋しがって出て来た私にも、力強くあったのです。私は熱心に勉強し、愉快に遊んだ後《あと》、休みには帰れると思うその故郷の家をよく夢に見ました。

私の留守の間、叔父はどんな風《ふう》に両方の間を往来《ゆきき》していたか知りません。私の着いた時は、家族のものが、みんな一つ家《いえ》の内に集まっていました。学校へ出る子供などは平生《へいぜい》恐らく市の方にいたのでしょうが、これも休暇のために田舎へ遊び半分といった格で引き取られていました。

みんな私の顔を見て喜びました。私はまた父や母のいた時より、かえって賑《にぎ》やかで陽気になった家の様子を見て嬉《うれ》しがりました。叔父はもと私の部屋になっていた一間を占領している一番目の男の子を追い出して、私をそこへ入れました。座敷の数も少なくないのだから、私はほかの部屋で構わないと辞退したのですけれども、叔父はお前の宅《うち》だからといって、聞きませんでした。

私は折々亡くなった父や母の事を思い出す外《ほか》に、何の不愉快もなく、その一夏を叔父の家族と共に過ごして、また東京へ帰ったのです。ただ一つその夏の出来事として、私の心にむしろ薄暗い影を投げたのは、叔父夫婦が口を揃《そろ》えて、まだ高等学校へ入ったばかりの私に結婚を勧める事でした。それは前後でちょうど三四回も繰り返されたでしょう。私も始めはただその突然なのに驚いただけでした。二度目には判然《はっきり》断りました。三度目にはこっちからとうとうその理由を反問しなければならなくなりました。彼らの主意は簡単でした。早く嫁を貰ってここの家へ帰って来て、亡くなった父の後を相続しろというだけなのです。家は休暇《やすみ》になって帰りさえすれば、それでいいものと私は考えていました。父の後を相続する、それには嫁が必要だから貰う、両方とも理窟《りくつ》としては一通り聞こえます。ことに田舎の事情を知っている私には、よく解《わか》ります。私も絶対にそれを嫌ってはいなかったのでしょう。しかし東京へ修業に出たばかりの私には、それが遠眼鏡《とおめがね》で物を見るように、遥か先の距離に望まれるだけでした。私は叔父の希望に承諾《しょうだく》を与えないで、ついにまた私の家を去りました。

六

「私は縁談の事をそれなり忘れてしまいました。私の周囲《ぐるり》を取り捲《ま》いている青年の顔を見ると、世帯染《しょたいじ》み［＊166］たものは一人もいません。みんな自由です、そうして悉《ことごと》く単独らしく思われたのです。こういう気楽な人の中《うち》にも、裏面に這入り込んだら、あるいは家庭の事情に余儀なくされて、すでに妻《つま》を迎えていたものがあったかも知れませんが、子供らしい私はそこに気が付きませんでした。それからそういう特別の境遇に置かれた人の方でも、四辺《あたり》に気兼《きがね》をして、なるべくは書生に縁の遠いそんな内輪の話はしないように慎《つつし》んでいたのでしょう。後から考えると、私自身がすでにその組だったのですが、私はそれさえ分らずに、ただ子供らしく愉快に修学の道を歩いて行きました。

学年の終りに、私はまた行李《こうり》を絡《から》げ［＊167］て、親の墓のある田舎へ帰って来ました。そうして去年と同じように、父母《ちちはは》のいたわが家《いえ》の中で、また叔父夫婦とその子供の変らない顔を見ました。私は再びそこで故郷《ふるさと》の匂《におい》を嗅《か》ぎました。その匂は私にとって依然《いぜん》として懐かしいものでありました。一学年の単調を破る変化としても有難《ありがた》いものに違いなかったのです。

しかしこの自分を育て上げたと同じような匂の中で、私はまた突然結婚問題を叔父から鼻の先へ突き付けられました。叔父のいうところは、去年の勧誘を再び繰り返したのみです。理由も去年と同じでした。ただこの前勧められた時には、何らの目的物がなかったのに、今度はちゃんと肝心《かんじん》の当人を捕《つら》まえていたので、私はなお困らせられたのです。その当人というのは叔父の娘即《すなわ》ち私の従妹《いとこ》に当る女でした。その女を貰ってくれれば、お互いのために便宜《べんぎ》である、父も存生中《ぞんじょうちゅう》［＊168］そんな事を話していた、と叔父がいうのです。私もそうすれば便宜だとは思いました。父が叔父にそういう風な話をしたというのも有り得べき事と考えました。しかしそれは私が叔父にいわれて、始めて気が付いたので、いわれない前から、覚《さと》っていた事柄ではないのです。だから私は驚きました。驚いたけれども、叔父の希望に無理のないところも、それがためによく解りました。私は迂闊《うかつ》［＊169］なのでしょうか。あるいはそうなのかも知れませんが、恐らくその従妹に無頓着《むとんじゃく》であったのが、主な原因になっているのでしょう。私は子供のうちから市にいる叔父の家《うち》へ始終遊びに行

きました。ただ行くばかりでなく、よくそこに泊りました。そうしてこの従妹とはその時分から親しかったのです。あなたもご承知でしょう、兄妹《きょうだい》の間に恋の成立した例《ためし》のないのを。私はこの公認された事実を勝手に布衍《ふえん》［＊170］しているかも知れないが、始終接触して親しくなり過ぎた男女《なんにょ》の間には、恋に必要な刺戟《しげき》の起る清新な感じが失われてしまうように考えています。香《こう》をかぎ得るのは、香を焚《た》き出した瞬間に限る如《ごと》く、酒を味わうのは、酒を飲み始めた刹那《せつな》［＊171］にある如く、恋の衝動《しょうどう》にもこういう際《きわ》どい一点が、時間の上に存在しているとしか思われないのです。一度平気でそこを通り抜けたら、馴《な》れれば馴れるほど、親しみが増すだけで、恋の神経はだんだん麻痺《まひ》して来るだけです。私はどう考え直しても、この従妹を妻《つま》にする気にはなれませんでした。

叔父はもし私が主張するなら、私の卒業まで結婚を延ばしてもいいといいました。けれども善は急げという諺《ことわざ》もあるから、出来るなら今のうちに祝言《しゅうげん》の盃《さかずき》〔＊172〕だけは済ませておきたいともいいました。当人に望みのない私にはどっちにしたって同じ事です。私はまた断りました。叔父は厭《いや》な顔をしました。従妹は泣きました。私に添われないから悲しいのではありません。結婚の申し込みを拒絶されたのが、女として辛《つら》かったからです。私が従妹を愛していない如く、従妹も私を愛していない事は、私によく知れていました。私はまた東京へ出ました。

＊166 言動に生活の苦労が感じられること。
＊167 紐で縛ること。
＊168 生きていること。生存。
＊169 ぼんやりしていて、心が行き届いていないこと。
＊170 押し広げること。
＊171 瞬間。
＊172 婚礼の儀式のひとつ。

七

「私が三度目に帰国したのは、それからまた一年経《た》った夏の取付《とっつき》でした。私はいつでも学年試験の済むのを待ちかねて東京を逃げました。私には故郷がそれほど懐かしかったからです。貴方《あなた》にも覚えがあるでしょう、生れた所は空気の色が違います、土地の匂も格別です、父や母の記憶も濃《こまや》かに漂《ただよ》っています。一年のうちで、七八の二月《ふたつき》をその中に包《くる》まれて、穴に入った蛇《へび》のように凝《じっ》としているのは、私にとって何よりも温かい好《い》い心持ちだったのです。

単純な私は従妹との結婚問題について、さほど頭を痛める必要がないと思っていました。厭なものは断る、断ってさえしまえば後には何も残らない、私はこう信じていたのです。だから叔父の希望通りに意志を曲げなかったにもかかわらず、私はむしろ平気でした。過去一年の間いまだかつてそんな事に屈託《くったく》［＊173］した覚えもなく、相変らずの元気で国へ帰ったのです。

ところが帰ってみると叔父の態度が違っています。元のように好《い》い顔をして私を自分の懐《ふところ》に抱《だ》こうとしません。それでも鷹揚《おうよう》に育った私は、帰って四五日の間は気が付かずにいました。ただ何かの機会にふと変に思い出したのです。すると妙なのは、叔父ばかりではないのです。叔母も妙なのです。従妹も妙なのです。中学校を出て、これから東京の高等商業へ這入るつもりだといって、手紙でその様子を聞き合せたりした叔父の男の子まで妙なのです。

私の性分《しょうぶん》として考えずにはいられなくなりました。どうして私の心持がこう変ったのだろう。いやどうして向うがこう変ったのだろう。私は突然死んだ父や母が、鈍《にぶ》い私の眼を洗って、急に世の中が判然《はっきり》見えるようにしてくれたのではないかと疑いました。私は父や母がこの世にいなくなった後でも、いた時と同じように私を愛してくれるものと、どこか心の奥で信じていたのです。もっともその頃でも私は決して理に暗い質《たち》ではありませんでした。しかし先祖から譲られた迷信の塊《かたまり》も、強い力で私の血の中に潜《ひそ》んでいたのです。今でも潜んでいるのでしょう。

私はたった一人山へ行って、父母《ふぼ》の墓の前に跪《ひざまず》きました。半《なかば》は哀悼《あいとう》の意味、半は感謝の心持で跪いたのです。そうして私の未来の幸福が、この冷たい石の下に横たわる彼らの手にまだ握られてでもいるような気分で、私の運命を守るべく彼らに祈りました。貴方は笑うかも知れない。私も笑われても仕方がないと思います。しかし私はそうした人間だったのです。

私の世界は掌《たなごころ》を翻《ひるがえ》す［＊174］ように変りました。もっともこれは私にとって始めての経験ではなかったのです。私が十六七の時でしたろう、始めて世の中に美しいものがあるという事実を発見した時には、一度にはっと驚きました。何遍《なんべん》も自分の眼を疑《うたぐ》って、何遍も自分の眼を擦《こす》りました。そうして心の中《うち》であ美しいと叫《さけ》びました。十六七といえば、男でも女でも、俗にいう色気《いろけ》の付く頃です。色気の付いた私は世の中にある美しいものの代表者として、始めて女を見る事が出来たのです。今までその存在に少しも気の付かなかった異性に対して、盲目《めくら》の眼がたちまち開《あ》いたのです。それ以来私の天地は全く新しいものとなりました。

私が叔父の態度に心づいたのも、全くこれと同じなんでしょう。俄然《がぜん》［＊175］として心づいたのです。何の予感も準備もなく、不意に来たのです。不意に彼と彼の家族が、今までとはまるで別物のように私の眼に映ったのです。私は驚きました。そうしてこのままにしておいては、自分の行先《ゆくさき》がどうなるか分らないという気になりました。

＊173 気にかかって、くよくよすること。
＊174 ひらりと裏に返すこと。
＊175 急に今までと変わるさま。

八

「私は今まで叔父任せにしておいた家の財産について、詳しい知識を得なければ、死んだ父母《ちちはは》に対して済まないという気を起したのです。叔父は忙しい身体《からだ》だと自称《じしょう》する如く、毎晩同じ所に寝泊《ねとま》りはしていませんでした。二日家《うち》へ帰ると三日は市の方で暮らすといった風に、両方の間を往来《ゆきき》して、その日を落付のない顔で過ごしていました。そうして忙しいという言葉を口癖のように使いました。何の疑いも起らない時は、私も実際に忙しいのだろうと思っていたのです。それから、忙しがらなくては当世流《とうせいりゅう》でないのだろうと、皮肉にも解釈《かいしゃく》していたのです。けれども財産の事について、時間の掛る話をしようという目的が出来た眼で、この忙しがる様子を見ると、それが単に私を避ける口実としか受取れなくなって来たのです。私は容易に叔父を捕《つら》まえる機会を得ませんでした。

私は叔父が市の方に妾《めかけ》をもっているという噂《うわさ》を聞きました。私はその噂を昔中学の同級生であったある友達から聞いたのです。妾を置くぐらいの事は、この叔父として少しも怪《あや》しむに足らないのですが、父の生きているうちに、そんな評判を耳に入れた覚えのない私は驚きました。友達はその外《ほか》にも色々叔父についての噂を語って聞かせました。一時事業で失敗しかかっていたように他《ひと》から思われていたのに、この二三年来また急に盛り返して来たというのも、その一つでした。しかも私の疑惑《ぎわく》を強く染め付けたものの一つでした。

私はとうとう叔父と談判《だんぱん》を開きました。談判

というのは少し不穏当《ふおんとう》［＊176］かも知れませんが、話の成行きからいうと、そんな言葉で形容するより外《ほか》に途《みち》のないところへ、自然の調子が落ちて来たのです。叔父はどこまでも私を子供扱いにしようとします。私はまた始めから猜疑《さいぎ》［＊177］の眼で叔父に対していています。穏やかに解決のつくはずはなかったのです。

遺憾《いかん》ながら私は今その談判の顛末《てんまつ》［＊178］を詳しくここに書く事の出来ないほど先を急いでいます。実をいうと、私はこれより以上に、もっと大事なものを控えているのです。私

のペンは早くからそこへ辿《たど》りつきたがっているのを、漸《やっ》との事で抑え付けているくらいです。あなたに会って静かに話す機会を永久に失った私は、筆を執《と》る術《すべ》に慣れないばかりでなく、貴《たっと》い時間を惜《お》しむという意味からして、書きたい事も省かなければなりません。

あなたはまだ覚えているでしょう、私がいつか貴方に、造り付けの悪人が世の中にいるものではないといった事を。多くの善人がいざという場合に突然悪人になるのだから油断してはいけないといった事を。あの時あなたは私に昂奮《こうふん》していると注意してくれました。そうしてどんな場合に、善人が悪人に変化するのかと尋ねました。私がただ一口《ひとくち》金と答えた時、あなたは不満な顔をしました。私はあなたの不満な顔をよく記憶しています。私は今あなたの前に打ち明けるが、私はあの時この叔父の事を考えていたのです。普通のものが金を見て急に悪人になる例として、世の中に信用するに足るものが存在し得ない例として、憎悪《ぞうお》と共に私はこの叔父を考えていたのです。私の答は、思想界の奥へ突き進んで行こうとするあなたにとって物足りなかったかも知れません、陳腐《ちんぷ》だったかも知れません。けれども私にはあれが生きた答でした。現に私は昂奮していたではありませんか。私は冷《ひや》やかな頭で新しい事を口にするよりも、熱した舌で平凡な説を述べる方が生きていると信じています。血の力で体《たい》が動くからです。言葉が空気に波動を伝えるばかりでなく、もっと強い物にもっと強く働き掛ける事が出来るからです。

＊176　穏やかでないこと。適切ではないこと。
＊177　人を疑ったり妬んだりすること。
＊178　一部始終。

九

「一口でいうと、叔父は私の財産を胡魔化《ごまか》したのです。事は私が東京へ出ている三年の間に容易《たやす》く行われたのです。凡《すべ》てを叔父任せにして平気でいた私は、世間的にいえば本当の馬鹿《ばか》でした。世間的以上の見地から評すれば、あるいは純なる尊《たっと》い男とでもいえましょうか。私はその時の己《おのれ》を顧みて、なぜもっと人が悪く生れて来なかったかと思うと、正直過ぎた自分が口惜《くや》しくって堪《たま》りません。しかしまたどうかして、もう一度ああいう生れたままの姿に立ち帰って生きてみたいという心持も起るのです。記憶して下さい、あなたの知っている私は塵《ちり》に汚《よご》れた後《あと》の私です。きたなくなった年数の多いものを先輩と呼ぶならば、私はたしかに貴方より先輩でしょう。

もし私が叔父の希望通り叔父の娘と結婚したならば、その結果は物質的に私にとって有利なものでしたろうか。これは考えるまでもない事と思います。叔父は策略で娘を私に押し付けようとしたのです。好意的に両家の便宜を計るというよりも、ずっと下卑《げび》た利害心［＊179］に駆られて、結婚問題を私に向けたのです。私は従妹《いとこ》を愛していないだけで、嫌ってはいなかったのですが、後から考えてみると、それを断ったのが私には多少の愉快になると思います。胡魔化されるのはどっちにしても同じでしょうけれども、載《の》せられ方からいえば、従妹を貰《もら》わない方が、向うの思い通りにならないという点から見て、少しは私の我《が》が通った事になるのですから。しかしそれはほとんど問題とするに足りない些細《ささい》な事柄です。ことに関係のない貴方にいわせたら、さぞ馬鹿気た意地に見えるでしょう。

私と叔父の間に他の親戚《しんせき》のものが這入《はい》りました。その親戚のものも私はまるで信用していませんでした。信用しないばかりでなく、むしろ敵視していました。私は叔父が私を欺《あざむ》いたと覚《さと》ると共に、他《ほか》のものも必ず自分を欺くに違いないと思い詰めました。父があれだけ賞《ほ》め抜いていた叔父ですらこうだから、他《ほか》の者はというのが私の論理《ロジック》でした。

それでも彼らは私のために、私の所有にかかる一切のものを纏《まと》めてくれました。それは金額に見積ると、私の予期より遥《はる》かに少ないものでした。私としては黙ってそれを受け取るか、でなければ叔父を相手取って公沙汰《おおやけざた》にするか、二つの方法しかなかったのです。私は憤《いきどお》りました。また迷いました。訴訟《そしょう》にすると落着《らくちゃく》までに長い時間のかかる事も恐れました。私は修業中のからだですから、学生として大切な時間を奪われるのは非常の苦痛だとも考えました。私は思案の結果、市におる中学の旧友に頼んで、私の受け取ったものを、凡《すべ》て金の形に変えようとしました。旧友は止《よ》した方が得だといって忠告してくれましたが、私は聞きませんでした。私は永く故郷を離れる決心をその時に起したのです。叔父の顔を見まいと心のうちで誓ったのです。

私は国を立つ前に、また父と母の墓へ参りました。私はそれぎりその墓を見た事がありません。もう永久に見る機会も来ないでしょう。

私の旧友は私の言葉通りに取計らってくれました。もっともそれは私が東京へ着いてからよほど経った後《のち》の事です。田舎で畠地《はたち》などを売ろうとしたって容易《ようい》には売れませんし、いざとなると足元を見て踏み倒される恐れがあるので、私の受取った金額は、時価に比べるとよほど少ないものでした。自白すると、私の財産は自分が懐《ふところ》にして家を出た若干《じゃっかん》の公債《こうさい》と、後からこの友人に送って貰った金だけなのです。親の遺産としては固《もと》より非常に減っていたに相違ありません。しかも私が積極的に減らしたのでないから、なお心持が悪かったのです。けれども学生として生活するにはそれで充分以上でした。実をいうと私はそれから出る利子《りし》の半分も使えませんでした。この余裕ある私の学生生活が私を思いも寄らない境遇に陥《おと》し入れたのです。

*179 利益と損害を計算する気持ち。

十

「金に不自由のない私は、騒々《そうぞう》しい下宿を出て、新しく一戸を構えてみようかという気になったのです。しかしそれには世帯《しょたい》道具を買う面倒もありますし、世話をしてくれる婆《ばあ》さんの必要も起りますし、その婆さんが、また正直でなければ困るし、宅《うち》を留守にしても大丈夫なものでなければ心配だし、といった訳で、ちょっくら一寸《ちょいと》実行する事は覚束《おぼつか》なく見えたのです。ある日私はまあ宅《うち》だけでも探してみようかというそぞろ心から、散歩がてら

に本郷台《ほんごうだい》を西へ下りて小石川の坂を真直《まっすぐ》に伝通院《でんずういん》の方へ上がりました。電車の通路になってから、あそこいらの様子がまるで違ってしまいましたが、その頃は左手が砲兵工廠《ほうへいこうしょう》〔＊180〕の土塀《どべい》で、右は原とも丘ともつかない空地《くうち》に草が一面に生えていたものです。私はその草の中に立って、何心なく向こうの崖《がけ》を眺めました。今でも悪い景色ではありませんが、その頃はまたずっとあの西側の趣《おもむき》が違っていました。見渡す限り緑が一面に深く茂っているだけでも、神経が休まります。私はふとここいらに適当な宅《うち》はないだろうかと思いました。それで直《す》ぐ草原《くさはら》を横切って、細い通りを北の方へ進んで行きました。いまだに好《い》い町になり切れないで、がたぴししているあの辺の家並《いえなみ》は、その時分の事ですから随分《ずいぶん》汚らしいものでした。私は露《ろ》次《じ》を抜けたり、横丁を曲ったり、ぐるぐる歩き廻りました。しまいに駄菓子屋《だかしや》の上《かみ》さんに、ここいらに小ぢんまりした貸家《かしや》はないかと尋ねてみました。上さんは『そうですね』といって少時《しばらく》首をかしげていましたが、『かし家《や》はちょいと……』と全く思い当らない風で

した。私は望みのないものと諦《あきら》めて帰り掛けました。すると上さんがまた、『素人下宿《しろうとげしゅく》じゃいけませんか』と聞くのです。私は一寸《ちょっと》気が変りました。静かな素人屋に一人で下宿しているのは、かえって家《うち》を持つ面倒がなくって結構だろうと考え出したのです。それからその駄菓子屋の店に腰を掛けて、上さんに詳しい事を教えてもらいました。

それはある軍人の家族、というよりもむしろ遺族、の住んでいる家でした。主人は何でも日清《にっしん》戦争の時か何かに死んだのだと上さんがいいました。一年ばかり前までは、市ヶ谷の士官学校の傍《そば》とかに住んでいたのだが、厩《うまや》などがあって、邸《やしき》が広過ぎるので、そこを売り払って、ここへ引っ越して来たけれども、無人《ぶにん》で淋《さむ》しくって困るから相当の人があったら世話をしてくれと頼まれていたのだそうです。私は上さんから、その家には未亡人《びぼうじん》と一人娘と下女《げじょ》より外《ほか》にいないのだという事を確かめました。私は閑静《かんせい》で至極《しごく》好かろうと心の中《うち》に思いました。けれどもそんな家族のうちに、私のようなものが、突然行ったところで、素性《すじょう》の知れない書生さんという名称のもとに、すぐ拒絶されはしまいかという懸念《けねん》もありました。私は止《よ》そうかとも考えました。しかし私は書生としてそんなに見苦しい服装《なり》はしていませんでした。それから大学の制帽を被《かぶ》っていました。あなたは笑うでしょう、大学の制帽がどうしたんだといって。けれどもその頃の大学生は今と違って、大分《だいぶ》世間に信用のあったものです。私はその場合この四角な帽子に一種の自信を見出《みいだ》したくらいです。そうして駄菓子屋の上さんに教わった通り、紹介も何もなしにその軍人の遺族の家を訪ねました。

私は未亡人《びぼうじん》に会って来意を告げました。未亡人は私の身元やら学校やら専門やらについて色々質問しました。そうしてこれなら大丈夫だというところをどこかに握ったのでしょう、いつでも引っ越して来て差支《さしつかえ》ないという挨拶《あいさつ》を即坐《そくざ》に与えてくれました。未亡人は正しい人でした、また判然《はっきり》した人でした。私は軍人の妻君《さいくん》というものはみんなこんなものかと思って感服しました。感服もしたが、驚きもしました。この気性《きしょう》でどこが淋《さむ》しいのだろうと疑いもしました。

＊180 陸軍の兵器や弾薬などを製造・修理する工場。

十一

「私は早速《さっそく》その家へ引き移りました。私は最初来た時に未亡人と話をした座敷を借りたのです。そこは宅中《うちじゅう》で一番好《い》い室《へや》でした。本郷辺に高等下宿といった風の家がぽつぽつ建てられた時分の事ですから、私は書生として占領し得る最も好《い》い間《ま》の様子を心得ていました。私の新しく主人となった室《へや》は、それらよりもずっと立派でした。移った当座は、学生としての私には過ぎるくらいに思われたのです。

室《へや》の広さは八畳《じょう》でした。床《とこ》の横に違い棚があって、縁《えん》と反対の側には一間《けん》の押入《おしいれ》が付いていました。窓は一つもなかったのですが、その代り南向きの縁に明るい日がよく差しました。

私は移った日に、その室の床《とこ》に活《い》けられた花と、その横に立て懸《か》けられた琴《こと》を見ました。どっちも私の気に入りませんでした。私は詩や書や煎茶《せんちゃ》を嗜《たしな》む［＊181］父の傍《そば》で育ったので、唐《から》めいた［＊182］趣味を子供のうちからもっていました。そのためでもありましょうか、こういう艶《なま》めかしい装飾をいつの間にか軽蔑《けいべつ》する癖が付いていたのです。

私の父が存生中《ぞんしょうちゅう》にあつめた道具類は例の叔父のために滅茶滅茶《めちゃめちゃ》にされてしまったのですが、それでも多少は残っていました。私は国を立つ時それを中学の旧友に預かって貰いました。それからその中《うち》で面白そうなものを四五幅《ふく》［＊183］裸にして行李《こうり》の底へ入れて来ました。私は移るや否《いな》や、それを取り出して床《とこ》へ懸けて楽しむつもりでいたのです。ところが今いった琴と活花《いけばな》を見たので、急に勇気がなくなってしまいました。後から聞いて始めてこの花が私に対するご馳走《ちそう》に活けられたのだという事を知った時、私は心のうちで苦笑しました。もっとも琴は前からそこにあったものですから、これは置き所がないため、已《やむ》を得ずそのままに立て懸けてあったのでしょう。

　こんな話をすると、自然その裏に若い女の影があなたの頭を掠《かす》めて通るでしょう。移った私にも、移らない初めからそういう好奇心がすでに動いていたのです。こうした邪気《じゃき》が予備的に私の自然を損《そこ》なったためか、または私がまだ人慣れなかったためか、私は始めてそこのお嬢さんに会った時、へどもどした挨拶をしました。その代りお嬢さんの方でも赤い顔をしました。

　私はそれまで未亡人の風采《ふうさい》［＊184］や態度から推《お》して、このお嬢さんの凡《すべ》てを想像していたのです。しかしその想像はお嬢さんにとってあまり有利なものではありませんでした。

軍人の妻君《さいくん》だからああなのだろう、その妻君の娘だからこうだろうといった順序で、私の推測は段々延びて行きました。ところがその推測が、お嬢さんの顔を見た瞬間に、悉《ことごと》く打ち消されました。そうして私の頭の中へ今まで想像も及ばなかった異性の匂《におい》が新しく入って来ました。私はそれから床《とこ》の正面に活けてある花が厭《いや》でなくなりました。同じ床に立て懸けてある琴も邪魔にならなくなりました。

その花はまた規則正しく凋《しお》れる頃になると活《い》け更《か》えられるのです。琴もたびたび鍵《かぎ》の手に折れ曲がった筋違《すじかい》［*185］の室に運び去られるのです。私は自分の居間で机の上に頬杖《ほおづえ》を突きながら、その琴の音《ね》を聞いていました。私にはその琴が上手なのか下手なのかよく解《わか》らないのです。けれども余り込み入った手を弾《ひ》かないところを見ると、上手なのじゃなかろうと考えました。まあ活花《いけばな》の程度ぐらいなものだろうと思いました。花なら私にも好《よ》く分るのですが、お嬢さんは決して旨《うま》い方ではなかったのです。

それでも臆面《おくめん》なく［*186］色々の花が私の床を飾

ってくれました。もっとも活方《いけかた》はいつ見ても同じ事でした。それから花瓶《かへい》もついぞ変った例《ためし》がありませんでした。しかし片方の音楽になると花よりももっと変でした。ぽつんぽつん糸を鳴らすだけで、一向肉声を聞かせないのです。唄《うた》わないのではありませんが、まるで内所話《ないしょばなし》でもするように小さな声しか出さないのです。しかも叱《しか》られると全く出なくなるのです。

私は喜んでこの下手な活花を眺めては、まずそうな琴の音《ね》に耳を傾けました。

＊181 好んで親しむ。芸事を習って身につける。
＊182 普通と違っていてしゃれていること。中国風。
＊183 掛け軸などを数える単位。
＊184 容姿。身なり。
＊185 斜めに交差していること。
＊186 遠慮した様子もなく。

十二

「私の気分は国を立つ時すでに厭世的《えんせいてき》になっていました。他《ひと》は頼りにならないものだという観念が、その時骨の中まで染《し》み込んでしまったように思われたのです。私は私の敵視する叔父だの叔母だの、その他の親戚だのを、あたかも人類の代表者の如《ごと》く考え出しました。汽車へ乗ってさえ隣《となり》のものの様子を、それとなく注意し始めました。たまに向うから話し掛けられでもすると、なおの事警戒《けいかい》を加えたくなりました。私の心は沈鬱《ちんうつ》［＊187］でした。鉛《なまり》を呑《の》んだように重苦しくなる事が時々ありました。それでいて私の神経は、今いった如くに鋭《するど》く尖《とが》ってしまったのです。

私が東京へ来て下宿を出ようとしたのも、これが大きな原因になっているように思われます。金に不自由がなければこそ、一戸を構えてみる気にもなったのだといえばそれまでですが、元の通りの私ならば、たとい懐中《ふところ》に余裕が出来ても、好んでそんな面倒な真似《まね》はしなかったでしょう。

私は小石川へ引き移ってからも、当分この緊張した気分に寛《くつろ》ぎを与える事が出来ませんでした。私は自分で自分が恥《は》ずかしいほど、きょときょと周囲を見廻していました。不思議にもよく働くのは頭と眼だけで、口の方はそれと反対に、段々動かなくなって来ました。私は家《うち》のものの様子を猫のようによく観察しながら、黙って机の前に坐《すわ》っていました。時々は彼らに対して気の毒だと思うほど、私は油断のない注意を彼らの上に注いでいたのです。おれは物を偸《ぬす》まない巾着切《きんちゃくきり》みたようなものだ、私はこう考えて、自分が厭《いや》になる事さえあったのです。

貴方《あなた》は定めて変に思うでしょう。その私がそこのお嬢さんをどうして好《す》く余裕をもっているか。そのお嬢さんの下手な活花を、どうして嬉《うれ》しがって眺める余裕があるか。同じく下手なその人の琴をどうして喜んで聞く余裕があるか。そう質問された時、私はただ両方とも事実であったのだから、事実として貴方に教えて上げるというより外《ほか》に仕方がないのです。解釈は頭のある貴方に任せるとして、私はただ一言《いちごん》付けたしておきましょう。私は金に対して人類を疑ったけれども、愛に対しては、まだ人類を疑わなかったのです。だから他《ひと》から見ると変なものでも、また自分で考えてみて、矛盾《むじゅん》したものでも、私の胸のなかでは平気で両立していたのです。

私は未亡人《びぼうじん》の事を常に奥さんといっていましたから、これから未亡人と呼ばずに奥さんといいます。奥さんは私を静かな人、大人しい男と評しました。それから勉強家だとも褒《ほ》めてくれました。けれども私の不安な眼つきや、きょときょとした様子については、何事も口へ出しませんでした。気が付かなかったのか、遠慮していたのか、どっちだかよく解りませんが、何しろそこにはまるで注意を払っていないらしく見えました。それのみならず、ある場合に私を鷹揚《おうよう》な方《かた》だといって、さも尊敬したらしい口の利《き》き方をした事がります。その時正直な私は少し顔を赤らめて、向うの言葉を否定しました。すると奥さんは『あなたは自分で気が付かないから、そうおっしゃるんです』と真面目《まじめ》に説明してくれました。奥さんは始め私のような書生を宅《うち》へ置くつもりではなかったらしいのです。どこかの役所へ勤める人か何かに坐敷《ざしき》を貸す料簡《りょうけん》で、近所のものに周旋《しゅうせん》を頼んでいたらしいのです。俸給が豊かでなくって、已《やむ》を得ず素人屋《しろうとや》に下宿するくらいの人だからという考えが、前かたから奥さんの頭のどこかに這入《はい》っていたのでしょう。奥さんは自分の胸に描いたその想像のお客と私とを比較して、こっちの方を鷹揚だといって褒めるのです。なるほどそんな切り詰めた生活をする人に比べたら、私は金銭にかけて、鷹揚だったかも知れません。しかしそれは気性の問題ではありませんから、私の内生活《ないせいかつ》［＊188］にとってほとんど関係のないのと一般でした。奥さんはまた女だけに、それを私の全体に推し広げて、同じ言葉を応用しようと力《つと》めるのです。

＊187　ふさぎ込むこと。気分が沈むさま。
＊188　精神面における生活。

十三

「奥さんのこの態度が自然私の気分に影響して来ました。しばらくするうちに、私の眼はもとほどきょろ付かなくなりました。自分の心が自分の坐っている所に、ちゃんと落付いているような気にもなれました。要するに奥さん始め家《うち》のものが、僻《ひが》んだ私の眼や疑い深い私の様子に、てんから取り合わなかったのが私に大きな幸福を与えたのでしょう。私の神経は相手から照り返して来る反射のないために段々静まりました。

奥さんは心得のある人でしたから、わざと私をそんな風《ふう》に取り扱ってくれたものとも思われますし、また自分で公言［＊189］する如く、実際私を鷹揚《おうよう》だと観察していたのかも知れません。私のこせつき方は頭の中の現象で、それほど外へ出なかったようにも考えられますから、あるいは奥さんの方で胡魔化《ごまか》されていたのかも解りません。

私の心が静まると共に、私は段々家族のものと接近して来ました。奥さんともお嬢さんとも笑談《じょうだん》をいうようになりました。茶を入れたからといって向うの室《へや》へ呼ばれる日もありました。また私の方で菓子を買って来て、二人をこっちへ招いたりする晩もありました。私は急に交際の区域が殖《ふ》えたように感じました。それがために大切な勉強の時間を潰《つぶ》される事も何度となくありました。不思議にも、その妨害が私には一向邪魔にならなかったのです。奥さんはもとより閑人《ひまじん》でした。お嬢さんは学校へ行く上に、花だの琴だのを習っているんだから、定めて忙しかろうと思うと、それがまた案外なもので、いくらでも時間に余裕をもっているように見えました。それで三人は顔さえ見るといっしょに集まって、世間話をしながら遊んだのです。

私を呼びに来るのは、大抵お嬢さんでした。お嬢さんは縁側を直角に曲って、私の室の前に立つ事もありますし、茶の間を抜けて、次の室の襖《ふすま》の影から姿を見せる事もありました。お嬢さんはそこへ来て一寸《ちょっと》留まります。それからきっと私の名を呼んで、『お勉強?』と聞きます。私は大抵むずかしい書物を机の前に開けて、それを見詰めていましたから、傍《はた》で見たらさぞ勉強家のように見えたのでしょう。しかし実際をいうと、それほど熱心に書物を研究してはいなかったのです。頁《ページ》の上に眼を着けていながら、お嬢さんの呼びに来るのを待っているくらいなものでした。待っていて来ないと、仕方がないから私の方で立ち上がるのです。そうして向うの室の前へ行って、こっちから『お勉強ですか』と聞くのです。

お嬢さんの部屋は茶の間と続いた六畳でした。奥さんはその茶の間にいる事もあるし、またお嬢さんの部屋にいる事もありました。つまりこの二つの部屋は仕切があっても、ないと同じ事で、親子二人が往《い》ったり来たりして、どっち付かずに占領していたのです。私が外から声を掛けると、『お這入《はいん》なさい』と答えるのはきっと奥さんでした。お嬢さんはそこにいても滅多《めった》に返事をした事がありませんでした。

時たまお嬢さん一人で、用があって私の室へ這入《はい》ったついでに、そこに坐って話し込むような場合もその内に出て来ました。そういう時には、私の心が妙に不安に冒《おか》されて来るのです。そうして若い女とただ差向《さしむか》いで坐っているのが不安なのだとばかりは思えません

でした。私は何だかそわそわし出すのです。自分で自分を裏切るような不自然な態度が私を苦しめるのです。しかし相手の方はかえって平気でした。これが琴を浚《さら》う［＊190］のに声さえ碌《ろく》に出せなかったあの女かしらと疑われるくらい、恥ずかしがらないのです。あまり長くなるので、茶の間から母に呼ばれても、『はい』と返事をするだけで、容易に腰を上げない事さえありました。それでいてお嬢さんは決して子供ではなかったのです。私の眼にはよくそれが解っていました。よく解るように振舞《ふるま》ってみせる痕迹《こんせき》［＊191］さえ明らかでした。

＊189　人前で堂々と言うこと。
＊190　復習する。
＊191　過去にあったことを示すもの。

十四

「私はお嬢さんの立ったあとで、ほっと一息するのです。それと同時に、物足りないようなまた済まないような気持になるのです。私は女らしかったのかも知れません。今の青年の貴方《あなた》がたから見たらなおそう見えるでしょう。しかしその頃の私達は大抵そんなものだったのです。

奥さんは滅多に外出した事がありませんでした。たまに宅《うち》を留守にする時でもお嬢さんと私を二人ぎり残して行くような事はなかったのです。それがまた偶然《ぐうぜん》なのか、故意なのか、私には解らないのです。私の口からいうのは変ですが、奥さんの様子をよく観察していると、何だか自分の娘と私とを接近させたがっているらしくも見えるのです。それでいて、ある場合には、私に対して暗《あん》に警戒するところもあるようなのですから、始めてこんな場合に出会った私は、時々心持をわるくしました。

私は奥さんの態度のどっちかに片付けて貰《もら》いたかったのです。頭の働きからいえば、それが明らかな矛盾《むじゅん》に違いなかったからです。しかし叔父に欺《あざむ》かれた記憶のまだ新しい私は、もう一歩踏み込んだ疑いを挟《さしはさ》まずにはいられませんでした。私は奥さんのこの態度のどっちかが本当で、どっちかが偽《いつわ》りだろうと推定しました。そうして判断に迷いました。ただ判断に迷うばかりでなく、何でそんな妙な事をするかその意味が私には呑《の》み込めなかったのです。理由《わけ》を考え出そうとしても考え出せない私は、罪を女という一字に塗《なす》り付けて我慢した事もありました。畢竟《ひっきょう》女だからああなのだ、女というものはどうせ愚《ぐ》［＊192］なものだ。私の考えは行き詰ればいつでもここへ落ちて来ました。

それほど女を見縊《みくび》って［＊193］いた私が、またどうしてもお嬢さんを見縊る事が出来なかったのです。私の理窟《りくつ》はその人の前に全く用を為《な》さないほど動きませんでした。私はその人に対して、ほとんど信仰に近い愛をもっていたのです。私が宗教だけに用いるこの言葉を、若い女に応用するのを見て、貴方は変に思うかも知れませんが、私は今でも固く信じているのです。本当の愛は宗教心とそう違ったものでないという事を固く信じているのです。私はお嬢さんの顔を見るたびに、自分が美しくなるような心持がしました。お嬢さんの事を考えると、気高《けだか》い気分がすぐ自分に乗り移って来るように思いました。もし愛という不可思議なものに両端《りょうはじ》があって、その高い端《はじ》には神聖な感じが働いて、低い端《はじ》には性欲《せいよく》が動いているとすれば、私の愛はたしかにその高い極端を捕《つら》まえたものです。私はもとより人間として肉を離れる事の出来ない身体《からだ》でした。けれどもお嬢さんを見る私の眼や、お嬢さんを考える私の心は、全く肉の臭《におい》を帯びていませんでした。

私は母に対して反感を懐くと共に、子に対して恋愛の度を増して行ったのですから、三人の関係は、下宿した始めよりは段々複雑になって来ました。もっともその変化はほとんどど内面的で外へは現れて来なかったのです。そのうち私はあるひょっとした機会から、今まで奥さんを誤解していたのではなかろうかという気になりました。奥さんの私に対する矛盾した態度が、どっちも偽りではないのだろうと考え直して来たのです。その上、それが互《たが》い違《ちが》いに奥さんの心を支配するのでなくって、いつでも両方が同時に奥さんの胸に存在しているのだと思うようになったのです。つまり奥さんが出来るだけお嬢さんを私に接近させようとしていながら、同時に私に警戒を加えているのは矛盾のようだけれども、その警戒を加える時に、片方の態度を忘れるのでも翻《ひるがえ》すのでも何でもなく、やはり依然《いぜん》として二人を接近させたがっていたのだと観察したのです。ただ自分が正当と認める程度以上に、二人が密着するのを忌《い》む［＊194］のだと解釈したのです。お嬢さんに対して、肉の方面から近づく念の萌《きざ》さなかった私は、その時入《い》らぬ心配だと思いました。しかし奥さんを悪く思う気はそれから無くなりました。

＊192　おろかなもの。くだらないもの。
＊193　あなどる。見下す。
＊194　嫌う。遠ざける。

十五

「私は奥さんの態度を色々綜合《そうごう》してみて私がここの家《うち》で十分信用されている事を確かめました。しかもその信用は初対面の時からあったのだという証拠さえ発見しました。他《ひと》を疑り始めた私の胸には、この発見が少し奇異なくらいに響いたのです。私は男に比べると女の方がそれだけ直覚に富んでいるのだろうと思いました。同時に、女が男のために、欺《だ》まされるのもここにあるのではなかろうかと思いました。奥さんをそう観察する私が、お嬢さんに対して同じような直覚を強く働かせていたのだから、今考えると可笑《おか》しいのです。私は他《ひと》を信じないと心に誓いながら、絶対にお嬢さんを信じていたのですから。それでいて、私を信じている奥さんを奇異に思ったのですから。

私は郷里の事について余り多くを語らなかったのです。ことに今度の事件については何にもいわなかったのです。私はそれを念頭に浮べてさえすでに一種の不愉快を感じました。私はなるべく奥さんの方の話だけを聞こうと力《つと》めました。ところがそれでは向うが承知しません。何かにつけて、私の国元の事情を知りたがるのです。私はとうとう何もかも話してしまいました。私は二度と国へは帰らない、帰っても何にもない、あるのはただ父と母の墓ばかりだと告げた時、奥さんは大変感動したらしい様子を見せました。お嬢さんは泣きました。私は話して好《い》い事をしたと思いました。私は嬉しかったのです。

私の凡《すべ》てを聞いた奥さんは、果して自分の直覚が的中したといわないばかりの顔をし出しました。それからは私を自分の親戚《みより》に当る若いものか何かを取扱うように待遇《たいぐう》するのです。私は腹も立ちませんでした。むしろ愉快《ゆかい》に感じたくらいです。ところがそのうちに私の猜疑心《さいぎしん》[*195]がまた起って来ました。

私が奥さんを疑り始めたのは、ごく些細《ささい》な事からでした。しかしその些細な事を重ねて行くうちに、疑惑《ぎわく》は段々と根を張って来ます。私はどういう拍子《ひょうし》かふと奥さんが、叔父《おじ》と同じような意味で、お嬢さんを私に接近させようと力めるのではないかと考え出したのです。すると今まで親切に見えた人が、急に狡猾《こうかつ》[*196]な策略家として私の眼に映じて来たのです。私は苦々しい唇《くちびる》を嚙《か》みました。

奥さんは最初から無人《ぶにん》で淋《さむ》しいから、客を置いて世話をするのだと公言していました、私もそれを嘘《うそ》とは思いませんでした。懇意《こんい》になって色々打ち明け話を聞いた後《あと》でも、そこに間違いはなかったように思われます。しかし一般の経済状態は大して豊かだというほどではありませんでした。利害問題から考えてみて、私と特殊《とくしゅ》の関係をつけるのは、先方にとって決して損ではなかったのです。

私はまた警戒を加えました。けれども娘に対して前いったくらいの強い愛をもっている私が、その母に対していくら警戒を加えたって何《なん》になるでしょう。私は一人で自分を嘲笑《ちょうしょう》しました。馬鹿《ばか》だなといって、自分を罵《ののし》った事もあります。しかしそれだけの矛盾ならいくら馬鹿でも私は大した苦痛も感ぜずに済んだのです。私の煩悶《はんもん》は、奥さんと同じようにお嬢さんも策略家ではなかろうかという疑問に会って始めて起るのです。二人が私の背後で打ち合せをした上、万事をやっているのだろうと思うと、私は急に苦しくって堪《たま》らなくなるのです。不愉快なのではありません。絶体絶命のような行き詰《つ》まった心持になるのです。それでいて私は、一方にお嬢さんを固く信じて疑わなかったのです。だか

ら私は信念と迷いの途中に立って少しも動く事が出来なくなってしまいました。私はどっちも想像であり、またどっちも真実であったのです。

＊195　相手の好意などを疑ったり、妬んだりする気持ち。
＊196　ずる賢いさま。

十六

「私は相変らず学校へ出席していました。しかし教壇に立つ人の講義が、遠くの方で聞こえるような心持がしました。勉強もその通りでした。眼の中へ這入《はい》る活字は心の底まで浸《し》み渡らないうちに烟《けむ》の如《ごと》く消えて行くのです。私はその上無口になりました。それを二三の友達が誤解して、瞑想《めいそう》に耽《ふけ》ってでもいるかのように、他《た》の友達に伝えました。私はこの誤解を解こうとはしませんでした。都合の好《い》い仮面を人が貸してくれたのを、かえって仕合せとして喜びました。それでも時々は気が済まなかったのでしょう、発作的《ほっさてき》に焦燥《はしゃ》ぎ廻って彼らを驚かした事もあります。

私の宿は人出入《ひとでいり》の少ない家《うち》でした。親類も多くはないようでした。お嬢さんの学校友達がときたま遊びに来る事はありましたが、極めて小さな声で、いるのだかいないのだか分らないような話をして帰ってしまうのが常でした。それが私に対する遠慮《えんりょ》からだとは、いかな私にも気が付きませんでした。私の所へ訪ねて来るものは、大した乱暴者でもありませんでしたけれども、宅《うち》の人に気兼《きがね》をするほどな男は一人もなかったのですから。そんなところになると、下宿人の私は主人《あるじ》のようなもので、肝心《かんじん》のお嬢さんがかえって食客《いそうろう》の位地にいたと同じ事です。

しかしこれはただ思い出したついでに書いただけで、実はどうでも構わない点です。ただそこにどうでもよくない事が一つあったのです。茶の間か、さもなければお嬢さんの室《へや》で、突然男の声が聞こえるのです。その声がまた私の客と違って、すこぶる低いのです。だから何を話しているのかまるで分らないのです。そうして分らなければ分らないほど、私の神経に一種の昂奮《こうふん》を与えるのです。私は坐《すわ》っていて変にいらいらし出します。私はあれは親類なのだろうか、それともただの知り合いなのだろうかとまず考えて見るのです。それから若い男だろうか年輩の人だろうかと思案してみるのです。坐っていてそんな事の知れようはずがありません。そうかといって、起《た》って行って障子《しょうじ》を開けて見る訳にはなお行きません。私の神経は震えるというよりも、大きな波動を打って私を苦しめます。私は客の帰った後で、きっと忘れずにその人の名を聞きました。お嬢さんや奥さんの返事は、また極めて簡単でした。私は物足りない顔を二人に見せながら、物足りるまで追窮《ついきゅう》［＊197］する勇気をもっていなかったのです。権利は無論もっていなかったのでしょう。私は自分の品格を重んじなければならないという教育から来た自尊心と、現にその自尊心を裏切している物欲しそうな顔付とを同時に彼らの前に示すのです。彼らは笑いました。それが嘲笑の意味でなくって、好意から来たものか、また好意らしく見せるつもりなのか、私は即《そく》坐《ざ》に解釈の余地を見出《みいだ》し得ないほど落付を失ってしまうのです。そうして事が済んだ後で、いつまでも、馬鹿にされたのだ、馬鹿にされたんじゃなかろうかと、何遍《なんべん》も心のうちで繰り返すのです。

私は自由な身体でした。たとい学校を中途で已《や》めようが、またどこへ行ってどう暮らそうが、あるいはどこの何者と結婚しようが、誰とも相談する必要のない位地に立っていました。私は思い切って奥さんにお嬢さんを貰い受ける話をして見ようかという決心をした事がそれまでに何度となくありました。けれどもそのたびごとに私は躊躇《ちゅうちょ》して、口へはとうとう出さずにしまったのです。断られるのが恐ろしいからではありません。もし断られたら、私の運命がどう変化するか分りませんけれども、その代り今までとは方角の違った場所に立って、新しい世の中を見渡す便宜《べんぎ》も生じて来るのですから、そのくらいの勇気は出せば出せたのです。しかし私は誘《おび》き寄せられるのが厭《いや》でした。他《ひと》の手に乗るのは何よりも業腹《ごうはら》でした。叔父に欺《だ》まされた私は、これから先どんな事があっても、人には欺まされまいと決心したのです。

＊197 探究すること。深く考え極めること。

十七

「私が書物ばかり買うのを見て、奥さんは少し着物を拵《こしら》えろといいました。私は実際田舎で織った木綿《もめん》ものしかもっていなかったのです。その頃の学生は絹《いと》の入った着物を肌《はだ》に着けませんでした。私の友達に横浜の商人《あきんど》か何かで、宅《うち》は中々派手《はで》に暮しているものがありましたが、そこへある時羽二重《はぶたえ》［＊198］の胴着《どうぎ》が配達で届いた事があります。すると皆《みん》ながそれを見て笑いました。その男は恥ずかしがって色々弁解しましたが、せっかくの胴着を行李《こうり》の底へ放り込んで利用しないのです。それをまた大勢が寄ってたかってわざと着せました。すると運悪くその胴着に蝨《しらみ》がたかりました。友達はちょうど幸いとでも思ったのでしょう、評判の胴着をくるくると丸めて、散歩に出たついでに、根津《ねづ》の大きな泥溝《どぶ》の中へ棄《す》ててしまいました。その時いっしょに歩いていた私は、橋の上に立って笑いながら友達の所作《しょさ》を眺めていましたが、私の胸のどこにも勿体《もったい》ないという気は少しも起りませんでした。

その頃から見ると私も大分《だいぶ》大人になっていました。けれどもまだ自分で余所行《よそゆき》の着物を拵える［＊199］というほどの分別は出なかったのです。私は卒業して髭《ひげ》を生やす時代が来なければ、服装の心配などはするに及ばないものだという変な考えをもっていたのです。それで奥さんに書物は要《い》るが着物は要らないといいました。奥さんは私の買う書物の分量を知っていました。買った本をみんな読むのかと聞くのです。私の買うものの中《うち》には字引《じびき》もありますが、当然眼を通すべきはずでありながら、頁《ページ》さえ切ってないのもあったのですから、私は返事に窮《きゅう》しました。私はどうせ要らないものを買うなら、書物でも衣服でも同じだという事に気が付きました。その上私は色々世話になるという口実の下に、お嬢さんの気に入るような帯か反物を買ってやりたかったのです。それで万事を奥さんに依頼しました。

奥さんは自分一人で行くとはいいません。私にもいっしょに来いと命令するのです。お嬢さんも行かなくてはいけないというのです。今と違った空気の中に育てられた私どもは、学生の身分としてあまり若い女などといっしょに歩き廻る習慣をもっていなかったものです。その頃の私は今よりもまだ習慣の奴隷《どれい》でしたから、多少躊躇《ちゅうちょ》しましたが、思い切って出掛けました。

お嬢さんは大層着飾っていました。地体《じたい》［＊200］が色の白い癖に、白粉《おしろい》を豊富に塗ったものだからなお目立ちます。往来の人がじろじろ見て行くのです。そうしてお嬢さんを見たものはきっとその視線をひるがえして、私の顔を見るのだから、変なものでした。

三人は日本橋へ行って買いたいものを買いました。買う間にも色々気が変るので、思ったより暇がかかりました。奥さんはわざわざ私の名を呼んでどうだろうと相談をするのです。時々反物をお嬢さんの肩から胸へ竪《たて》に宛《あ》てておいて、私に二三歩遠退《とおの》いて見てくれろというのです。私はそのたびごとに、それは駄目《だめ》だとか、それはよく似合うとかとにかく一人前《いちにんまえ》の口を聞きました。

こんな事で時間が掛って帰りは夕飯《ゆうめし》の時刻になりました。奥さんは私に対するお礼に何かご馳走《ちそう》するといって、木原店《きはらだな》という寄席《よせ》のある狭い横丁へ私を連れ込みました。横丁も狭いが、飯を食わせる家《うち》も狭いものでした。この辺の地理を一向心得ない私は、奥さんの知識に驚いたくらいです。

我々は夜《よ》に入《い》って家《うち》へ帰りました。その翌日《あくるひ》は日曜でしたから、私は終日室《へや》の中《うち》に閉じ籠《こも》っていました。月曜になって、学校へ出ると、私は朝っぱらそうそう級友の一人から調戯《からか》われました。いつ妻《さい》を迎えたのかといってわざとらしく聞かれるのです。それから私の細君《さいくん》は非常に美人だといって賞《ほ》めるのです。私は三人連《づれ》で日本橋へ出掛けたところを、その男にどこかで見られたものと見えます。

＊198 礼服や羽織・羽織裏・胴裏地などに用いる肌触りがよく、つやがある絹織物。
＊199 注文して作らせること。
＊200 本来。

十八

「私は家《うち》へ帰って奥さんとお嬢さんにその話をしました。奥さんは笑いました。しかし定めて迷惑だろうといって私の顔を見ました。私はその時腹のなかで、男はこんな風にして、女から気を引いて見られるのかと思いました。奥さんの眼は充分私にそう思わせるだけの意味をもっていたのです。私はその時自分の考えている通りを直截《ちょくせつ》に打ち明けてしまえば好《よ》かったかも知れません。しかし私にはもう狐疑《こぎ》［＊201］というさっぱりしない塊《かたまり》がこびり付いていました。私は打ち明けようとして、ひょいと留《と》まりました。そうして話の角度を故意に少し外《そ》らしました。

私は肝心《かんじん》の自分というものを問題の中から引き抜いてしまいました。そうしてお嬢さんの結婚について、奥さんの意中［＊202］を探ったのです。奥さんは二三そういう話のないでもないような事を明らかに告げました。しかしまだ学校へ出ているくらいで年が若いから、こちらではさほど急がないのだと説明しました。奥さんは口へは出さないけれども、お嬢さんの容色に大分《だいぶ》重きを置いているらしく見えました。極《き》めようと思えばいつでも極められるんだからというような事さえ口外しました。それからお嬢さんより外《ほか》に子供がないのも、容易に手離したがらない源因になっていました。嫁にやるか、聟《むこ》を取るか、それにさえ迷っているのではなかろうかと思われるところもありました。

話しているうちに、私は色々の知識を奥さんから得たような気がしました。しかしそれがために、私は機会を逸《いっ》したと同様の結果に陥《おちい》ってしまいました。私は自分について、ついに一言《いちごん》も口を開く事が出来ませんでした。私は好《い》い加減なところで話を切り上げて、自分の室《へや》へ帰ろうとしました。

さっきまで傍《そば》にいて、あんまりだわとか何とかいって笑ったお嬢さんは、いつの間にか向うの隅《すみ》に行って、脊中《せなか》をこっちへ向けていました。私は立とうとして振り返った時、その後姿を見たのです。後姿だけで人間の心が読めるはずはありません。お嬢さんがこの問題についてどう考えているか、私には見当《けんとう》が付きませんでした。お嬢さんは戸棚を前にして坐っていました。その戸棚の一尺《しゃく》ばかり開《あ》いている隙間《すきま》から、お嬢さんは何か引き出して膝《ひざ》の上へ置いて眺めているらしかったのです。私の眼はその隙間の端《はじ》に、一昨日《おととい》買った反物を見付け出しました。私の着物もお嬢さんのも同じ戸棚の隅に重ねてあったのです。

私が何ともいわずに席を立ち掛けると、奥さんは急に改まった調子になって、私にどう思うかと聞くのです。その聞き方は何をどう思うのかと反問しなければ解《わか》らないほど不意でした。それがお嬢さんを早く片付けた方が得策だろうかという意味だと判然《はっきり》した時、私はなるべく緩《ゆっ》くらな方がいいだろうと答えました。奥さんは自分もそう思うといいました。

奥さんとお嬢さんと私の関係がこうなっているところへ、もう一人男が入《い》り込まなければならない事になりました。その男がこの家庭の一員となった結果は、私の運命に非常な変化を来《きた》しています。もしその男が私の生活の行路《こうろ》［＊203］を横切らなかったならば、恐らくこういう長いものを貴方《あなた》に書き残す必要も起らなかったでしょう。私は手もなく、魔の通る前に立って、その瞬間の影に一生を薄暗くされて気が付かずにいたのと同じ事です。自白すると、私は自分でその男を宅《うち》へ引っ張って来たのです。無論奥さんの許諾《きょだく》も必要ですから、私は最初何もかも隠さず打ち明けて、奥さんに頼んだのです。ところが奥さんは止《よ》せといいました。私には連れて来なければ済まない事情が充分あるのに、止せという奥さんの方には、筋《すじ》の立った理窟《りくつ》はまるでなかったのです。だから私は私の善《い》いと思うところを強《し》いて断行してしまいました。

＊201　疑ぐり深いこと。

＊202　心の中で考えていること。
＊203　人生の道筋。

十九

「私はその友達の名をここにKと呼んでおきます。私はこのKと子供の時からの仲好《なかよし》でした。子供の時からといえば断らないでも解っているでしょう、二人には同郷の縁故《えんこ》があったのです。Kは真宗《しんしゅう》の坊さんの子でした。もっとも長男ではありません、次男でした。それである医者の所へ養子にやられたのです。私の生れた地方は大変本願寺派《ほんがんじは》の勢力の強い所でしたから、真宗の坊さんは他《ほか》のものに比べると、物質的に割が好《よ》かったようです。一例を挙げると、もし坊さんに女の子があって、その女の子が年頃になったとすると、檀《だん》家《か》［＊204］のものが相談して、どこか適当な所へ嫁にやってくれます。無論費用は坊さんの懐《ふところ》から出るのではありません。そんな訳で真宗寺《しんしゅうでら》は大抵有福《ゆうふく》でした。

Kの生れた家も相応に暮していたのです。しかし次男を東京へ修業に出すほどの余力があったかどうか知りません、また修業に出られる便宜があるので、養子の相談が纏《まと》まったものかどうか、そこも私には分りません。とにかくKは医者の家《うち》へ養子に行ったのです。それは私達がまだ中学にいる時の事でした。私は教場《きょうじょう》で先生が名簿《めいぼ》を呼ぶ時に、Kの姓《せい》が急に変っていたので驚いたのを今でも記憶しています。

Kの養子先もかなりな財産家でした。Kはそこから学資を貰《もら》って東京へ出て来たのです。出て来たのは私といっしょでなかったけれども、東京

へ着いてからは、すぐ同じ下宿に入りました。その時分は一つ室《へや》によく二人も三人も机を並べて寝起したものです。Kと私も二人で同じ間《ま》にいました。山で生捕《いけど》られた動物が、檻《おり》の中で抱き合いながら、外を睨《にら》めるようなものでしたろう。二人は東京と東京の人を畏《おそ》れました。それでいて六畳の間の中では、天下を睥睨《へいげい》［＊205］するような事をいっていたのです。

しかし我々は真面目《まじめ》でした。我々は実際偉くなるつもりでいたのです。ことにKは強かったのです。寺に生れた彼は、常に精進《しょうじん》［＊206］という言葉を使いました。そうして彼の行為動作は悉《ことごと》くこの精進の一語で形容されるように、私には見えたのです。私は心のうちで常にKを畏敬《いけい》［＊207］していました。

Kは中学にいた頃から、宗教とか哲学とかいうむずかしい問題で、私を困らせました。これは彼の父の感化なのか、または自分の生れた家、即《すなわ》ち寺という一種特別な建物に属する空気の影響なのか、解りません。ともかくも彼は普通の坊さんよりは遥《はる》かに坊さんらしい性格をもっていたように見受けられます。元来Kの養家《ようか》では彼を医者にするつもりで東京へ出したのです。しかるに頑固《がんこ》な彼は医者にはならない決心をもって、東京へ出て来たのです。私は彼に向って、それでは養父母を欺《あざむ》くと同じ事ではないかと詰《なじ》りました。大胆

な彼はそうだと答えるのです。道のためなら、そのくらいの事をしても構わないというのです。その時彼の用いた道という言葉は、恐らく彼にもよく解っていなかったでしょう。私は無論解ったとはいえません。しかし年の若い私達には、この漠然《ばくぜん》とした言葉が尊《たっと》く響いたのです。よし解らないにしても気高《けだか》い心持に支配されて、そちらの方へ動いて行こうとする意気組《いきぐみ》［＊208］に卑《いや》しいところの見えるはずはありません。私はKの説に賛成しました。私の同意がKにとってどのくらい有力であったか、それは私も知りません。一図《いちず》な彼は、たとい私がいくら反対しようとも、やはり自分の思い通りを貫《つらぬ》いたに違いなかろうとは察せられます。しかし万一の場合、賛成の声援を与えた私に、多少の責任が出来てくるぐらいの事は、子供ながら私はよく承知していたつもりです。よしその時にそれだけの覚悟がないにしても、成人した眼で、過去を振り返る必要が起った場合には、私に割り当られただけの

責任は、私の方で帯びるのが至当《しとう》になるくらいな語気［＊209］で私は賛成したのです。

＊204 寺の信徒となり、布施して、葬式・法事などを行ってもらう家。
＊205 威圧して睨みつけること。
＊206 戒律を守り、仏道修行に努めること。
＊207 心から畏れ、敬うこと。
＊208 意気込み。
＊209 話す言葉の調子や言い方。

二十

「Kと私は同じ科へ入学しました。Kは澄ました顔をして、養家から送ってくれる金で、自分の好きな道を歩き出したのです。知れはしないという安心と、知れたって構うものかという度胸とが、二つながらKの心にあったものと見るよりほか仕方がありません。Kは私よりも平気でした。

最初の夏休みにKは国へ帰りませんでした。駒込《こまごめ》のある寺の一間《ひとま》を借りて勉強するのだといっていました。私が帰って来たのは九月上旬でしたが、彼は果して大観音《おおがんのん》の傍《そば》の汚い寺の中に閉じ籠《こも》っていました。彼の座敷は本堂のすぐ傍《そば》の狭い室《へや》でしたが、彼はそこで自分の思う通りに勉強が出来たのを喜んでいるらしく見えました。私はその時彼の生活の段々坊さんらしくなって行くのを認めたように思います。彼は手頸《てくび》に珠数《じゅず》を懸けていました。私がそれは何のためだと尋ねたら、彼は親指で一つ二つと勘定《かんじょう》する真似《まね》をして見せました。彼はこうして日に何遍《なんべん》も珠数の輪を勘定するらしかったのです。ただしその意味は私には解りません。円い輪になっているものを一粒ずつ数えて行けば、どこまで数えて行っても終局はありません。Kはどんな所でどんな心持がして、爪繰《つまぐ》る［＊210］手を留《と》めたでしょう。つまらない事ですが、私はよくそれを思うのです。

私はまた彼の室に聖書を見ました。私はそれまでにお経《きょう》の名をたびたび彼の口から聞いた覚えがありますが、基督《キリスト》教については、問われた事も答えられた例《ためし》もなかったのですから、一寸《ちょっと》驚きました。私はその理由《わけ》を訊《たず》ねずにはいられませんでした。Kは理由《わけ》はないといいました。これほど人の有難《ありがた》がる書物なら読んで見るのが当り前だろうともいいました。その上彼は機会があったら、コーランも読んで見るつもりだといいました。彼はモハメッドと剣という言葉に大いなる興味をもっているようでした。

二年目の夏に彼は国から催促《さいそく》を受けてようやく帰りました。帰っても専門の事は何にもいわなかったものと見えます。家《うち》でもまたそこに気が付かなかったのです。あなたは学校教育を受けた人だから、こういう消息《しょうそく》をよく解しているでしょうが、世間は学生の生活だの、学校の規則だのに関して、驚くべく無知なものです。我々に何でもない事が一向外部へは通じていません。我々はまた比較的内部の空気ばかり吸っているので、校内の事は細大ともに世の中に知れ渡っているはずだと思い過ぎる癖があります。Kはその点にかけて、私より世間を知っていたのでしょう、澄ました顔でまた戻って来ました。国を立つ時は私もいっしょでしたから、汽車へ乗るや否《いな》やすぐどうだったとKに問いました。Kはどうでもなかったと答えたのです。

三度目の夏はちょうど私が永久に父母《ふぼ》の墳墓《ふんぼ》の地を去ろうと決心した年です。私はその時Kに帰国を勧めましたが、Kは応じませんでした。そう毎年家《まいとしうち》へ帰って何をするのだというのです。彼はまた踏み留《とど》まって勉強するつもりらしかったのです。私は仕方なしに一人で東京を立つ事にしました。私の郷里で暮らしたその二カ月間が、私の運命にとって、いかに波瀾《はらん》に富んだものかは、前に書いた通りですから繰り返しません。私は不平と幽鬱《ゆううつ》［＊211］と孤独の淋《さび》しさとを一つ胸に抱《いだ》いて、九月に入《い》ってまたKに逢《あ》いました。すると彼の運命もまた私と同様に変調を示していました。彼は私の知らないうちに、養家先へ手紙を出して、こっちから自分の詐《いつわ》りを白状してしまったのです。彼は最初からその覚悟でいたのだそうです。今更仕方がないから、お前の好きなものをやるより外《ほか》に途《みち》はあるまいと、向うにいわせるつもりもあったのでしょうか。とにかく大学へ入ってまでも養父母を欺《あざむ》き通す気はなかったらしいのです。また欺こうとしても、そう長く続くものではないと見抜いたのかも知れません。

二十一

「Kの手紙を見た養父は大変怒りました。親を騙《だま》すような不埒《ふらち》［＊212］なものに学資を送る事は出来ないという厳しい返事をすぐ寄こしたのです。Kはそれを私に見せました。Kは

＊210　指先で繰り動かす。
＊211　気がふさぐこと。

またそれと前後して実家から受取った書翰《しょかん》［＊213］も見せました。これにも前に劣らないほど厳しい詰責《きっせき》［＊214］の言葉がありました。養家先へ対して済まないという義理が加わっているからでもありましょうが、こっちでも一切構わないと書いてありました。Kがこの事件のために復籍《ふくせき》してしまうか、それとも他に妥協《だきょう》の道を講じて、依然養家に留《とど》まるか、そこはこれから起る問題として、差し当りどうかしなければならないのは、月々に必要な学資でした。

私はその点についてKに何か考えがあるかと尋ねました。Kは夜学校《やがっこう》の教師でもするつもりだと答えました。その時分は今に比べると、存外《ぞんがい》世の中が寛《くつろ》いでいましたから、内職の口は貴方が考えるほど払底《ふってい》［＊215］でもなかったのです。私はKがそれで充分やって行けるだろうと考えました。しかし私には私の責任があります。Kが養家の希望に背《そむ》いて、自分の行きたい道を行こうとした時、賛成したものは私です。私はそうかといって手を拱《こまぬ》いでいる訳に行きません。私はその場で物質的の補助をすぐ申し出しました。するとKは一も二もなくそれを跳《は》ね付けました。彼の性格からいって、自活の方が友達の保護の下《もと》に立つより遥《はる》かに快く思われたのでしょう。彼は大学へ這入《はい》った以上、自分一人ぐらいどうか出来なければ男でないような事をいいました。私は私の責任を完《まっと》うするために、Kの感情を傷つけるに忍びませんでした。それで彼の思う通りにさせて、私は手を引きました。

Kは自分の望むような口をほどなく探し出しました。しかし時間を惜《お》しむ彼にとって、この仕事がどのくらい辛《つら》かったかは想像するまでもない事です。彼は今まで通り勉強の手をちっとも緩めずに、新しい荷を脊負《しょ》って猛進したのです。私は彼の健康を気遣いました。しかし剛気《ごうき》［*216］な彼は笑うだけで、少しも私の注意に取合いませんでした。

同時に彼と養家との関係は、段々こん絡《がら》かって来ました。時間に余裕のなくなった彼は、前のように私と話す機会を奪われたので、私はついにその顚末《てんまつ》を詳しく聞かずにしまいましたが、解決のますます困難になって行くことだけは承知していました。人が仲に入って調停を試みた事も知っていました。その人は手紙でKに帰国を促したのですが、Kは到底《とうてい》駄目《だめ》だといって、応じませんでした。この剛情《ごうじょう》なところが、――Kは学年中で帰れないのだから仕方がないといいましたけれども、向うから見れば剛情でしょう。そこが事態をますます険悪にしたようにも見えました。彼は養家の感情を害すると共に、実家の怒りも買うようになりました。私が心配して双方を融和《ゆうわ》するために手紙を書いた時は、もう何の効果《ききめ》もありませんでした。私の手紙は一言《ひとこと》の返事さえ受けずに葬《ほうむ》られてしまったのです。私も腹が立ちました。今までも行掛り上、Kに同情していた私は、それ以後は理否《りひ》［*217］

を度外に置いてもKの味方をする気になりました。
最後にKはとうとう復籍［*218］に決しました。養家から出して貰った学資は、実家で弁償する事になったのです。その代り実家の方でも構わないから、これからは勝手にしろというのです。昔の言葉でいえば、まあ勘当《かんどう》なのでしょう。あるいはそれほど強いものでなかったかも知れませんが、当人はそう解釈していました。Kは母のない男でした。彼の性格の一面は、たしかに継母《けいぼ》に育てられた結果とも見る事が出来るようです。もし彼の実の母が生きていたら、あるいは彼と実家との関係に、こうまで隔《へだ》たりが出来ずに済んだかも知れないと私は思うのです。彼の父は云いうまでもなく僧侶《そうりょ》でした。けれども義理《ぎり》堅《がた》い点において、むしろ武士《さむらい》に似たところがありはしないかと疑われます。

*212 道理に外れて非難されるべきこと。
*213 手紙。
*214 詰問。
*215 まったくなくなること。
*216 強気で屈しないさま。
*217 正しいか否か。

二十二

*218　もとの戸籍に戻ること。

「Kの事件が一段落ついた後で、私は彼の姉の夫から長い封書を受取りました。Kの養子に行った先は、この人の親類に当るのですから、彼を周旋した時にも、彼を復籍させた時にも、この人の意見が重きをなしていたのだと、Kは私に話して聞かせました。

手紙にはその後《ご》Kがどうしているか知らせてくれと書いてありました。姉が心配しているから、なるべく早く返事を貰いたいという依頼も付け加えてありました。Kは寺を嗣《つ》いだ兄よりも、他家へ縁づいたこの姉を好いていました。彼らはみんな一つ腹から生れた姉弟《きょうだい》ですけれども、この姉とKの間には大分《だいぶ》年歯《とし》の差があったのです。それでKの子供の時分には、継母《ままはは》よりもこの姉の方が、かえって本当の母らしく見えたのでしょう。

私はKに手紙を見せました。Kは何ともいいませんでしたけれども、自分の所へこの姉から同じような意味の書状が二三度来たという事を打ち明けました。Kはそのたびに心配するに及ばないと答えてやったのだそうです。運悪くこの姉は生活に余裕のない家に片付いたために、いくらKに同情があっても、物質的に弟をどうしてやる訳にも行かなかったのです。

私はKと同じような返事を彼の義兄宛《あて》で出しました。その中に、万一の場合には私がどうでもするから、安心するようにという意味を強い言葉で書き現わしました。これは固《もと》より私の一存でした。Kの行先《ゆくさき》を心配するこの姉に安心を与えようという好意は無論含まれていましたが、私を軽蔑《けいべつ》したとより外《ほか》に取りようのない彼の実家や養家に対する意地もあったのです。

Kの復籍したのは一年生の時でした。それから二年生の中頃になるまで、約一年半の間、彼は独力で己《おの》れを支えて行ったのです。ところがこの過度の労力が次第に彼の健康と精神の上に影響して来たように見え出しました。それには無論養家を出る出ないの蒼蠅《うるさ》い問題も手伝っていたでしょう。彼は段々感傷的《センチメンタル》［＊219］になって来たのです。時によると、自分だけが世の中の不幸を一人で脊負《しょ》って立っているような事をいいます。そうしてそれを打ち消せばすぐ激するのです。それから自分の未来に横たわる光明《こうみょう》が、次第に彼の眼を遠《とお》退《の》いて行くようにも思って、いらいらするのです。学問をやり始めた時には、誰しも偉大

な抱負をもって、新しい旅に上《のぼ》るのが常ですが、一年と立ち二年と過ぎ、もう卒業も間近になると、急に自分の足の運びの鈍《のろ》いのに気が付いて、過半はそこで失望するのが当り前になっていますから、Kの場合も同じなのですが、彼の焦慮《あせ》り方はまた普通に比べると遥かに甚《はなは》だしかったのです。私はついに彼の気分を落ち付けるのが専《せん》一《いち》だと考えました。

私は彼に向って、余計な仕事をするのは止《よ》せといいました。そうして当分身体《からだ》を楽にして、遊ぶ方が大きな将来のために得策だと忠告しました。剛情なKの事ですから、容易に私のいう事などは聞くまいと、かねて予期していたのですが、実際いい出してみると、思ったよりも説き落すのに骨が折れたので弱りました。Kはただ学問が自分の目的ではないと主張するのです。意志の力を養って強い人になるのが自分の考えだというのです。それにはなるべく窮屈《きゅうくつ》な境遇にいなくてはならないと結論するのです。普通の人から見ればまるで酔興《すいきょう》［＊220］です。その上窮屈な境遇にいる彼の意志は、ちっとも強くなっていないのです。彼はむしろ神経衰弱《すいじゃく》に罹《かか》っているくらいなのです。私は仕方がないから、彼に向って至極《しごく》同感であるような様子を見せました。自分もそういう点に向って、人生を進むつもりだったと遂《つい》には明言しました。（もっともこれは私にとってまんざら空虚《くうきょ》な言葉でもなかったのです。Ｋの説を聞いていると、段々そういうところに釣《つ》り込まれて来るくらい、彼には力があったのですから）。最後に私はＫといっしょに住んで、いっしょに向上の路《みち》を辿《たど》って行きたいと発議《はつぎ》［＊221］しました。私は彼の剛情を折り曲げるために、彼の前に跪《ひざまず》く事をあえてしたのです。そうして漸《やっ》との事で彼を私の家に連れて来ました。

二十三

「私の座敷には控えの間というような四畳が付属していました。玄関を上《あが》って私のいる所へ通ろうとするには、ぜひこの四畳を横切らなければならないのだから、実用の点から見ると、至極《しごく》不便な室《へや》でした。私はここへKを入れたのです。もっとも最初は同じ八畳に二つ机を並べて、次の間を共有にしておく考えだったのですが、Kは狭苦しくっても一人でいる方が好《い》いといって、自分でそっちのほうを択《えら》んだのです。

前にも話した通り、奥さんは私のこの処置に対して始めは不賛成だったのです。下宿屋ならば、一人より二人が便利だし、二人より三人が得になるけれども、商売でないのだから、なるべくなら止《よ》した方が好《い》いというのです。私が決して世話の焼ける人でないから構うまいというと、世話は焼けないでも、気心の知れない人は厭《いや》だと答えるのです。それで

＊219 涙もろく、悲哀の感情に流されがちなこと。
＊220 常軌を逸する風変わりなさま。
＊221 意見を出すこと。

は今厄介《やっかい》になっている私だって同じ事ではないかと詰《なじ》ると、私の気心は初めからよく分っていると弁解して已《や》まないのです。私は苦笑しました。すると奥さんはまた理窟《りくつ》の方向を更《か》えます。そんな人を連れて来るのは、私のために悪いから止《よ》せといい直します。なぜ私のためにに悪いかと聞くと、今度は向うで苦笑するのです。

実をいうと私だって強《し》いてKといっしょになる必要はなかったのです。けれども月々の費用を金の形で彼の前に並べて見せると、彼はきっとそれを受取る時に躊躇《ちゅうちょ》するだろうと思ったのです。彼はそれほど独立心の強い男でした。だから私は彼を私の宅《うち》へ置いて、二人前《ふたりまえ》の食料を彼の知らない間《ま》にそっと奥さんの手に渡そうとしたのです。しかし私はKの経済問題について、一言《いちごん》も奥さんに打ち明ける気はありませんでした。

私はただKの健康について云々《うんぬん》しました。一人で置くとますます人間が偏窟《へんくつ》になるばかりだからといいました。それに付け足して、Kが養家と折合《おりあい》の悪かった事や、実家と離れてしまった事や、色々話して聞かせました。私は溺《おぼ》れかかった人を抱《だ》いて、自分の熱を向うに移してやる覚悟で、Kを引き取るのだと告げました。そのつもりであたたかい面倒《めんどう》を見てやってくれと、奥さんにもお嬢さんにも頼みました。私はここまで来てようよう奥さんを説き伏せたのです。しかし私から何にも聞かないKは、この顚末をまるで知らずにいました。私もかえってそれを満足に思って、のっそり引き移って来たKを、知らん顔で迎えました。

奥さんとお嬢さんは、親切に彼の荷物を片付ける世話や何かをしてくれました。凡《すべ》てそれを私に対する好意から来たのだと解釈した私は、心のうちで喜びました。――Kが相変らずむっちりした様子をしているにもかかわらず。

私がKに向って新しい住居《すまい》の心持はどうだと聞いた時に、彼はただ一言《いちげん》悪くないといっただけでした。私からいわせれば悪くないどころではないのです。彼の今までいた所は北向きの湿っぽい臭《にお》いのする汚い室でした。食物《くいもの》も室相応に粗末でした。私の家へ引き移った彼は、幽谷《ゆうこく》

［＊222］から喬木《きょうぼく》［＊223］に移った趣《おもむき》があったくらいです。それをさほどに思う気色《けしき》を見せないのは、一つは彼の強情《ごうじょう》から来ているのですが、一つは彼の主張からも出ているのです。仏教の教義で養われた彼は、衣食住についてとかくの贅沢《ぜいたく》をいうのをあたかも不道徳のように考えていました。なまじい昔の高僧だとか聖徒《セーント》だとかの伝《でん》を読んだ彼には、動《やや》ともすると精神と肉体とを切り離したがる癖がありました。肉を鞭撻《べんたつ》［＊224］すれば霊の光輝《こうき》が増すように感ずる場合さえあったのかも知れません。

私はなるべく彼に逆らわない方針を取りました。私は氷を日向《ひなた》へ出して溶かす工夫をしたのです。今に融《と》けて温かい水になれば、自分で自分に気が付く時機が来るに違いないと思ったのです。

＊222 静かで奥深い谷。
＊223 高い木。
＊224 怠らぬよう、強いて励ますこと。

二十四

「私は奥さんからそういう風《ふう》に取扱われた結果、段々快活になって来たのです。それを自覚していたから、同じものを今度はKの上に応用しようと試みたのです。Kと私とが性格の上において、大分《だいぶ》相違のある事は、長く交際《つきあ》って来た私によく解《わか》っていましたけれども、私の神経がこの家庭に入ってから多少角《かど》が取れた如《ごと》く、Kの心もここに置けばいつか鎮まる事があるだろうと考えたのです。

Kは私より強い決心を有している男でした。勉強も私の倍ぐらいはしたでしょう。その上持って生れた頭の質《たち》が私よりもずっとよかったのです。後《あと》では専門が違いましたから何ともいえませんが、同じ級にいる間は、中学でも高等学校でも、Kの方が常に上席を占めていました。私には平生《へいぜい》から何をしてもKに及ばないという自覚があったくらいです。けれども私が強いてKを私の宅《うち》へ引っ張って来た時には、私の方がよく事理を弁《わきま》えていると信じていました。私にいわせると、彼は我慢と忍耐の区別を了解していないように思われたのです。これはとくに貴方《あなた》のために付け足しておきたいのですから聞いて下さい。肉体なり精神なり凡《すべ》て我々の能力は、外部の刺戟《しげき》で、発達もするし、破壊されもするでしょうが、どっちにしても刺戟を段々に強くする必要のあるのは無論ですから、よく考えないと、非常に険悪な方向へむいて進んで行きながら、自分は勿論傍《もちろんはた》のものも気が付かずにいる恐れが生じてきます。医者の説明を聞くと、人間の胃袋ほど横着なものはないそうです。粥《かゆ》ばかり食っていると、それ以上の堅いものを消化《こな》す力がいつの間にかなくなってしまうのだそうです。だから何でも食う稽古《けいこ》をしておけと医者はいうのです。けれどもこれはただ慣れるという意味ではなかろうと思います。次第に刺戟を増すに従って、次第に営養機能の抵抗力が強くなるという意味でなくてはなりますまい。もし反対に胃の力の方がじりじり弱って行ったなら結果はどうなるだろうと想像してみればすぐ解る事です。Kは私より偉大な男でしたけれども、全くここに気が付いていなかったのです。ただ困難に慣れてしまえば、しまいにその困難は何でもなくなるものだと極《き》めていたらしいのです。艱苦《かんく》［＊225］を繰り返せば、繰り返すというだけの功徳《くどく》で、その艱苦が気にかからなくなる時機に邂逅《めぐりあ》えるものと信じ切っていたらしいのです。

　私はKを説くときに、ぜひそこを明らかにしてやりたかったのです。しかしいえばきっと反抗されるに極っていました。また昔の人の例などを、引合に持って来るに違いないと思いました。そうなれば私だって、その人達とKと違っている点を明白に述べなければならなくなります。それを首肯《うけが》って［＊226］くれるようなKならいいのですけれども、彼の性質として、議論がそこまで行くと容易に後《あと》へは返りません。なお先へ出ます。そうして、口で先へ出た通りを、行為で実現しに掛ります。彼はこうなると恐るべき男でした。偉大でした。自分で自分を破壊しつつ進みます。結果から見れば、彼はただ自己の成功を打ち砕《くだ》く意味において、偉大なのに過ぎないのですけれども、それでも決して平凡ではありませんでした。彼の気性《きしょう》をよく知った私はついに何ともいう事が出来なかったのです。その上私から見ると、彼は前にも述べた通り、多少神経衰弱に罹《かか》っていたように思われたのです。よし私が彼を説き伏せたところで、彼は必ず激するに違いないのです。私は彼と喧《けん》嘩《か》をする事は恐れてはいませんでしたけれども、私が孤独の感に堪《た》えなかった自分の境遇を顧《かえり》みると、親友の彼を、同じ孤独の境遇に置くのは、私にとって忍びない事でした。一歩進んで、より孤独な境遇に突き落すのはなお厭でした。それで私は彼が宅へ引き移ってからも、当分の間は批評がましい批評を彼の上に加えずにいました。ただ穏やかに周囲の彼に及ぼす結果を見る事にしたのです。

二十五

「私は蔭《かげ》へ廻って、奥さんとお嬢さんに、なるべくKと話をするように頼みました。私は彼のこれまで通って来た無言生活が彼に祟《たた》っているのだろうと信じたからです。使わない鉄が腐るように、彼の心には錆《さび》が出ていたとしか、私には思われなかったのです。

奥さんは取り付き把《は》のない人だといって笑っていました。お嬢さんはまたわざわざその例を挙げて私に説明して聞かせるのです。火鉢《ひばち》に火があるかと尋ねると、Kは無いと答えるそうです。では持って来《き》ようというと、要《い》らないと断るそうです。寒くはないかと聞くと、寒いけれども要らないんだといったぎり応対をしないのだそうです。私はただ苦笑している訳にも行きません。気の毒だから、何とかいってその場を取繕《とりつくろ》っておかなければ済まなくなります。もっともそれは春の事ですから、強いて火にあたる必要もなかったの

＊225 悩み苦しむこと。
＊226 承知する。引き受ける。

ですが、これでは取り付き把がないといわれるのも無理はないと思いました。

それで私はなるべく、自分が中心になって、女二人とKとの連絡をはかるように力《つと》めました。Kと私が話している所へ家《うち》の人を呼ぶとか、または家《うち》の人と私が一つ室《へや》に落ち合った所へ、Kを引っ張り出すとか、どっちでもその場合に応じた方法をとって、彼らを接近させようとしたのです。勿論《もちろん》Kはそれをあまり好みませんでした。ある時はふいと起《た》って室の外へ出ました。またある時はいくら呼んでも中々出て来ませんでした。Kはあんな無駄話《むだばなし》をしてどこが面白いというのです。私はただ笑っていました。しかし心の中《うち》では、Kがそのために私を軽蔑《けいべつ》している事がよく解りました。

私はある意味から見て実際彼の軽蔑に価《あたい》していたかも知れません。彼の眼の着け所は私より遥《はる》か

に高いところにあったともいわれるでしょう。私もそれを否《いな》みはしません。しかし眼だけ高くって、外《ほか》が釣り合わないのは手もなく不具《かたわ》です。私は何を措《お》いても、この際彼を人間らしくするのが専一《せんいち》［＊227］だと考えたのです。いくら彼の頭が偉い人の影像《イメジ》で埋《うず》まっていても、彼自身が偉くなって行かない以上は、何の役にも立たないという事を発見したのです。私は彼を人間らしくする第一の手段として、まず異性の傍《そば》に彼を坐《すわ》らせる方法を講じたのです。そうしてそこから出る空気に彼を曝《さら》した上、錆付《さびつ》きかかった彼の血液を新しくしようと試みたのです。

この試みは次第に成功しました。初めのうち融合しにくいように見えたものが、段々一つに纏《まと》まって来出しました。彼は自分以外に世界のある事を少しずつ悟って行くようでした。彼はある日私に向って、女はそう軽蔑すべきものでないというような事をいいました。Kははじめ女からも、私同様の知識と学問を要求していたらしいのです。そうしてそれが

見付からないと、すぐ軽蔑の念を生じたものと思われます。今までの彼は、性によって立場を変える事を知らずに、同じ視線で凡《すべ》ての男女《なんにょ》を一様に観察していたのです。私は彼に、もし我ら二人だけが男同志で永久に話を交換しているならば、二人はただ直線的に先へ延びて行くに過ぎないだろうといいました。彼はもっともだと答えました。私はその時お嬢さんの事で、多少夢中になっている頃でしたから、自然そんな言葉も使うようになったのでしょう。しかし裏面の消息は彼には一口も打ち明けませんでした。

今まで書物で城壁をきずいてその中に立て籠《こも》っていたようなKの心が段々打ち解けて来るのを見ているのは、私にとって何よりも愉快でした。私は最初からそうした目的で事をやり出したのですから、自分の成功に伴う喜悦《きえつ》を感ぜずにはいられなかったのです。私は本人にいわない代りに、奥さんとお嬢さんに自分の思った通りを話しました。二人も満足の様子でした。

＊227　第一であること。

二十六

「Kと私は同じ科におりながら、専攻の学問が違っていましたから、自然出る時や帰る時に遅速がありました。私の方が早ければ、ただ彼の空室《くうしつ》を通り抜けるだけですが、遅いと簡単な挨拶《あいさつ》をして自分の部屋へ這入《はい》るのを例にしていました。Kはいつもの眼を書物からはなして、襖《ふすま》を開ける私を一寸《ちょっと》見ます。そうしてきっと今帰ったのかといいます。私は何も答えないで点頭《うなず》く事もありますし、あるいはただ『うん』と答えて行き過ぎる場合もありました。

ある日私は神田に用があって、帰りがいつもよりずっと後《おく》れました。私は急ぎ足に門前まで来て、格子《こうし》をがらりと開けました。それと同時に、私はお嬢さんの声を聞いたのです。声は慥《たし》かにKの室《へや》から出たと思いました。玄関から真直《まっすぐ》に行けば、茶の間、お嬢さんの部屋と二つ続いていて、それを左へ折れると、Kの室、私の室、という間取なのですから、どこで誰の声がしたくらいは、久しく厄介《やっかい》になっている私にはよく分るのです。私はすぐ格子を締めました。するとお嬢さんの声もすぐ已《や》みました。私が靴を脱いでいるうち、

——私はその時分からハイカラで手数《てかず》のかかる編上《あみあげ》［＊228］を穿《は》いていたのですが、——私がごごんでその靴紐《くつひも》を解いているうち、Kの部屋では誰の声もしませんでした。私は変に思いました。ことによると、私の疳違《かんちが》いかも知れないと考えたのです。しかし私がいつもの通りKの室を抜けようとして、襖を開けると、そこに二人はちゃんと坐《すわ》っていました。Kは例の通り今帰ったかといいました。お嬢さんも『お帰り』と坐ったままで挨拶しました。私には気のせいかその簡単な挨拶が少し硬いように聞こえました。どこかで自然を踏み外《はず》しているような調子として、私の鼓膜《こまく》に響いたのです。私はお嬢さんに、奥さんはと尋ねました。私の質問には何の意味もありませんでした。家のうちが平常より何だかひっそりしていたから聞いてみただけの事です。

奥さんは果して留守でした。下女も奥さんといっしょに出たのでした。だから家《うち》に残っているのは、Kとお嬢さんだけだったのです。私は一寸《ちょっと》首を傾けました。今まで長い間世話になっていたけれども、奥さんがお嬢さんと私だけを置き去りにして、宅《うち》を空けた例《ためし》はまだなかったのですから。私は何か急用でも出来たのかとお嬢さんに聞き返しました。お嬢さんはただ笑っているのです。私はこんな時に笑う女が嫌いでした。若い女に共通な点だといえばそれまでかも知れませんが、お嬢さんも下らない事によく笑いたがる女でした。

しかしお嬢さんは私の顔色を見て、すぐ不断の表情に帰りました。急用ではないが、一寸《ちょっと》用があって出たのだと真面目《まじめ》に答えました。下宿人の私にはそれ以上問い詰める権利はありません。私は沈黙しました。

　私が着物を改めて席に着くか着かないうちに、奥さんも下女も帰って来ました。やがて晩飯《ばんめし》の食卓でみんなが顔を合せる時刻が来ました。下宿した当座は万事《ばんじ》客扱いだったので、食事のたびに下女が膳《ぜん》を運んで来てくれたのですが、それがいつの間にか崩れて、飯時《めしどき》には向うへ呼ばれて行く習慣になっていたのです。Kが新しく引き移った時も、私が主張して彼を私と同じように取扱わせる事に極めました。その代り私は薄い板で造った足の畳《たた》み込める華奢《きゃしゃ》［＊229］な食卓を奥さんに寄附《きふ》しました。今ではどこの宅でも使っているようですが、その頃そんな卓の周囲に並んで飯を食う家族はほとんどなかったのです。私はわざわざお茶の水の家具屋へ行って、私の工夫通りにそれを造り上げさせたのです。

　私はその卓上で奥さんからその日いつもの時刻に肴屋《さかなや》が来なかったので、私達に食わ

せるものを買いに町へ行かなければならなかったのだという説明を聞かされました。なるほど客を置いている以上、それももっともな事だと私が考えた時、お嬢さんは私の顔を見てまた笑い出しました。しかし今度は奥さんに叱《しか》られてすぐ已めました。

*228 編み上げ靴。
*229 上品なほっそりしたさま。

二十七

「一週間ばかりして私はまたKとお嬢さんがいっしょに話している室《へや》を通り抜けました。その時お嬢さんは私の顔を見るや否や笑い出しました。私はすぐ何が可笑《おか》しいのかと聞けばよかったのでしょう。それをつい黙って自分の居間まで来てしまったのです。だからKもいつものように、今帰ったかと声を掛ける事が出来なくなりました。お嬢さんはすぐ障子《しょうじ》を開けて茶の間へ入ったようでした。

夕飯《ゆうめし》の時、お嬢さんは私を変な人だといいました。私はその時もなぜ変なのか聞かずにしまいました。ただ奥さんが睨《にら》めるような眼をお嬢さんに向けるのに気が付いただけでした。

私は食後Kを散歩に連れ出しました。二人は伝通院《でんずういん》の裏手から植物園の通りをぐるりと廻ってまた富坂《とみざか》の下へ出ました。散歩としては短い方ではありませんでしたが、その間《あいだ》に話した事は極めて少なかったのです。性質からいうと、Kは私よりも無口な男でした。私も多弁な方ではなかったのです。しかし私は歩きながら、出来るだけ話を彼に仕掛けて見ました。私の問題はおもに二人の下宿している家族についてでした。私は奥さんやお嬢さんを彼がどう見ているか知りたかったのです。ところが彼は海のものとも山のものとも見《み》分《わ》けの付かないような返事ばかりするのです。しかもその返事は要領を得ない癖に、極めて簡単でした。彼は二人の女に関してよりも、専攻の学科の方に多くの注意を払っているように見えました。もっともそれは二学年目の試験が目の前に逼《せま》っている頃でしたから、普通の人間の立場から見て、彼の方が学生らしい学生だったのでしょう。その上彼はシュエデンボルグがどうだとかこうだとかいって、無学な私を驚かせました。

我々が首尾よく試験を済ましました時、二人とももう後一年だといって奥さんは喜んでくれました。そういう奥さんの唯一《ゆいいつ》の誇《ほこ》りとも見られるお嬢さんの卒業も、間もなく来る順になっていたのです。Kは私に向って、女というものは何にも知らないで学校を出るのだといいました。Kはお嬢さんが学問以外に稽古《けいこ》している縫針《ぬいはり》だの琴だの活花《いけばな》だのを、まるで眼中に置いていないようでした。私は彼の迂闊《うかつ》を笑ってやりました。そうして女の価値はそんなところにあるものでないという昔の議論をまた彼の前で繰り返しました。彼は別段反駁《はんばく》［＊230］もしませんでした。その代りなるほどという様子も見せませんでした。私にはそこが愉快でした。彼のふんといったような調子が、依然として女を軽蔑しているように見えたからです。女の代表者として私の知っているお嬢さんを、物の数とも思っていないらしかったからです。今から回顧すると、私のKに対する嫉妬《しっと》は、その時にもう充分萌《きざ》していたのです。

私は夏休みにどこかへ行こうかとKに相談しました。Kは行きたくないような口振《くちぶり》を見せました。無論彼は自分の自由意志でどこへも行ける身体《からだ》ではありませんが、私が誘いさえすれば、またどこへ行っても差支《さしつか》えない身体だったのです。私はなぜ行きたくないのかと彼に尋ねて見ました。彼は理由も何にもないというのです。宅《うち》で書物を読んだ方が自分の勝手だというのです。私が避暑地《ひしょち》へ行って涼しい所で勉強した方が、身体のためだと主張すると、それなら私一人行ったらよかろうというのです。しかし私はK一人をここに残して行く気にはなれないのです。私はただでさえKと宅のものが段々親しくなって行くのを見ているのが、余り好《い》い心持ではなかったのです。私が最初希望した通りになるのが、何で私の心持を悪くするのかといわれればそれまでです。私は馬鹿《ばか》に違いないのです。果《はて》しのつかない二人の議論を見るに見かねて奥さんが仲へ入りました。二人はとうとういっしょに房州《ぼうしゅう》へ行く事になりました。

＊230　反論。

二十八

「Kはあまり旅へ出ない男でした。私にも房州は始めてでした。二人は何にも知らないで、船が一番先へ着いた所から上陸したのです。たしか保田《ほた》とかいいました。今ではどんなに変っているか知りませんが、その頃は非道《ひど》い漁村でした。第一《だいいち》どこもかしこも腥《なまぐさ》い［＊231］

のです。それから海へ入ると、波に押し倒されて、すぐ手だの足だのを擦《す》り剝《む》くのです。拳《こぶし》のような大きな石が打ち寄せる波に揉《も》まれて、始終ごろごろしているのです。

私はすぐ厭《いや》になりました。しかしKは好《い》いとも悪いともいいません。少なくとも顔付だけは平気なものでした。その癖彼は海へ入るたんびにどこかに怪我《けが》をしない事はなかったのです。私はとうとう彼を説き伏せて、そこから富浦《とみうら》に行きました。富浦からまた那古《なこ》に移りました。総《すべ》てこの沿岸はその時分から重に学生の集まる所でしたから、どこでも我々にはちょうど手頃の海水浴場だったのです。Kと私はよく海岸の岩の上に坐って、遠い海の色や、近い水の底を眺めました。岩の上から見下す水は、また特別に綺麗《きれい》なものでした。赤い色だの藍《あい》の色だの、普通市場《しじょう》に上《のぼ》らないような色をした小魚《こうお》が、透き通る波の中をあちらこちらと泳いでいるのが鮮やかに指さされました。

私はそこに坐って、よく書物をひろげました。Kは何もせずに黙っている方が多かったのです。私にはそれが考えに耽《ふけ》っているのか、景色に見惚《みと》れているのか、もしくは好きな想像を描いているのか、全く解《わか》らなかったのです。私は時々眼を上げて、Kに何をしているのだと聞きました。Kは何もしていないと一口答えるだけでした。私は自分の傍《そば》にこうじっとして坐っているものが、Kでなくって、お嬢さんだったらさぞ愉快だろうと思う事がよくありました。それだけならまだいいのですが、時にはKの方でも私と同じような希望を抱《いだ》いて岩の上に坐っているのではないかしらと忽然《こつぜん》［＊232］疑い出すのです。すると落ち付いてそこに書物をひろげているのが急に厭《いや》になります。私は不意に立ち上ります。そうして遠慮のない大きな声を出して怒鳴《どな》ります。纏《まと》まった詩だの歌だのを面白そうに吟《ぎん》ずるような手緩《てぬる》い事は出来ないのです。ただ野蛮人《やばんじん》の如《ごと》くにわめくのです。ある時私は突然彼の襟頸《えりくび》を後ろからぐいと攫《つか》みました。こうして海の中へ突き落したらどうするといってKに聞きました。Kは動きませんでした。後向《うしろむき》のまま、ちょうど好《い》い、やってくれと答えました。私はすぐ首筋を押えた手を放しました。

Kの神経衰弱はこの時もう大分《だいぶ》よくなっていたらしいのです。それと反比例に、私の方は段々過敏になって来ていたのです。私は自分より落付いているKを見て、羨《うらや》ましがりま

した。また憎《にく》らしがりました。彼はどうしても私に取り合う気色《けしき》を見せなかったからです。私にはそれが一種の自信の如く映りました。しかしその自信を彼に認めたところで、私は決して満足出来なかったのです。私の疑いはもう一歩前へ出て、その性質を明《あき》らめたがりました。彼は学問なり事業なりについて、これから自分の進んで行くべき前途の光明《こうみょう》を再び取り返した心持になったのだろうか。単にそれだけならば、Kと私との利害に何の衝突《しょうとつ》の起る訳はないのです。私はかえって世話のし甲斐《がい》があったのを嬉《うれ》しく思うくらいなものです。けれども彼の安心がもしお嬢さんに対してであるとすれば、私は決して彼を許す事が出来

なくなるのです。不思議にも彼は私のお嬢さんを愛している素振《そぶり》に全く気が付いていないように見えました。無論私もそれがKの眼に付くようにわざとらしくは振舞いませんでしたけれども。Kは元来そういう点にかけると鈍い人なのです。私には最初からKなら大丈夫という安心があったので、彼をわざわざ宅《うち》へ連れて来たのです。

＊231　生臭い。
＊232　急に現われたり消えたりするさま。

二十九

「私は思い切って自分の心をKに打ち明けようとしました。もっともこれはその時に始まった訳でもなかったのです。旅に出ない前から私にはそうした腹が出来ていたのですけれども、打ち明ける機会をつらまえる事も、その機会を作り出す事も、私の手際《てぎわ》［＊233］では旨《うま》く行かなかったのです。今から思うと、その頃私の周囲にいた人間はみんな妙でした。

女に関して立ち入った話などをするものは一人もありませんでした。中には話す種をもたないのも大分《だいぶ》いたでしょうが、たといもっていても黙っているのが普通のようでした。比較的自由な空気を呼吸している今の貴方《あなた》がたから見たら、定めし変に思われるでしょう。それが道学《どうがく》の余習なのか、または一種のはにかみなのか、判断は貴方の理解に任せておきます。

Kと私は何でも話し合える中でした。偶《たま》には愛とか恋とかいう問題も、口に上らないではありませんでしたが、いつでも抽象的《ちゅうしょうてき》な理論に落ちてしまうだけでした。それも滅多《めった》には話題にならなかったのです。大抵《たいてい》は書物の話と学問の話と、未来の事業と、抱負と、修養の話ぐらいで持ち切っていたのです。いくら親しくってもこう堅くなった日には、突然調子を崩せるものではありません。二人はただ堅いなりに親しくなるだけです。私はお嬢さんの事をKに打ち明けようと思い立ってから、何遍《なんべん》歯痒《はがゆ》い不快に悩まされたか知れません。私はKの頭のどこか一カ所を突き破って、そこから柔らかい空気を吹き込んでやりたい気がしました。

貴方がたから見て笑止千万《しょうしせんばん》な事もその時の私には実際大困難だったのです。私は旅先でも宅《うち》にいる時と同じように卑怯《ひきょう》でした。私は始終機会を捕《とら》える気でKを観察していながら、変に高踏的《こうとうてき》［＊234］な彼の態度をどうする事も出来なかったのです。私にいわせると、彼の心臓の周囲は黒い漆《うるし》で重く塗り固められたのも同然でした。私の注《そそ》ぎ懸《か》けようとする血潮は、一滴もその心臓の中へは入らないで、悉《ことごと》く弾《はじ》き返されてしまうのです。

ある時はあまりにKの様子が強くて高いので、私はかえって安心した事もあります。そうして自分の疑いを腹の中で後悔《こうかい》すると共に、同じ腹の中で、Kに詫《わ》びました。詫びながら、自分が非常に下等な人間のように見えて、急に厭《いや》な心持になるのです。しかし少時《しばらく》すると、以前の疑いがまた逆戻りをして、強く打ち返して来ます。凡《すべ》てが疑いから割り出されるのですから、凡てが私には不利益でした。容貌《ようぼう》もKの方が女に好かれるように見えました。性質も私のようにこせこせしていないところが、異性には気に入るだろうと思われました。どこか間が抜けていて、それでどこかに確《しっ》かりした男らしいところのある点も、私よりは優勢に見えました。学力になれば専門こそ違いますが、私は無論Kの敵でないと自覚していました。——凡て向うの好《い》いところだけがこう一度に眼先へ散らつき出すと、一寸《ちょっと》安心した私はすぐ元の不安に立ち返るのです。

Kは落ち付かない私の様子を見て、厭なら一先《ひとまず》東京へ帰ってもいいといったのですが、そういわれると、私は急に帰りたくなくなりました。実はKを東京へ帰したくなかったのかも知れません。二人は房州の鼻を廻って向う側へ出ました。我々は暑い日に射られながら、苦しい思いをして、上総《かずさ》のそこ一里に騙《だま》されながら、うんうん歩きました。私にはそうして歩いている意味がまるで解らなかったくらいです。私は冗談《じょうだん》半分Kにそういいました。するとKは足があるから歩くのだと答えました。そうして暑くなると、海に入って行こうと言って、どこでも構わず潮へ漬《つか》りました。その後《あと》をまた強い日で照り付けられるのですから、身体が倦怠《だる》くてぐたぐたになりました。

＊233 物事の処理の仕方、その能力。
＊234 世俗を超えている様子。お高く止まっているさま。

三十

「こんな風《ふう》にして歩いていると、暑さと疲労とで自然身体の調子が狂って来るものです。もっとも病気とは違います。急に他《ひと》の身体の中へ、自分の霊魂《れいこん》が宿替《やどがえ》［＊235］をしたような気分になるのです。私は平生《へいぜい》の通りKと口を利《き》きながら、どこかで平生の心持と離れるようになりました。彼に対する親しみも憎しみも、旅中《りょちゅう》限りという特別な性質を帯びる風になったのです。つまり二人は暑さのため、潮のため、また歩行のため、在来と異なった新しい関係に入《い》る事が出来たのでしょう。その時の我々はあたかも道づれになった行商のようなものでした。いくら話をしてもいつもと違って、頭を使う込み入った問題には触れませんでした。

我々はこの調子でとうとう銚子《ちょうし》まで行ったのですが、道中たった一つの例外があったのを今に忘れる事が出来ないのです。まだ房州を離れない前、二人は小湊《こみなと》という所で、鯛《たい》の浦《うら》を見物しました。もう年数《ねんすう》もよほど経っていますし、それに私にはそれほど興味のない事ですから、判然《はんぜん》とは覚えていませんが、何でもそこは日蓮《にちれん》の生れた村だとかいう話でした。日蓮の生れた日に、鯛が二尾磯《いそ》に打ち上げられていたとかいう言伝《いいつた》えになっているのです。それ以来村の漁師が鯛をとる事を遠慮して今に至ったのだから、浦には鯛が沢山いるのです。我々は小舟を傭《やと》って、その鯛をわざわざ見に出掛けたのです。

その時私はただ一図《いちず》に波を見ていました。そうしてその波の中に動く少し紫がかった鯛の色を、面白い現象の一つとして飽《あ》かず眺めました。しかしKは私ほどそれに興味をもち得なかったものと見えます。彼は鯛よりもかえって日蓮の方を頭の中で想像していたらしいのです。ちょうどそこに誕生寺《たんじょうじ》という寺がありました。日蓮の生れた村だから誕生寺とでも名を付けたものでしょう。立派な伽藍《がらん》でした。Kはその寺に行って住持《じゅうじ》に会って見るといい出しました。実をいうと、我々は随分《ずいぶん》変な服装《なり》をしていたのです。ことにKは風のために帽子《ぼうし》を海に吹き飛ばされた結果、菅笠《すげがさ》［＊236］を買って被《かぶ》っていました。着物は固《もと》より双方とも垢《あか》じみた上に汗で臭くなっていました。私は坊さんなどに会うのは止《よ》そうといいました。Kは強情だから聞きません。厭なら私だけ外に待っていろというのです。私は仕方がないからいっしょに玄関にかかりましたが、心のうちではきっと断られるに違いないと思っていました。ところが坊さんというものは案外丁寧《ていねい》なもので、広い立派な座敷へ私達を通して、すぐ会ってくれました。その時分の私はKと大分《だいぶ》考えが違っていましたから、坊さんとKの談話にそれほど耳を傾ける気も起りませんでしたが、Kはしきりに日蓮の事を聞いていたようです。日蓮は草日蓮《そうにちれん》といわれるくらいで、草書《そうしょ》が大変上手であったと坊さんがいった時、字の拙《まず》いKは、何だか下《くだ》らないという顔をしたのを私はまだ覚えています。Kはそんな事よりも、もっと深い意味の日蓮が知りたかったのでしょう。坊さんがその点でKを満足させたかどうかは疑問ですが、彼は寺の境内《けいだい》を出ると、しきりに私に向って日蓮の事を云々《うんぬん》し出しました。私は暑くて草臥《くたび》れて、それどころではありませんでしたから、ただ口の先で好《い》い加減な挨拶《あいさつ》をしていました。それも面倒になってしまいには全く黙ってしまったのです。

たしかその翌《あく》る晩の事だと思いますが、二人は宿へ着いて飯を食って、もう寝ようという少し前になってから、急にむずかしい問題を論じ合い出しました。Kは昨日《きのう》自分の方から話しかけた日蓮の事について、私が取り合わなかったのを、快く思っていなかったのです。精神的に向上心がないものは馬鹿だといって、何だか私をさも軽薄もののようにやり込めるのです。ところが私の胸にはお嬢さんの事が蟠《わだかま》って［＊237］い

ますから、彼の侮蔑《ぶべつ》［＊238］に近い言葉をただ笑って受け取る訳に行きません。私は私で弁解を始めたのです。

＊235　転居すること。
＊236　スゲの葉で編んだ笠。
＊237　不満が心の中に残り、心が晴れないこと。
＊238　下に見てさげすむこと。

三十一

「その時私はしきりに人間らしいという言葉を使いました。Kはこの人間らしいという言葉のうちに、私が自分の弱点の凡てを隠しているというのです。なるほど後から考えれば、Kのいう通りでした。しかし人間らしくない意味をKに納得《なっとく》させるためにその言葉を使い出した私には、出立点《しゅったつてん》がすでに反抗的でしたから、それを反省するような余裕はありません。私はなおの事自説［＊239］を主張しました。すると、Kが彼のどこをつらまえて人間らしくないというのかと私に聞くのです。私は彼に告げました。――君は人間らしいのだ。あるいは人間らし過ぎるかも知れないのだ。けれども口の先だけでは人間らしくないような事をいうのだ。また人間らしくないように振舞おうとするのだ。

私がこういった時、彼はただ自分の修養が足りないから、他《ひと》にはそう見えるかも知れないと答えただけで、一向私を反駁《はんばく》しようとしませんでした。私は張合《はりあい》が抜けたというよりも、かえって気の毒になりました。私はすぐ議論をそこで切り上げました。彼の調子もだんだん沈んで来ました。もし私が彼の知っている通り昔の人を知るならば、そんな攻撃はしないだろうといって悵然《ちょうぜん》［＊240］としていました。Kの口にした昔の人とは、無論英雄でもなければ豪傑《ごうけつ》でもないのです。霊のために肉を虐《しいた》げたり、道のために体《たい》を鞭《むち》うったりしたいわゆる難行苦行《なんぎょうくぎょう》［＊241］の人を指すのです。Kは私に、彼がどのくらいそのために苦しんでいるか解らないのが、いかにも残念だと明言しました。

Kと私とはそれぎり寝てしまいました。そうしてその翌《あく》る日からまた普通の行商の態度に返って、うんうん汗を流しながら歩き出したのです。しかし私は路々《みちみち》その晩の事をひょいひょいと思い出しました。私にはこの上もない好《い》い機会が与えられたのに、知らない振りをしてなぜそれをやり過ごしたのだろうという悔恨《かいこん》の念が燃えたのです。私は人間らしいという抽象的《ちゅうしょうてき》な言葉を用いる代りに、もっと直截《ちょくせつ》で簡単な話をKに打ち明けてしまえば好《よ》かったと思い出したのです。実をいうと、私がそんな言葉を創造したのも、お嬢さんに対する私の感情が土台になっていたのですから、事実を蒸溜《じょうりゅう》［*242］して拵《こしら》えた理論などをKの耳に吹き込むよりも、原《もと》の形そのままを彼の眼の前に露出した方が、私にはたしかに利益だったでしょう。私にそれが出来なかったのは、学問の交際が基調を構成している二人の親しみに、自《おのず》ら一種の惰性《だせい》があったため、思い切ってそれを突き破るだけの勇気が私に欠けていたのだという事をここに自白します。気取り過ぎたといっても、虚栄心《きょえいしん》が祟《たた》ったといっても同じでしょうが、私のいう気取るとか虚栄とかいう意味は、普通のとは少し違います。それがあなたに通じさえすれば、私は満足なのです。

我々は真黒になって東京へ帰りました。帰った時は私の気分がまた変っていました。人間らしいとか、人間らしくないとかいう小理窟《こりくつ》はほとんど頭の中に残っていませんでした。Kにも宗教家らしい様子が全く見えなくなりました。恐らく彼の心のどこにも霊がどうの肉がどうのという問題は、その時宿っていなかったでしょう。二人は異人種のような顔をして、忙しそうに見える東京をぐるぐる眺めました。それから両国へ来て、暑いのに軍鶏《しゃも》を食いました。Kはその勢いで小石川まで歩いて帰ろうというのです。体力からいえばKよりも私の方が強いのですから、私はすぐ応じました。

宅《うち》へ着いた時、奥さんは二人の姿を見て驚きました。二人はただ色が黒くなったばかりでなく、無暗《むやみ》に歩いていたうちに大変瘦《や》せてしまったのです。奥さんはそれでも丈夫そうになったといって賞《ほ》めてくれるのです。お嬢さんは奥さんの矛盾《むじゅん》が可笑《おか》しいといってまた笑い出しました。旅行前時々腹の立った私も、その時だけは愉快な心持がしました。場合が場合なのと、久し振りに聞いたせいでしょう。

＊239 自分の主張、意見。
＊240 失意のため悩みなげくさま。

＊241 苦難に耐えて修行すること。
＊242 不純物を除いて精製すること。

三十二

「それのみならず私はお嬢さんの態度の少し前と変っているのに気が付きました。久し振りで旅から帰った私達が平生の通り落付くまでには、万事について女の手が必要だったのですが、その世話をしてくれる奥さんはとにかく、お嬢さんが凡て私の方を先にして、Kを後廻しにするように見えたのです。それを露骨《ろこつ》にやられては、私も迷惑したかも知れません。場合によってはかえって不快の念さえ起しかねたろうと思うのですが、お嬢さんの所作《しょさ》はその点で甚《はなは》だ要領を得ていたから、私は嬉《うれ》しかったのです。つまりお嬢さんは私だけに解るように、持前《もちまえ》の親切を余分に私の方へ割り宛《あ》ててくれたのです。だからKは別に厭な顔もせずに平気でいました。私は心の中《うち》でひそかに彼に対する凱歌《がいか》［＊243］を奏しました。

やがて夏も過ぎて九月の中頃から我々はまた学校の課業に出席しなければならない事になりました。Kと私とは各自《てんでん》［＊244］の時間の都合で、出入《でいり》の刻限にまた遅速が出来てきました。私がKより後《おく》れて帰る時は一週に三度ほどありましたが、いつ帰ってもお嬢さんの影をKの室《へや》に認める事はないようになりました。Kは例の眼を私の方に向けて、『今帰ったのか』を規則の如《ごと》く繰り返しました。私の会釈《えしゃく》もほとんど器械の如く簡単でかつ無意味でした。

たしか十月の中頃と思います。私は寝坊をした結果、日本服のまま急いで学校へ出た事があります。穿物《はきもの》も編上《あみあげ》などを結んでいる時間が惜しいので、草履《ぞうり》を突っかけたなり飛び出したのです。その日は時間割からいうと、Kよりも私の方が先へ帰るはずになっていま

した。私は戻って来ると、そのつもりで玄関の格子《こうし》をがらりと開けたのです。するといないと思っていたKの声がひょいと聞こえました。同時にお嬢さんの笑い声が私の耳に響きました。私はいつものように手数《てかず》のかかる靴を穿《は》いていないから、すぐ玄関に上がって仕切の襖《ふすま》を開けました。私は例の通り机の前に坐《すわ》っているKを見ました。しかしお嬢さんはもうそこにはいなかったのです。私はあたかもKの室から逃れ出るように去るその後姿をちらりと認めただけでした。私はKにどうして早く帰ったのかと問いました。Kは心持が悪いから休んだのだと答えました。私が自分の室に這入《はい》ってそのまま坐っていると、間もなくお嬢さんが茶を持って来てくれました。その時お嬢さんは始めてお帰りといって私に挨拶《あいさつ》しました。私は笑いながらさっきはなぜ逃げたんですと聞けるような捌《さば》けた男ではありません。それでいて腹の中では何だかその事が気にかかるような人間だったのです。お嬢さんはすぐ座を立って縁側伝いに向うへ行ってしまいました。しかしKの室の前に立ち留まって、二言《ふたこと》三言《みこと》内と外とで話をしていました。それは先刻《さっき》の続きらしかったのですが、前を聞かない私にはまるで解りませんでした。

そのうちお嬢さんの態度がだんだん平気になって来ました。Kと私がいっしょに宅《うち》にいる時でも、よくKの室の縁側へ来て彼の名を呼びました。そうしてそこへ入って、ゆっくりしていました。無論郵便を持って来る事もあるし、洗濯物を置いて行く事もあるのですから、そのくらいの交通は同じ宅にいる二人の関係上、当然と見なければならないのでしょうが、ぜひお嬢さんを専有したいという強烈な一念に動かされている私には、どうしてもそれが当然以上に見えたのです。ある時はお嬢さんがわざわざ私の室へ来るのを回避して、Kの方ばかりへ行くように思われる事さえあったくらいです。それならなぜKに宅を出て貰《もら》わないのかと貴方は聞くでしょう。しかしそうすれば私がKを無理に引張って来た主意が立たなくなるだけです、私にはそれが出来ないのです。

＊243 戦勝を祝う歌。
＊244 それぞれ。

三十三

「十一月の寒い雨の降る日の事でした。私は外套《がいとう》を濡《ぬ》らして例の通り蒟蒻閻魔《こんにゃくえんま》［＊245］を抜けて細い坂路《さかみち》を上《あが》って宅《うち》へ帰りました。Kの室《へや》は空虚《がらんど》うでしたけれども、火鉢には継ぎたての火が暖かそうに燃えていました。私も冷たい手を早く赤い炭の上に翳《かざ》そうと思って、急いで自分の室の仕切を開けました。すると私の火鉢には冷たい灰が白く残っているだけで、火種さえ尽きているのです。私は急に不愉快になりました。

その時私の足音を聞いて出て来たのは奥さんでした。奥さんは黙って室の真中に立っている私を見て、気の毒そうに外套を脱がせてくれたり、日本服を着せてくれたりしました。それから私が寒いというのを聞いて、すぐ次の間からKの火鉢を持って来てくれました。私がKはもう帰ったのかと聞きましたら、奥さんは帰ってまた出たと答えました。その日もKは私より後《おく》れて帰る時間割だったのですから、私はどうした訳かと思いました。奥さんは大方用事でも出来たのだろうといっていました。

私はしばらくそこに坐ったまま書見《しょけん》をしました。宅の中がしんと静まって、誰の話し声も聞こえないうちに、初冬《はつふゆ》の寒さと侘《わび》しさとが、私の身体《からだ》に食い込むような感じがしました。私はすぐ書物を伏せて立ち上りました。私はふと賑《にぎ》やかな所へ行きたくなったのです。雨はやっと歇《あが》ったようですが、空はまだ冷たい鉛《なまり》のように重く見えたので、私は用心のため、蛇《じゃ》の目《め》を肩に担《かつ》いで、砲兵工廠《ほうへいこうしょう》の裏手の土塀《どべい》について東へ坂を下《お》りました。その時分はまだ道路の改正が出来ない頃なので、坂の勾配《こうばい》が今よりもずっと急でした。道幅も狭くて、ああ真直《まっすぐ》ではなかったのです。その上あの谷へ下りると、南が高い建物で塞《ふさ》がっているのと、放水《みずはき》がよくないのとで、往来はどろどろでした。ことに細い石橋を渡って柳町《やなぎちょう》の通りへ出る間《あいだ》が非道《ひど》かったのです。足駄《あしだ》でも長靴でも無暗《むやみ》に歩く訳には行きません。誰でも路の真中に自然と細長く掻《か》き分けられた所を、後生大事に辿《たど》って行かなければならないのです。その幅は僅《わず》か一二尺しかないのですから、手もなく往来に敷いてある帯の上を踏んで向うへ越すのと同じ事です。行く人はみんな一列になってそろそろ通り抜けます。私はこの細帯の上で、はたりとKに出合いました。足の方にばかり気を取られていた私は、彼と向き合うまで、彼の存在にまるで気が付かずにいたので

す。私は不意に自分の前が塞《ふさ》がったので偶然眼を上げた時、始めてそこに立っているKを認めたのです。私はKにどこへ行ったのかと聞きました。Kは一寸《ちょっと》そこまでといったぎりでした。彼の答えはいつもの通りふんという調子でした。Kと私は細い帯の上で身体を替《か》わせました。するとKのすぐ後ろに一人の若い女が立っているのが見えました。近眼《きんがん》の私には、今までそれがよく分らなかったのですが、Kをやり越した後で、その女の顔を見ると、それが宅のお嬢さんだったので、私は少なからず驚きました。お嬢さんは心持薄赤い顔をして、私に挨拶《あいさつ》をしました。その時分の束髪《そくはつ》は今と違って廂《ひさし》が出ていないのです、そうして頭の真中に蛇のようにぐるぐる巻きつけてあったものです。私はぼんやりお嬢さんの頭を見ていましたが、次の瞬間に、どっちか路を譲らなければならないのだという事に気が付きました。私は思い切ってどろどろの中へ片足踏《ふ》ん込《ご》みました。そうして比較的通り易《やす》い所を空けて、お嬢さんを渡してやりました。

それから柳町の通りへ出た私はどこへ行って好《い》いか自分にも分らなくなりました。

どこへ行っても面白くないような心持がするのです。私は飛泥《はね》の上がるのも構わずに、糠《ぬか》る海《み》の中を自暴《やけ》にどしどし歩きました。それから直《す》ぐ宅へ帰って来ました。

＊245 文京区小石川にある源覚寺には、眼病治療のために閻魔様に蒟蒻を備える風習があることからこの言葉が生まれた。

三十四

「私はKに向ってお嬢さんといっしょに出たのかと聞きました。Kはそうではないと答えました。真砂町《まさごちょう》で偶然出会ったから連れ立って帰って来たのだと説明しました。私はそれ以上に立ち入った質問を控えなければなりませんでした。しかし食事の時、またお嬢さんに向って、同じ問を掛けたくなりました。するとお嬢さんは私の嫌いな例の笑い方をするのです。そうしてどこへ行ったか中《あ》てて見ろとしまいにいうのです。その頃の私はまだ癇癪持《かんしゃくもち》でしたから、そう不真面目《ふまじめ》に若い女から取り扱われると腹が立ちました。ところがそこに気の付くのは、同じ食卓に着いているもののうちで奥さん一人だったのです。Kはむしろ平気でした。お嬢さんの態度になると、知ってわざとやるのか、知らないで無邪気にやるのか、そこの区別が一寸《ちょっと》判然《はんぜん》しない点がありました。若い女としてお嬢さんは思慮に富んだ方でしたけれども、その若い女に共通な私の嫌いなところもあると思えば思えなくもなかったのです。そうしてその嫌いなところは、Kが宅《うち》へ来てから、始めて私の眼に着き出したのです。私はそれをKに対する私の嫉妬《しっと》に帰していいものか、または私に対するお嬢さんの技巧と見做《みな》してしかるべきものか、一寸分《ちょっとふん》別《べつ》に迷いました。私は今でも決してその時の私の嫉妬心を打ち消す気はありません。私はたびたび繰り返した通り、愛の裏面にこの感情の働きを明らかに意識していたのですから。しかも傍《はた》のものから見ると、ほとんど取るに足りない瑣事《さじ》［＊246］に、この感情がきっと首を持ち上げたがるのでしたから。これは余事《よじ》ですが、こういう嫉妬は愛の

半面じゃないでしょうか。私は結婚してから、この感情がだんだん薄らいで行くのを自覚しました。その代り愛情の方も決して元のように猛烈ではないのです。

私はそれまで躊躇《ちゅうちょ》していた自分の心を、一思いに相手の胸へ擲《たた》き付けようかと考え出しました。私の相手というのはお嬢さんではありません。奥さんの事です。奥さんにお嬢さんをくれろと明白な談判を開こうかと考えたのです。しかしそう決心しながら、一日一日と私は断行の日を延ばして行ったのです。そういうと私はいかにも優柔《ゆうじゅう》な男のように見えます、また見えても構いませんが、実際私の進みかねたのは、意志の力に不足があったためではありません。Kの来ないうちは、他《ひと》の手に乗るのが厭《いや》だという我慢《がまん》が私を抑え付けて、一歩も動けないようにしていました。Kの来た後《のち》はもしかするとお嬢さんがKの方に意があるのではなかろうかという疑念が絶えず私を制するようになったのです。果してお嬢さんが私よりもKに心を傾けているならば、この恋は口へいい出す価値のないものと私は決心していたのです。恥《はじ》を掻かせられるのが辛《つら》いなどというのとは少し訳が違います。こっちでいくら思っても、向うが内心他《ほか》の人に愛の眼《まなこ》を注いでいるならば、私はそんな女といっしょになるのは厭なのです。世の中では否応《いやおう》なしに自分の好いた女を嫁に貰《もら》って嬉しがっている人もありますが、それは私達よりよっぽど世間ずれのした男か、さもなければ愛の心理がよく呑《の》み込めない鈍物《どんぶつ》〔＊247〕のする事と、当時の私は考えていたのです。一度貰ってしまえばどうかこうか落ち付くものだぐらいの哲理《てつり》では、承知する事が出来ないくらい私は熱していました。つまり私は極めて高尚《こうしょう》な愛の理論家だったのです。同時に最も迂遠《うえん》〔＊248〕な愛の実際家だったのです。

肝心《かんじん》のお嬢さんに、直接この私というものを打ち明ける機会も、長くいっしょにいるうちには時々出て来たのですが、私はわざとそれを避けました。日本の習慣として、そういう事は許されていないのだという自覚が、その頃の私には強くありました。しかし決してそればかりが私を束縛《そくばく》したとはいえません。日本人、ことに日本の若い女は、そんな場合に、相手に気兼《きがね》なく自分の思った通りを遠慮せずに口にするだけの勇気に乏しいものと私は見込んでいたのです。

＊246　ささいなこと。小事。
＊247　頭の働きの鈍い人。
＊248　遠回りしていること。

三十五

「こんな訳で私はどちらの方面へ向っても進む事が出来ずに立ち竦《すく》んでいました。身体の悪い時に午睡《ひるね》などをすると、眼だけ覚めて周囲のものが判然《はっきり》見えるのに、どうしても手足の動かせない場合がありましょう。私は時としてああいう苦しみを人知れず感じたのです。

その内年が暮れて春になりました。ある日奥さんがKに歌留多《かるた》をやるから誰か友達を連れて来ないかといった事があります。するとKはすぐ友達なぞは一人もないと答えたので、奥さんは驚いてしまいました。なるほどKに友達というほどの友達は一人もなかったのです。往来で会った時挨拶《あいさつ》をするくらいのものは多少ありましたが、それらだって決して歌留多などを取る柄ではなかったのです。奥さんはそれじゃ私の知ったものでも呼んで来たらどうかといい直しましたが、私も生憎《あいにく》そんな陽気な遊びをする心持になれないので、好《い》い加減な生返事《なまへんじ》をしたなり、打ちやっておきました。ところが晩になってKと私はとうとうお嬢さんに引っ張り出されてしまいました。客も誰も来ないのに、内々《うちうち》の小人数《こにんず》だけで取ろうという歌留多ですからすこぶる静かなものでした。その上こういう遊技をやり付けないKは、まるで懐手《ふところで》［＊249］をしている人と同様でした。私はKに一体百人一首《ひゃくにんいっしゅ》の歌を知っているのかと尋ねました。Kはよく知らないと答えました。私の言葉を聞いたお嬢さんは、大方Kを軽蔑《けいべつ》するとでも取ったのでしょう。それから眼に立つようにKの加勢をし出しました。しまいには二人がほとんど組になって私に当るという有様になって来ました。私は相手次第では喧嘩《けんか》を始めたかも知れなかったのです。幸いにKの態度は少しも最初と変りませんでした。彼のどこにも得意らしい様子を認めなかった私は、無事にその場を切り上げる事が出来ました。

それから二三日経《た》った後《のち》の事でしたろう、奥さんとお嬢さんは朝から市ヶ谷にいる親類の所へ行くといって宅《うち》を出ました。Kも私もまだ学校の始まらない頃でしたから、留守居同様あとに残っていました。私は書物を読むのも散歩に出るのも厭だったので、ただ漠然と火鉢の縁《ふち》に肱《ひじ》を載せて凝《じっ》と顎《あご》を支えたなり考えていました。隣の室《へや》にいるKも一向音を立てませんでした。双方ともいるのだかいないのだか分らないくらい静かでした。もっともこういう事は、二人の間柄として別に珍しくも何ともなかったのですから、私は別段それを気にも留めませんでした。

十時頃になって、Kは不意に仕切の襖《ふすま》を開けて私と顔を見合せました。彼は敷居の上に立ったまま、私に何を考えていると聞きました。私はもとより何も考えていなかったのです。もし考えていたとすれば、いつもの通りお嬢さんが問題だったかも知れません。そのお嬢さんには無論奥さんも食っ付いていますが、近頃ではK自身が切り離すべからざる人のように、私の頭の中をぐるぐる回《めぐ》って、この問題を複雑にしているのです。Kと顔を見合せた私は、今まで朧気《おぼろげ》［＊250］に彼を一種の邪魔ものの如《ごと》く意識していながら、明らかにそうと答える訳に行かなかったのです。私は依然として彼の顔を見て黙っていました。するとKの方からつかつかと私の座敷へ入って来て、私のあたっている火鉢の前に坐《すわ》りました。私はすぐ両肱を火鉢の縁から取り除《の》けて、心持それをKの方へ押しやるようにしました。

Kはいつもに似合わない話を始めました。奥さんとお嬢さんは市ヶ谷のどこへ行ったのだろうというのです。私は大方叔母《おば》さんの所だろうと答えました。Kはその叔母さんは何だとまた聞きます。私はやはり軍人の細君《さいくん》だと教えてやりました。すると女の年始は大抵十五日過だのに、なぜそんなに早く出掛けたのだろうと質問するのです。私はなぜだか知らないと挨拶するより外《ほか》に仕方がありませんでした。

三十六

「Kは中々奥さんとお嬢さんの話を已《や》めませんでした。しまいには私も答えられないような立ち入った事まで聞くのです。私は面倒よりも不思議の感に打たれました。以前私の方から二人を問題にして話しかけた時の彼を思い出すと、私はどうしても彼の調子の変っているところに気が付かずにはいられないのです。私はとうとうなぜ今日に限ってそんな事ばかりいうのかと彼に尋ねました。その時彼は突然黙りました。しかし私は彼の結んだ口元の肉が、顫《ふる》えるように動いているのを注視しました。彼は元来無口な男でした。平生《へいぜい》から何かいおうとすると、いう前によく口のあたりをもぐもぐさせる癖がありました。彼の唇《くちびる》がわざと彼の意志に反抗するように容易《たやす》く開《あ》かないところに、彼の言葉の重みも籠《こも》っていたのでしょう。一旦声が口を破って出るとなると、その声には普通の人よりも倍の強

＊249　和服で腕を袖に通さず、懐に入れていること。
＊250　はっきりしないさま。

い力がありました。

　彼の口元を一寸《ちょっと》眺めた時、私はまた何か出て来るなとすぐ勘付《かんづ》いたのですが、それが果して何の準備なのか、私の予覚はまるでなかったのです。だから驚いたのです。彼の重々しい口から、彼のお嬢さんに対する切ない恋を打ち明けられた時の私を想像してみて下さい。私は彼の魔法棒のために一度に化石されたようなものです。口をもぐもぐさせる働きさえ、私にはなくなってしまったのです。

　その時の私は恐ろしさの塊《かたま》りといいましょうか、または苦しさの塊りといいましょうか、何しろ一つの塊りでした。石か鉄のように頭から足の先までが急に固くなったのです。呼吸をする弾力性さえ失われたくらいに堅くなったのです。幸いな事にその状態は長く続きませんでした。私は一瞬間の後《のち》に、また

人間らしい気分を取り戻しました。そうして、すぐ失策《しま》ったと思いました。先《せん》を越されたなと思いました。

しかしその先をどうしようという分別はまるで起りません。恐らく起るだけの余裕がなかったのでしょう。私は腋《わき》の下から出る気味のわるい汗が襯衣《シャツ》に滲《し》み透《とお》るのを凝《じっ》と我慢して動かずにいました。Kはその間《あいだ》いつもの通り重い口を切っては、ぽつりぽつりと自分の心を打ち明けて行きます。私は苦しくって堪《たま》りませんでした。恐らくその苦しさは、大きな広告のように、私の顔の上に判然《はっき》りした字で貼《は》り付けられてあったろうと私は思うのです。いくらKでもそこに気の付かないはずはないのですが、彼はまた彼で、自分の事に一切を集中しているから、私の表情などに注意する暇がなかったのでしょう。彼の自白は最初から最後まで同じ調子で貫いていました。重くて鈍《のろ》い代りに、とても容易な事では動かせないとい

う感じを私に与えたのです。私の心は半分その自白を聞いていながら、半分どうしようどうしようという念に絶えず搔《か》き乱されていましたから、細かい点になるとほとんど耳へ入らないと同様でしたが、それでも彼の口に出す言葉の調子だけは強く胸に響きました。そのために私は前いった苦痛ばかりでなく、ときには一種の恐ろしさを感ずるようになったのです。つまり相手は自分より強いのだという恐怖の念が萌《きざ》し始めたのです。

Kの話が一通り済んだ時、私は何ともいう事が出来ませんでした。こっちも彼の前に同じ意味の自白をしたものだろうか、それとも打ち明けずにいる方が得策だろうか、私はそんな利害を考えて黙っていたのではありません。ただ何事もいえなかったのです。またいう気にもならなかったのです。

午食《ひるめし》の時、Kと私は向い合せに席を占めました。下女《げじょ》に給仕《きゅうじ》をして貰《もら》って、私はいつにない不味《まず》い飯を済ませました。二人は食事中もほとんど口を利《き》きませんでした。奥さんとお嬢さんはいつ帰るのだか分りませんでした。

三十七

「二人は各自《めいめい》の室《へや》に引き取ったぎり顔を合わせませんでした。Kの静かな事は朝と同じでした。私も凝《じっ》と考え込んでいました。

私は当然自分の心をKに打ち明けるべきはずだと思いました。しかしそれにはもう時機が後《おく》れてしまったという気も起りました。なぜ先刻《さっき》Kの言葉を遮《さえぎ》って、こっちから逆襲しなかったのか、そこが非常な手落《てぬか》りのように見えて来ました。せめてKの後《あと》に続いて、自分は自分の思う通りをその場で話してしまったら、まだ好《よ》かったろうにとも考えました。Kの自白に一段落が付いた今となって、こっちからまた同じ事を切り出すのは、どう思案しても変でした。私はこの不自然に打ち勝つ方法を知らなかったのです。私の頭は悔恨《かいこん》に揺られてぐらぐらしました。

私はKが再び仕切《しきり》の襖《ふすま》を開けて向うから突進してきてくれれば好《い》いと思いました。私にいわせれば、先刻《さっき》はまるで不意撃《ふいうち》に会ったも同じでした。私にはKに応ずる準備も何もなかったのです。私は午前に失ったものを、今度は取り戻そうという下心を持っていました。

それで時々眼を上げて、襖を眺めました。しかしその襖はいつまで経《た》っても開きません。そうしてKは永久に静かなのです。

その内私の頭は段々この静かさに搔《か》き乱されるようになって来ました。Kは今襖の向うで何を考えているだろうと思うと、それが気になって堪《たま》らないのです。不断もこんな風《ふう》にお互いが仕切一枚を間に置いて黙り合っている場合は始終あったのです。私はKが静かであればあるほど、彼の存在を忘れるのが普通の状態だったのですから、その時の私はよほど調子が狂っていたものと見なければなりません。それでいて私はこっちから進んで襖を開ける事が出来なかったのです。一旦《いったん》いいそびれた私は、また向うから働き掛けられる時機を待つより外《ほか》に仕方がなかったのです。

しまいに私は凝《じっ》としていられなくなりました。無理に凝としていれば、Kの部屋へ飛び込みたくなるのです。私は仕方なしに立って縁側《えんがわ》へ出ました。そこから茶の間へ来て、何という目的もなく、鉄瓶《てつびん》の湯を湯呑《ゆのみ》に注《つ》いで一杯呑みました。それから玄関へ出ました。私はわざとKの室を回避するようにして、こんな風に自分を往来の真中に見出《みいだ》したのです。私には無論どこへ行くという的《あて》もありません。ただ凝としていられないだけでした。それで方角も何も構わずに、正月の町を、無暗《むやみ》に歩き廻ったのです。私の頭はいくら歩いても

Kの事でいっぱいになっていました。私もKを振《ふる》い落す気で歩き廻る訳ではなかったのです。むしろ自分から進んで彼の姿を咀嚼《そしゃく》［*251］しながらうろついていたのです。

私には第一に彼が解《かい》しがたい男のように見えました。どうしてあんな事を突然私に打ち明けたのか、またどうして打ち明けなければいられないほどに、彼の恋が募《つの》って来たのか、そうして平生の彼はどこに吹き飛ばされてしまったのか、凡《すべ》て私には解しにくい問題でした。私は彼の強い事を知っていました。また彼の真面目《まじめ》な事を知っていました。私はこれから私の取るべき態度を決する前に、彼について聞かなければならない多くをもっていると信じました。同時にこれからさき彼を相手にするのが変に気味が悪かったのです。私は夢中に町の中を歩きながら、自分の室に凝《じっ》と坐っている彼の容貌《ようぼう》を始終眼の前に描き出しました。しかもいくら私が歩いても彼を動かす事は到底《とうてい》出来ないのだという声がどこかで聞こえるのです。つまり私には彼が一種の魔物のように思えたからでしょう。私は永久彼に祟《たた》られたのではなかろうかという気さえしました。

私が疲れて宅《うち》へ帰った時、彼の室《へや》は依然として人気《ひとけ》のないように静かでした。

*251　噛み砕くこと。よく考えて、理解し、味わうこと。

三十八

「私が家へ這入《はい》ると間もなく俥《くるま》の音が聞こえました。今のように護謨輪《ごむわ》［＊252］のない時分でしたから、がらがらという厭《いや》な響きがかなりの距離でも耳に立つのです。俥はやがて門前で留まりました。

私が夕飯《ゆうめし》に呼び出されたのは、それから三十分ばかり経った後《あと》の事でしたが、まだ奥さんとお嬢さんの晴着《はれぎ》が脱《ぬ》ぎ棄《す》てられたまま、次の室《へや》を乱雑に彩《いろど》っていました。二人は遅くなると私達に済まないというので、飯の支度《したく》に間に合うように、急いで帰って来たのだそうです。しかし奥さんの親切は、Kと私とにとってほとんど無効も同じ事でした。私は食卓に坐りながら、言葉を惜《お》しがる人のように、素気《そっけ》ない挨拶《あいさつ》ばかりしていました。Kは私よりもなお寡言《かげん》［＊253］でした。たまに親子連《おやこづれ》で外出した女二人の気分が、また平生《へいぜい》よりは勝《すぐ》れて晴やかだったので、我々の態度はなおの事眼に付きます。奥さんは私にどうかしたのかと聞きました。私は少し心持が悪いと答えました。実際私は心持が悪かったのです。すると今度はお嬢さんがKに同じ問《とい》を掛けました。Kは私のように心持が悪いとは答えません。ただ口が利《き》きたくないからだといいました。お嬢さんはなぜ口が利きたくないのかと追窮《ついきゅう》しました。私はその時ふと重たい瞼《まぶた》を上げてKの顔を見ました。私にはKが何と答えるだろうかという好奇心があったのです。Kの唇《くちびる》は例のように少し顫《ふる》えていました。それが知らない人から見ると、まるで返事に迷っているとしか思われないのです。お嬢さんは笑いながらまた何かむずかしい事を考えているのだろうといいました。Kの顔は心持薄赤くなりました。

その晩私はいつもより早く床《とこ》へ入りました。私が食事の時気分が悪いといったのを気にして、奥さんは十時頃蕎麦湯《そばゆ》を持って来てくれました。しかし私の室《へや》はもう真暗《まっくら》でした。奥さんはおやおやといって、仕切りの襖《ふすま》を細目に開けました。洋燈《ランプ》の光がKの机から斜《なな》めにぼんやりと私の室に差し込みました。Kはまだ起きていたものと見えます。奥さんは枕元《まくらもと》に坐って、大方風邪《おおかたかぜ》を引いたのだろうから身体《からだ》を暖《あっ》ためるがいいといって、湯呑を顔の傍《そば》へ突き付けるのです。私は已《やむ》を得ず、どろどろした蕎麦湯を奥さんの見ている前で飲みました。

私は遅くなるまで暗いなかで考えていました。無論一つ問題をぐるぐる廻転させるだけで、外《ほか》に何の効力もなかったのです。私は突然Kが今隣の室で何をしているだろうと思い出しました。私は半ば無意識においと声を掛けました。すると向うでもおいと返事をしました。Kもまだ起きていたのです。私はまだ寝ないのかと襖ごしに聞きました。もう寝るという簡単な挨拶がありました。何をしているのだと私は重ねて問いました。今度はKの答えがありません。その代り五六分経ったと思う頃に、押入《おしいれ》をがらりと開けて、床《とこ》を延べる音が手に取るように聞こえました。私はもう何時《なんじ》かとまた尋ねました。Kは一時二十分だと答えました。やがて洋燈《ランプ》をふっと吹き消す音がして、家中《うちじゅう》が真暗なうちに、しんと静まりました。

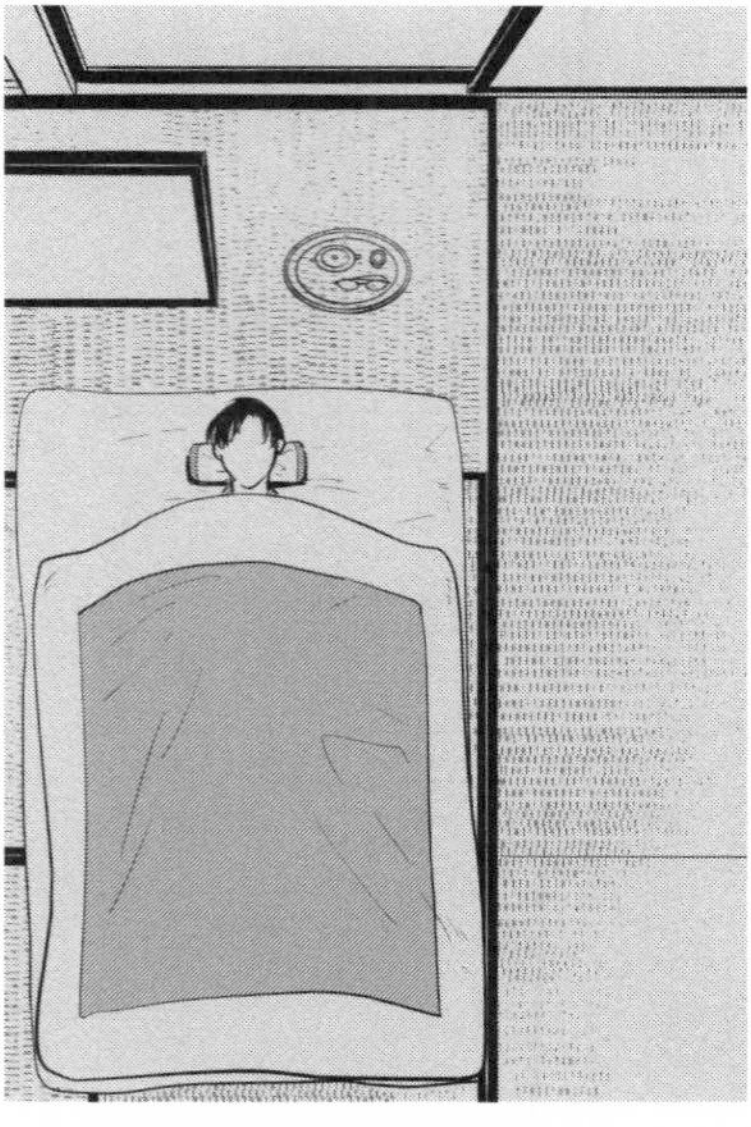

　しかし私の眼はその暗いなかでいよいよ冴《さ》えて来るばかりです。私はまた半ば無意識な状態で、おいとKに声を掛けました。Kも以前と同じような調子で、おいと答えました。

私は今朝彼から聞いた事について、もっと詳しい話をしたいが、彼の都合はどうだと、とうとうこっちから切り出しました。私は無論襖越《ふすまごし》にそんな談話を交換する気はなかったのですが、Kの返答だけは即座に得られる事と考えたのです。ところがKは先刻《さっき》から二度おいと呼ばれて、二度おいと答えたような素直な調子で、今度は応じません。そうだなあと低い声で渋っています。私はまたはっと思わせられました。

＊252　ゴムでできた車輪。
＊253　口数が少ないこと。

三十九

「Kの生返事《なまへんじ》は翌日になっても、その翌日になっても、彼の態度によく現れていました。彼は自分から進んで例の問題に触れようとする気色《けしき》を決して見せませんでした。もっとも機会もなかったのです。奥さんとお嬢さんが揃《そろ》って一日宅《うち》を空《あ》けでもしなければ、二人はゆっくり落付いて、そういう事を話し合う訳にも行かないのですから。私はそれをよく心得ていました。心得ていながら、変にいらいらし出すのです。その結果始めは向うから来るのを待つつもりで、暗に用意をしていた私が、折があったらこっちで口を切ろうと決心するようになったのです。

同時に私は黙って家《うち》のものの様子を観察して見ました。しかし奥さんの態度にもお嬢さんの素振《そぶり》にも、別に平生と変った点はありませんでした。Kの自白以前と自白以後とで、彼らの挙動にこれという差違が生じないならば、彼の自白は単に私だけに限られた自白で、肝心《かんじん》の本人にもまたその監督者たる奥さんにも、まだ通じていないのは慥《たし》かでした。そう考えた時私は少し安心しました。それで無理に機会を拵《こしら》えて、わざとらしく話を持ち出すよりは、自然の与えてくれるものを取り逃《にが》さないようにする方が好《よ》かろうと思って、例の問題にはしばらく手を着けずにそっとしておく事にしました。

こういってしまえば大変簡単に聞えますが、そうした心の経過には、潮の満干《みちひ》と同じように、色々の高低《たかびく》があったのです。私はKの動かない様子を見て、それにさまざまの意味を付け加えました。奥さんとお嬢さんの言語動作を観察して、二人の心が果してそこに現れている通りなのだろうかと疑《うたが》ってもみました。そうして人間の胸の中に装置された複雑な器械が、時計の針のように、明瞭《めいりょう》に偽りなく、盤上の数字を指し得るものだろうかと考えました。要するに私は同じ事をこうも取り、ああも取りした揚句《あげく》、ようやくここに落ち付いたものと思って下さい。更《さら》にむずかしくいえば、落付くなどという言葉は、この際決して使われた義理でなかったのかも知れません。

その内学校がまた始まりました。私達は時間の同じ日には連れ立って宅《うち》を出ます。都合がよければ帰る時にもやはりいっしょに帰りました。外部から見たKと私は、何にも前と違ったところがないように親しくなったのです。けれども腹の中では、各自《てんでん》に各自《てんでん》の事を勝手に考えていたに違いありません。ある日私は突然往来でKに肉薄しました。私が第一に聞いたのは、この間の自白が私だけに限られているか、または奥さんやお嬢さんにも通じているかの点にあったのです。私のこれから取るべき態度は、この問に対する彼の答次第で極《き》めなければならないと、私は思ったのです。すると彼は外《ほか》の人にはまだ誰にも打ち明けていないと明言しました。私は事情が自分の推察通りだったので、内心嬉《うれ》しがりました。私はKの私より横着なのをよく知っていました。彼の度胸にも敵《かな》わないという自覚があったのです。けれども一方ではまた妙に彼を信じていました。学資の事で養家《ようか》を三年も欺《あざむ》いていた彼ですけれども、彼の信用は私に対して少しも損《そこな》われていなかったのです。

私はそれがためにかえって彼を信じ出したくらいです。だからいくら疑い深い私でも、明白な彼の答を腹の中で否定する気は起りようがなかったのです。

　私はまた彼に向って、彼の恋をどう取り扱うつもりかと尋ねました。それが単なる自白に過ぎないのか、またはその自白についで、実際的の効果をも収める気なのかと問うたのです。しかるに彼はそこになると、何にも答えません。黙って下を向いて歩き出します。私は彼に隠し立てをしてくれるな、凡《すべ》て思った通りを話してくれと頼みました。彼は何も私に隠す必要はないと判然《はっきり》断言しました。しかし私の知ろうとする点には、一言《いちごん》の返事も与えないのです。私も往来だからわざわざ立ち留まって底まで突き留《と》める訳に行《い》きません。ついそれなりにしてしまいました。

四十

「ある日私は久し振に学校の図書館に入りました。私は広い机の片隅で窓から射《さ》す光線を半身《はんしん》に受けながら、新着の外国雑誌を、あちらこちらと引っ繰り返して見ていました。私

は担任教師から専攻の学科に関して、次の週までにある事項を調べて来いと命ぜられたのです。しかし私に必要な事柄が中々見付からないので、私は二度も三度も雑誌を借り替えなければなりませんでした。最後に私はやっと自分に必要な論文を探し出して、一心にそれを読み出しました。すると突然幅の広い机の向う側から小さな声で私の名を呼ぶものがあります。私はふと眼を上げてそこに立っているKを見ました。Kはその上半身を机の上に折り曲げるようにして、彼の顔を私に近付けました。ご承知の通り図書館では他《ほか》の人の邪魔になるような大きな声で話をする訳にゆかないのですから、Kのこの所作《しょさ》は誰でもやる普通の事なのですが、私はその時に限って、一種変な心持がしました。

　Kは低い声で勉強かと聞きました。私は一寸《ちょっと》調べものがあるのだと答えました。それでもKはまだその顔を私から放しません。同じ低い調子でいっしょに散歩をしないかというのです。私は少し待っていればしてもいいと答えました。彼は待っているといったまま、すぐ私の前の空席に腰を卸《おろ》しました。すると私は気が散って急に雑誌が読めなくなりました。何だかKの胸に一物《いちもつ》があって、談判《だんぱん》でもしに来られたように思われて仕方がないのです。私は已《やむ》を得ず読みかけた雑誌を伏せて、立ち上がろうとしました。Kは落付き払ってもう済んだのかと聞きます。私はどうでもいいのだと答えて、雑誌を返すと共に、Kと図書館を出ました。

二人は別に行く所もなかったので、龍岡町《たつおかちょう》から池《いけ》の端《はた》へ出て、上野の公園の中へ入りました。その時彼は例の事件について、突然向うから口を切りました。前後の様子を綜合《そうごう》して考えると、Kはそのために私をわざわざ散歩に引っ張り出したらしいのです。けれども彼の態度はまだ実際的の方面へ向ってちっとも進んでいませんでした。彼は私に向って、ただ漠然《ばくぜん》と、どう思うというのです。どう思うというのは、そうした恋愛の淵《ふち》に陥《おちい》った彼を、どんな眼で私が眺めるかという質問なのです。一言《いちごん》でいうと、彼は現在の自分について、私の批判を求めたいようなのです。そこに私は彼の平生と異なる点を確かに認める事が出来たと思いました。たびたび繰り返すようですが、彼の天性は他《ひと》の思わくを憚《はばか》るほど弱く出来上ってはいなかったのです。こうと信じたら一人でどんどん進んで行くだけの度胸もあり勇気もある男なのです。養家事件でその特色を強く胸の裏《うち》に彫《ほ》り付けられた私が、これは様子が違うと明らかに意識したのは当然の結果なのです。

私がKに向って、この際なんで私の批評が必要なのかと尋ねた時、彼はいつもにも似ない悄然《しょうぜん》［＊254］とした口調で、自分の弱い人間であるのが実際恥ずかしいといいました。そうして迷っているから自分で自分が分らなくなってしまったので、私に公平な批評を求めるより外《ほか》に仕方がないといいました。私は隙《す》かさず迷うという意味を聞き糺《ただ》しました。彼は進んでいいか退《しりぞ》いていいか、それに迷うのだと説明しました。私はすぐ一歩先へ出ました。そうして退こうと思えば退けるのかと彼に聞きました。すると彼の言葉がそこで不意に行き詰《づま》りました。彼はただ苦しいといっただけでした。実際彼の表情には苦しそうなところがありありと見えていました。もし相手がお嬢さんでなかったならば、私はどんなに彼に都合の好《い》い返事を、その渇《かわ》き切った顔の上に慈雨《じう》の如《ごと》く注いでやったか分りません。私はそのくらいの美しい同情をもって生れて来た人間と自分ながら信じています。しかしその時の私は違っていました。

＊254　心に引っかかりがあって、元気がないさま。

四十一

「私はちょうど他流試合でもする人のようにKを注意して見ていたのです。私は、私の眼、私の心、私の身体、すべて私という名の付くものを五分《ぶ》の隙間《すきま》もないように用意して、Kに向ったのです。罪のないKは穴だらけというよりむしろ明け放しと評するのが適当なくらいに無用心でした。私は彼自身の手から、彼の保管している要塞《ようさい》の地図を受取って、彼の眼の前でゆっくりそれを眺める事が出来たも同じでした。

Kが理想と現実の間に彷徨《ほうこう》［＊255］してふらふらしているのを発見した私は、ただ一打《ひとうち》で彼を倒す事が出来るだろうという点にばかり眼を着けました。そうしてすぐ彼の虚《きょ》に付け込んだのです。私は彼に向って急に厳粛《げんしゅく》な改まった態度を示し出しました。無論策略からですが、その態度に相応するくらいな緊張した気分もあったのですから、自分に滑稽《こっけい》だの羞恥《しゅうち》だのを感ずる余裕はありませんでした。私はまず『精神的に向上心のないものは馬鹿《ばか》だ』といい放ちました。これは二人で房州を旅行している際、Kが私に向って使った言葉です。私は彼の使った通りを、彼と同じような口調で、再び彼に投げ返したのです。

しかし決して復讐《ふくしゅう》ではありません。私は復讐以上に残酷《ざんこく》な意味をもっていたという事を自白します。私はその一言《いちごん》でKの前に横たわる恋の行手を塞《ふさ》ごうとしたのです。

Kは真宗寺《しんしゅうでら》に生れた男でした。しかし彼の傾向は中学時代から決して生家の宗旨《しゅうし》に近いものではなかったのです。教義上の区別をよく知らない私が、こんな事をいう資格に乏しいのは承知していますが、私はただ男女《なんにょ》に関係した点についてのみ、そう認めていたのです。Kは昔から精進《しょうじん》という言葉が好きでした。私はその言葉の中に、禁欲《きんよく》という意味も籠《こも》っているのだろうと解釈していました。しかし後で実際を聞いて見ると、それよりもまだ厳重な意味が含まれているので、私は驚きました。道のためには凡てを犠牲にすべきものだというのが彼の第一信条なのですから、摂欲《せつよく》［＊256］や禁欲は無論、たとい慾を離れた恋そのものでも道の妨害《さまたげ》になるのです。Kが自活生活をしている時分に、私はよく彼から彼の主張を聞かされたのでした。その頃からお嬢さんを思っていた私は、勢いどうしても彼に反対しなければならなかったのです。私が反対すると、彼はいつでも気の毒そうな顔をしました。そこには同情よりも侮蔑《ぶべつ》の方が余計に現れていました。

こういう過去を二人の間に通り抜けて来ているのですから、精神的に向上心のないものは馬鹿だという言葉は、Kにとって痛いに違いなかったのです。しかし前にもいった通り、私はこの一言《いちごん》で、彼がせっかく積み上げた過去を蹴散《けち》らしたつもりではありません。かえってそれを今まで通り積み重ねて行かせようとしたのです。それが道に達しようが、天に届こうが、私は構いません。私はただKが急に生活の方向を転換して、私の利害と衝突するのを恐れたのです。要するに私の言葉は単なる利己心の発現でした。

『精神的に向上心のないものは、馬鹿だ』

私は二度同じ言葉を繰り返しました。そうして、その言葉がKの上にどう影響するかを見詰めていました。

『馬鹿だ』とやがてKが答えました。『僕は馬鹿だ』

Kはぴたりとそこへ立ち留《どま》ったまま動きません。彼は地面の上を見詰めています。私は思わずぎょっとしました。私にはKがその刹那《せつな》に居直り強盗《ごうとう》の如く感ぜられたのです。しかしそれにしては彼の声がいかにも力に乏しいという事に気が付きました。私は彼の眼遣《めづか》いを参考にしたかったのですが、彼は最後まで私の顔を見ないのです。そうして、徐々《そろそろ》とまた歩き出しました。

＊255　さまよい歩くこと。
＊256　欲望を控えること。

四十二

「私はKと並んで足を運ばせながら、彼の口を出る次の言葉を腹の中で暗《あん》に待ち受けました。あるいは待ち伏せといった方がまだ適当かも知れません。その時の私はたといKを騙《だま》し打ちにしても構わないくらいに思っていたのです。しかし私にも教育相当の良心はありますから、もし誰か私の傍《そば》へ来て、お前は卑怯《ひきょう》だと一言《ひとこと》私語《ささや》いてくれるものがあったなら、私はその瞬間に、はっと我に立ち帰ったかも知れません。もしKがその人であったなら、私は恐らく彼の前に赤面したでしょう。ただKは私を窘《たしな》める〔*257〕には余りに正直でした。余りに単純でした。余りに人格が善良だったのです。目のくらんだ私は、そこに敬意を払う事を忘れて、かえってそこに付け込んだのです。そこを利用して彼を打ち倒そうとしたのです。

Kはしばらくして、私の名を呼んで私の方を見ました。今度は私の方で自然と足を留めました。するとKも留まりました。私はその時やっとKの眼を真向《まむき》に見る事が出来たのです。Kは私より脊《せい》の高い男でしたから、私は勢い彼の顔を見上げるようにしなければなりません。私はそうした態度で、狼《おおかみ》の如き心を罪のない羊に向けたのです。

『もうその話は止《や》めよう』と彼がいいました。彼の眼にも彼の言葉にも変に悲痛なところがありました。私は一寸《ちょっと》挨拶《あいさつ》が出来なかったのです。するとKは、『止《や》めてくれ』と今度は頼むようにいい直しました。私はその時彼に向って残酷な答えを与えたのです。狼が隙《すき》を見て羊の咽喉笛《のどぶえ》へ食《くら》い付くように。

『止《や》めてくれって、僕がいい出した事じゃない、もともと君の方から持ち出した話じゃないか。しかし君が止《や》めたければ、止《や》めてもいいが、ただ口の先で止《や》めたって仕方があるまい。君の心でそれを止《や》めるだけの覚悟がなければ。一体君は君の平生の主張をどうするつもりなのか』

私がこういった時、脊《せい》の高い彼は自然と私の前に萎縮《いしゅく》して小さくなるような感じがしました。彼はいつも話す通りすこぶる強情《ごうじょう》な男でしたけれども、一方ではまた人一倍の正直者でしたから、自分の矛盾などをひどく非難される場合には、決して平気でいられない質《たち》だったのです。私は彼の様子を見てようやく安心しました。すると彼は卒《そつ》然《ぜん》［＊258］『覚悟？』と聞きました。そうして私がまだ何とも答えない先に『覚悟、――覚悟なら

い事もない』と付け加えました。彼の調子は独言《ひとりごと》のようでした。また夢の中の言葉のようでした。

二人はそれぎり話を切り上げて、小石川の宿の方に足を向けました。割合に風のない暖かな日でしたけれども、何しろ冬の事ですから、公園のなかは淋《さび》しいものでした。ことに霜《しも》に打たれて蒼味《あおみ》を失った杉の木立《こだち》の茶褐色《ちゃかっしょく》が、薄黒い空の中に、梢《こずえ》を並べて聳《そび》えているのを振り返って見た時は、寒さが脊中《せなか》へ噛《かじ》り付いたような心持がしました。我々は夕暮の本郷台を急ぎ足でどしどし通り抜けて、また向うの岡へ上《のぼ》るべく小石川の谷へ下りたのです。私はその頃になって、ようやく外套《がいとう》の下に体《たい》の温《あたた》か味《み》を感じ出したぐらいです。

急いだためでもありましょうが、我々は帰り路《みち》にはほとんど口を聞きませんでした。宅《うち》へ帰って食卓に向った時、奥さんはどうして遅くなったのかと尋ねました。私はKに誘われて上野へ行ったと答えました。奥さんはこの寒いのにといって驚いた様子を見せました。お嬢さんは上野に何があったのかと聞きたがります。私は何もないが、ただ散歩したのだという返事だけしておきました。平生から無口なKは、いつもよりなお黙っていました。奥さんが話しかけても、お嬢さんが笑っても碌《ろく》な挨拶はしませんでした。それから飯《めし》を呑《の》み込むように掻《か》き込んで、私がまだ席を立たないうちに、自分の室《へや》へ引き取りました。

*257 良くない点に注意を与える。
*258 突然。

四十三

「その頃は覚醒《かくせい》とか新しい生活とかいう文字《もんじ》のまだない時分でした。しかしKが古い自分をさらりと投げ出して、一意《いちい》に新しい方角へ走り出さなかったのは、現代人の考えが彼に欠けていたからではないのです。彼には投げ出す事の出来ないほど尊《たっと》い過去があったからです。彼はそのために今日《こんにち》まで生きて来たといってもいいくらいなのです。だからKが一直線に愛の目的物に向って猛進しないといって、決してその愛の生温《なまぬる》い事を証拠立てる訳には行きません。いくら熾烈《しれつ》［＊259］な感情が燃えていても、彼は無暗《むやみ》に動けないのです。前後を忘れるほどの衝動が起る機会を彼に与えない以上、Kはどうしても一寸《ちょっと》踏み留《とど》まって自分の過去を振り返らなければならなかったのです。そうすると過去が指し示す路を今まで通り歩かなければならなくなるのです。その上彼には現代人のもたない強情と我慢がありました。私はこの双方の点においてよく彼の心を見抜いていたつもりなのです。

上野から帰った晩は、私にとって比較的安静な夜《よ》でした。私はKが室《へや》へ引き上げたあとを追い懸《か》けて、彼の机の傍《そば》に坐《すわ》り込みました。そうして取り留《と》めもない世間話をわざと彼に仕向けました。彼は迷惑そうでした。私の眼には勝利の色が多少輝いていたでしょう、私の声にはたしかに得意の響きがあったのです。私はしばらくKと一つ火鉢に手を翳《かざ》した後《あと》、自分の室に帰りました。外《ほか》の事にかけては何をしても彼に及ばなかった私も、その時だけは恐るるに足りないという自覚

を彼に対してもっていたのです。

私はほどなく穏やかな眠りに落ちました。しかし突然私の名を呼ぶ声で眼を覚ましました。見ると、間《あいだ》の襖《ふすま》が二尺《しゃく》ばかり開《あ》いて、そこにKの黒い影が立っています。そうして彼の室には宵《よい》の通りまだ燈火《あかり》が点《つ》いているのです。急に世界の変った私は、少しの間《あいだ》口を利《き》く事も出来ずに、ぼうっとして、その光景を眺めていました。

その時Kはもう寝たのかと聞きました。Kはいつでも遅くまで起きている男でした。私は黒い影法師《かげぼうし》のようなKに向って、何か用かと聞き返しました。Kは大した用でもない、ただもう寝たか、まだ起きているかと思って、便所へ行ったついでに聞いてみただけだと答えました。Kは洋燈《ランプ》の灯《ひ》を脊中《せなか》に受けているので、彼の顔色や眼つきは、全く私には分りませんでした。けれども彼の声は不断よりもかえって落ち付いていたくらいでした。

Kはやがて開けた襖をぴたりと立て切りました。私の室はすぐ元の暗闇《くらやみ》に帰りました。私はその暗闇より静かな夢を見るべくまた眼を閉じました。私はそれぎり何も知りません。しかし翌朝《よくあさ》になって、昨夕《ゆうべ》の事を考えてみると、何だか不思議でした。私はことによると、凡《すべ》てが夢ではないかと思いました。それで飯を食う時、Kに聞きました。Kはたしかに襖を開けて私の名を呼んだといいます。なぜそんな事をしたのかと尋ねると、別に判然《はっきり》した返事もしません。調子の抜けた頃になって、近頃は熟睡が出来るのかとかえって向うから私に問うのです。私は何だか変に感じました。

その日ちょうど同じ時間に講義の始まる時間割になっていたので、二人はやがていっしょに宅《うち》を出ました。今朝《けさ》から昨夕《ゆうべ》の事が気に掛《かか》っている私は、途中でまたKを追窮《ついきゅう》しました。けれどもKはやはり私を満足させるような答えをしません。私はあの事件について何か話すつもりではなかったのかと念を押してみました。Kはそうではないと強い調子でいい切りました。昨日《きのう》上野で『その話はもう止《や》めよう』といったではないかと注意する如くにも聞こえました。Kはそういう点に掛けて鋭い自尊心をもった男なのです。ふとそこに気のついた私は突然彼の用いた『覚悟』という言葉を連想し出しました。するとまるで気にならなかったその二字が妙な力で私の頭を抑《おさ》え始めたのです。

＊259 勢いよく激しいさま。

四十四

「Kの果断に富んだ性格は私によく知れていました。彼のこの事件についてのみ優柔《ゆうじゅう》な訳《わけ》も私にはちゃんと呑《の》み込めていたのです。つまり私は一般を心得た上で、例外の場合をしっかり攫《つら》まえたつもりで得意だったのです。ところが『覚悟』という彼の言葉を頭のなかで何遍も咀嚼《そしゃく》しているうちに、私の得意はだんだん色を失って、しまいにはぐらぐら揺《うご》き始めるようになりました。私はこの場合もあるいは彼にとって例外でないのかも知れないと思い出したのです。凡《すべ》ての疑惑、煩悶《はんもん》、懊悩《おうのう》［＊260］、を一度に解決する最後の手段を、彼は胸のなかに畳《たた》み込んでいるのではなかろうかと疑《うたぐ》り始めたのです。そうした新しい光で覚悟の二字を眺め返して見た私は、はっと驚きました。その時の私がもしこの驚きをもって、もう一返《いっぺん》彼の口にした覚悟の内容を公平に見廻したらば、まだよかったかも知れません。悲しい事に私は片眼《めっかち》でした。私はただKがお嬢さんに対して進んで行くという意味にその言葉を解釈しました。果断に富んだ彼の性格が、恋の方面に発揮されるのが即《すなわ》ち彼の覚悟だろうと一図《いちず》に思い込んでしまったのです。

私は私にも最後の決断が必要だという声を心の耳で聞きました。私はすぐその声に応じて勇気を振り起しました。私はKより先に、しかもKの知らない間《ま》に、事を運ばなくてはならないと覚悟を極《き》めました。私は黙って機会を覘《ねら》っていました。しかし二日経《た》っても三日経っても、私はそれを捕《つら》まえる事が出来ません。私はKのいない時、またお嬢さんの留守な折《おり》を待って、奥さんに談判を開こうと考えたのです。しかし片方がいなければ、片方が邪魔をするといった風《ふう》の日ばかり続いて、どうしても『今だ』と思う好都合が出て来てくれないのです。私はいらいらしました。

一週間の後《のち》私はとうとう堪《た》え切れなくなって仮病《けびょう》を遣《つか》いました。奥さんからもお嬢さんからもK自身からも、起きろという催促《さいそく》を受けた私は、生返事《なまへんじ》をしただけで、十時頃まで蒲団《ふとん》を被《かぶ》って寝ていました。私はKもお嬢さんもいなくなって、家の内《なか》がひっそり静まった頃を見計《みはか》らって寝床《ねどこ》を出ました。私の顔を見た奥さんは、すぐどこが悪いかと尋ねました。食物《たべもの》は枕元《まくらもと》へ運んでやるから、もっと寝ていたらよかろうと忠告してもくれました。身体《からだ》に異状のない私は、とても寝る気にはなれません。顔を洗っていつもの通り茶の間で飯を食いました。その時奥さんは長火鉢《ながひばち》の向側《むこうがわ》から給仕《きゅうじ》をしてくれたのです。私は朝飯《あさめし》とも午飯《ひるめし》とも片付かない茶椀《ちゃわん》を手に持ったまま、どんな風に問題を切り出したものだろうかと、そればかりに屈託《くったく》していたから、外観からは実際気分の好《よ》くない病人らしく見えただろうと思います。

　私は飯を終《しま》って烟草《たばこ》を吹かし出しました。私が立たないので奥さんも火鉢の傍《そば》を離れる訳に行きません。下女を呼んで膳《ぜん》を下げさせた上、鉄瓶《てつびん》に水を注《さ》したり、火鉢の縁《ふち》を拭《ふ》いたりして、私に調子を合わせています。私は奥さんに特別な用事でもあるのかと問いました。奥さんはいいえと答えましたが、今度は向うでなぜですと聞き返して来ました。私は実は少し話したい事があるのだといいました。奥さんは何ですかといって、私の顔を見ました。奥さんの調子はまるで私の気分に這入《はい》り込めないような軽いものでしたから、私の次に出すべき文句も少し渋りました。

　私は仕方なしに言葉の上で、好《い》い加減にうろつき廻った末、Kが近頃何かいいはしなかったかと奥さんに聞いて見ました。奥さんは思いも寄らないという風をして、『何を？』とまた反問して来ました。そうして私の答える前に、『貴方《あなた》には何かおっしゃったんですか』とかえって向うで聞くのです。

＊260　悩み、悶えること。

四十五

「Kから聞かされた打ち明け話を、奥さんに伝える気のなかった私は、『いいえ』といってしまった後で、すぐ自分の嘘《うそ》を快《こころよ》からず感じました。仕方がないから、別段何も頼まれた覚えはないのだから、Kに関する用件ではないのだといい直しました。奥さんは『そうですか』といって、後を待っています。私はどうしても切り出さなければならなくなりました。私は突然『奥さん、お嬢さんを私に下さい』といいました。奥さんは私の予期してかかったほど驚いた様子も見せませんでしたが、それでも少時《しばらく》返事が出来なかったものと見えて、黙って私の顔を眺めていました。一度いい出した私は、いくら顔を見られても、それに頓着《とんじゃく》などはしていられません。『下さい、ぜひ下さい』といいました。『私の妻《つま》としてぜひ下さい』といいました。奥さんは年を取っているだけに、私よりもずっと落付いていました。『上げてもいいが、あんまり急じゃありませんか』と聞くのです。私が『急に貰《もら》いたいのだ』とすぐ答えたら笑い出しました。そうして『よく考えたのですか』と念を押すのです。私はいい出したのは突然でも、考えたのは突然でないという訳を強い言葉で説明しました。

それからまだ二つ三つの問答がありましたが、私はそれを忘れてしまいました。男のように判然《はきはき》したところのある奥さんは、普通の女と違ってこんな場合には大変心持よく話の出来る人でした。『よござんす、差し上げましょう』といいました。『差し上げるなんて威張《いば》った口の利《き》ける境遇ではありません。どうぞ貰って下さい。ご存じの通り父親のない憐《あわ》れな子です』と後では向うから頼みました。

話は簡単でかつ明瞭《めいりょう》に片付いてしまいました。最初からしまいまでに恐らく十五分とは掛らなかったでしょう。奥さんは何の条件も持ち出さなかったのです。親類に相談する必要もない、後から断ればそれで沢山だといいました。本人の意嚮《いこう》さえたしかめるに及ばないと明言しました。そんな点になると、学問をした私の方が、かえって形式に拘泥《こうでい》［＊261］するくらいに思われたのです。親類はとにかく、当人にはあらかじめ話して承諾《しょうだく》を得るのが順序らしいと私が注意した時、奥さんは『大丈夫です。本人が不承知のところへ、私があの子をやるはずがありませんから』といいまし

た。

自分の室《へや》へ帰った私は、事のあまりに訳もなく進行したのを考えて、かえって変な気持になりました。果して大丈夫なのだろうかという疑念さえ、どこからか頭の底に這《は》い込んで来たくらいです。けれども大体の上において、私の未来の運命は、これで定められたのだという観念が私の凡てを新たにしました。

私は午頃《ひるごろ》また茶の間へ出掛けて行って、奥さんに、今朝の話をお嬢さんにいつ通じてくれるつもりかと尋ねました。奥さんは、自分さえ承知していれば、いつ話しても構わなかろうというような事をいうのです。こうなると何だか私よりも相手の方が男みたようなので、私はそれぎり引き込もうとしました。すると奥さんが私を引き留めて、もし早い方が希望ならば、今日でもいい、稽古《けいこ》から帰って来たら、すぐ話そうというのです。私はそうして貰う方が都合が好《い》いと答えてまた自分の室《へや》に帰りました。しかし黙って自分の机の前に坐って、二人のこそこそ話を遠く

から聞いている私を想像してみると、何だか落ち付いていられないような気もするのです。私はとうとう帽子《ぼうし》を被《かぶ》って表へ出ました。そうしてまた坂の下でお嬢さんに行き合いました。何にも知らないお嬢さんは私を見て驚いたらしかったのです。私が帽子を脱《と》って『今お帰り』と尋ねると、向うではもう病気は癒《なお》ったのかと不思議そうに聞くのです。私は『ええ癒りました、癒りました』と答えてずんずん水道橋《すいどうばし》の方へ曲ってしまいました。

＊261　こだわること。

四十六

「私は猿楽町《さるがくちょう》から神保町《じんぼうちょう》の通りへ出て、小川町《おがわまち》の方へ曲りました。私がこの界隈《かいわい》を歩くのは、いつも古本屋をひやかすのが目的でしたが、その日は手摺《てずれ》［＊262］のした書物などを眺める気が、どうしても起らないのです。私は歩きながら絶えず宅《うち》の事を考えていました。私には先刻《さっき》の奥さんの記憶がありました。それからお嬢さんが宅へ帰ってからの想像がありました。私はつまりこの二つのもので歩かせられていたようなものです。その上私は時々往来の真中で我知らずふと立ち留まりました。そうして今頃は奥さんがお嬢さんにもうあの話をしている時分だろうなどと考えました。またある時は、もうあの話が済んだ頃だとも思いました。

私はとうとう万世橋《まんせいばし》を渡って、明神《みょうじん》の坂を上《あ》がって、本郷台へ来て、それからまた菊坂《きくざか》を下りて、しまいに小石川の谷へ下りたのです。私の歩いた距離はこの三区に跨《また》がって、いびつな円を描いたともいわれるでしょうが、私はこの長い散歩の間ほとんどKの事を考えなかったのです。今その時の私を回顧［＊263］して、なぜだと自分に聞いてみても一向分りません。ただ不思議に思うだけです。私の心がKを忘れ得《う》るくらい、一方に緊張していたと見ればそれまでですが、私の良心がまたそれを許すべきはずはなかったのですから。

Kに対する私の良心が復活したのは私が宅《うち》の格子《こうし》を開けて、玄関から坐敷《ざしき》へ通る時、即《すなわ》ち例のごとく彼の室《へや》を抜けようとした瞬間でした。彼はいつもの通り机に向って書見をしていました。彼はいつもの通り書物から眼を放して、私を見ました。しかし彼はいつもの通り今帰ったのかとはいいませんでした。彼は『病気はもう癒《い》いのか、医者へでも行ったのか』と聞きました。私はその刹那《せつな》に、彼の前に手を突いて、詫《あや》まりたくなったのです。しかも私の受けたその時の衝動は決して弱いものではなかったのです。もしKと私がたった二人曠野《こうや》の真中にでも立っていたならば、私はきっと良心の命令に従って、その場で彼に謝罪したろうと思います。しかし奥には人がいます。私の自然はすぐそこで食い留められてしまったのです。そうして悲しい事に永久に復活しなかったのです。

夕飯《ゆうめし》の時Kと私はまた顔を合せました。何にも知らないKはただ沈んでいただけで、少しも疑い深い眼を私に向けません。何にも知らない奥さんはいつもより嬉《うれ》しそうでした。私だけが凡《すべ》てを知っていたのです。私は鉛《なまり》のような飯を食いました。その時お嬢さんはいつものようにみんなと同じ食卓に並びませんでした。奥さんが催促すると、次の室《へや》で只今《ただいま》と答えるだけでした。それをKは不思議そうに聞いていました。しまいにどうしたのかと奥さんに尋ねました。奥さんは大方極《おおかたきま》りが悪いのだろうといって、一寸《ちょっと》私の顔を見ました。Kはなお不思議そうに、なんで極《きま》りが悪いのかと追窮《ついきゅう》しに掛《かか》りました。奥さんは微笑しながらまた私の顔を見るのです。

私は食卓に着いた初めから、奥さんの顔付で、事の成行《なりゆき》をほぼ推察していました。しかしKに説明を与えるために、私のいる前で、それを悉《ことごと》く話されては堪《たま》らないと考えました。奥さんはまたそのくらいの事を平気でする女なのですから、私はひやひやしたのです。

幸《さいわい》にKはまた元の沈黙に帰りました。平生より多少機嫌のよかった奥さんも、とうとう私の恐れを抱《いだ》いている点までは話を進めずにしまいました。私はほっと一息して室へ帰りました。しかし私がこれから先Kに対して取るべき態度は、どうしたものだろうか、私はそれを考えずにはいられませんでした。私は色々の弁護を自分の胸で拵《こしら》えてみました。けれどももどの弁護もKに対して面と向うには足りませんでした、卑怯《ひきょう》な私は終《つい》に自分で自分をKに説明するのが厭《いや》になったのです。

*262 何度も手が触れて痛むこと。
*263 振り返ってみること。

四十七

「私はそのまま二三日過ごしました。その二三日の間Kに対する絶えざる不安が私の胸を重くしていたのはいうまでもありません。私はただでさえ何とかしなければ、彼に済まないと思ったのです。その上奥さんの調子や、お嬢さんの態度が、始終私を突ッつくように刺戟《しげき》するのですから、私はなお辛《つら》かったのです。どこか男らしい気性《きしょう》を具《そな》えた奥さんは、いつ私の事を食卓でKに素《す》っぱ抜かないとも限りません。それ以来ことに目立つように思えた私に対するお嬢さんの挙止動作《きょしどうさ》も、Kの心を曇らす不審の種とならないとは断言出来ません。私は何とかして、私とこの家族との間に成り立った新しい関係を、Kに知らせなければならない位置に立ちました。しかし倫理的に弱点をもっていると自分で自分を認めている私には、それがまた至難の事のように感ぜられたのです。

私は仕方がないから、奥さんに頼んでKに改めてそういって貰《もら》おうかと考えました。無論私のいない時にです。しかしありのままを告げられては、直接と間接の区別があるだけで、面目《めんぼく》のない［＊264］のに変りはありません。といって、拵《こしら》え事を話して貰おうとすれば、奥さんからその理由を詰問《きつもん》されるに極《きま》っています。もし奥さんに総《すべ》ての事情を打ち明けて頼むとすれば、私は好んで自分の弱点を自分の愛人とその母親の前に曝《さら》け出さなければなりません。真面目《まじめ》な私には、それが私の未来の信用に関するとしか思われなかったのです。結婚する前から恋人の信用を失うのは、たとい一分《ぶ》一厘《りん》でも、私には堪《た》え切れない不幸のように見えました。

要するに私は正直な路《みち》を歩くつもりで、つい足を滑《すべ》らした馬鹿《ばか》ものでした。もしくは狡猾《こうかつ》な男でした。そうしてそこに気のついているものは、今のところただ天と私の心だけだったのです。しかし立ち直って、もう一歩前へ踏み出そうとするには、今滑った事をぜひとも周囲の人に知られなければならない窮境《きゅうきょう》に陥《おちい》ったのです。私は飽《あ》くまで滑った事を隠したがりました。同時に、どうしても前へ出ずにはいられなかったのです。私はこの間に挟《はさ》まってまた立ち竦《すく》みました。

五六日経った後《のち》、奥さんは突然私に向って、Kにあの事を話したかと聞くのです。私はまだ話さないと答えました。するとなぜ話さないのかと、奥さんが私を詰《なじ》るのです。私はこの問の前に固くなりました。その時奥さんが私を驚かした言葉を、私は今でも忘れずに覚えています。

『道理で妾《わたし》が話したら変な顔をしていましたよ。貴方《あなた》もよくないじゃありませんか。平生《へいぜい》あんなに親しくしている間柄《あいだがら》だのに、黙って知らん顔をしているのは』

私はKがその時何かいいはしなかったかと奥さんに聞きました。奥さんは別段何にもいわないと答えました。しかし私は進んでもっと細かい事を尋ねずにはいられませんでした。奥さんは固《もと》より何も隠す訳がありません。大《たい》した話もないがといいながら、一々Kの様子

何かお祝いを上げたいが
私は金がないから
上げる事ができません

を語って聞かせてくれました。

　奥さんのいうところを綜合《そうごう》して考えてみると、Kはこの最後の打撃を、最も落付いた驚きをもって迎えたらしいのです。Kはお嬢さんと私との間に結ばれた新しい関係について、最初はそうですかとただ一口いっただけだったそうです。しかし奥さんが、『あなたも喜んで下さい』と述べた時、彼ははじめて奥さんの顔を見て微笑を洩《も》らしながら、『お目出とうございます』といったまま席を立ったそうです。そうして茶の間の障子《しょうじ》を開ける前に、また奥さんを振り返って、『結婚はいつですか』と聞いたそうです。それから『何かお祝いを上げたいが、私は金がないから上げる事が出来ません』といったそうです。奥さんの

前に坐っていた私は、その話を聞いて胸が塞《ふさ》がるような苦しさを覚えました。

＊264　恥ずかしくて人に顔を合わせられないこと。

四十八

「勘定《かんじょう》して見ると奥さんがKに話をしてからもう二日余りになります。その間Kは私に対して少しも以前と異なった様子を見せなかったので、私は全くそれに気が付かずにいたのです。彼の超然とした態度はたとい外観だけにもせよ、敬服〔＊265〕に値《あたい》すべきだと私は考えました。彼と私を頭の中で並べてみると、彼の方が遥《はる》かに立派に見えました。『おれは策略で勝っても人間としては負けたのだ』という感じが私の胸に渦巻《うずま》いて起りました。私はその時さぞKが軽蔑《けいべつ》している事だろうと思って、一人で顔を赧《あか》らめました。しかし今《いま》更《さら》Kの前に出て、恥を搔《か》かせられるのは、私の自尊心にとって大いな苦痛でした。

私が進もうか止《よ》そうかと考えて、ともかくも翌日《あくるひ》まで待とうと決心したのは土曜の晩でした。ところがその晩に、Ｋは自殺して死んでしまったのです。私は今でもその光景を思い出すと慄然《ぞっ》とします。いつも東枕《ひがしまくら》で寝る私が、その晩に限って、偶然西枕に床《とこ》を敷いたのも、何かの因縁《いんねん》かも知れません。私は枕元から吹き込む寒い風でふと眼を覚《さ》ましたのです。見ると、いつも立て切ってあるＫと私の室《へや》との仕切《しきり》の襖《ふすま》が、この間の晩と同じくらい開《あ》いています。けれどもこの間のように、Ｋの黒い姿はそこには立っていません。私は暗示を受けた人のように、床の上に肱《ひじ》を突いて起き上りながら、きっとＫの室を覗《のぞ》きました。洋燈《ランプ》が暗く点《とも》っているのです。それで床も敷いてあるのです。しかし掛蒲団《かけぶとん》は跳《は》ね返されたように裾《すそ》の方に重なり合っているので

す。そうしてK自身は向うむきに突《つ》っ伏《ぷ》しているのです。

私はおいといって声を掛けました。しかし何の答もありません。おいどうかしたのかと私はまたKを呼びました。それでもKの身体《からだ》はちっとも動きません。私はすぐ起き上って、敷居際《しきいぎわ》まで行きました。そこから彼の室の様子を、暗い洋燈《ランプ》の光で見廻してみました。

その時私の受けた第一の感じは、Kから突然恋の自白を聞かされた時のそれとほぼ同じでした。私の眼は彼の室の中を一目見るや否《いな》や、あたかも硝子《ガラス》で作った義眼のように、動く能力を失いました。私は棒立《ぼうだち》に立ち竦《すく》みました。それが疾風《しっぷう》の如《ごと》く私を通過したあとで、私はまたああ失策《しま》ったと思いました。もう取り返しが付かないという黒い光が、私の未来を貫いて、一瞬間に私の前に横たわる全生涯を物凄《ものすご》く照らしました。そうして私はがたがた顫《ふる》え出したのです。

それでも私はついに私を忘れる事が出来ませんでした。私はすぐ机の上に置いてある手紙に眼を着けました。それは予期通り私の名宛《あて》になっていました。私は夢中で封を切りました。しかし中には私の予期したような事は何にも書いてありませんでした。私は私にとってどんなに辛《つら》い文句がその中に書き列《つら》ねてあるだろうと予期したのです。そうして、もしそれが奥さんやお嬢さんの眼に触れたら、どんなに軽蔑されるかも知れないという恐怖があったのです。私は一寸眼《ちょっと》を通しただけで、まず助かったと思いました。（固《もと》より世間体《せけんてい》の上だけで助かったのですが、その世間体がこの場合、私にとっては非常な重大事件に見えたのです。）

手紙の内容は簡単でした。そうしてむしろ抽象的でした。自分は薄志弱行《はくしじゃっこう》で到底行先《とうていゆくさき》の望みがないから、自殺するというだけなのです。それから今まで私に世話になった礼が、ごくあっさりとした文句でその後《あと》に付け加えてありました。世話ついでに死後の片付方《かたづけかた》も頼みたいという言葉もありました。奥さんに迷惑を掛けて済まんから宜《よろ》しく詫《わび》をしてくれという句もありました。国元へは私から知らせて貰いたいという依頼もありました。必要な事はみんな一口ずつ書いてある中にお嬢さんの名前だけはどこにも見えません。私はしまいまで読んで、すぐKがわざと回避したのだという事に気が付きました。しかし私の最も痛切に感じたのは、最後に墨《すみ》の余りで書き添えたらしく見える、もっと早く死ぬべきだのになぜ今まで生きていたのだろうという意味の文句でした。

私は顫《ふる》える手で、手紙を巻き収めて、再び封の中へ入れました。私はわざとそれを皆《みん》なの眼に着くように、元の通り机の上に置きました。そうして振り返って、襖に迸《ほとばし》って［＊266］いる血潮を始めて見たのです。

四十九

「私は突然Kの頭を抱えるように両手で少し持ち上げました。私はKの死顔《しにがお》が一目見たかったのです。しかし俯伏《うつぶし》になっている彼の顔を、こうして下から覗《のぞ》き込んだ時、私はすぐその手を放してしまいました。慄《ぞっ》としたばかりではないのです。彼の頭が非常に重たく感ぜられたのです。私は上から今触った冷たい耳と、平生に変らない五分刈の濃い髪の毛を少時《しばらく》眺めていました。私は少しも泣く気にはなれませんでした。私はただ恐ろしかったのです。そうしてその恐ろしさは、眼の前の光景が官能を刺激《しげき》して起る単調な恐ろしさばかりではありません。私は忽然《こつぜん》と冷たくなったこの友達によって暗示された運命の恐ろしさを深く感じたのです。

私は何の分別《ふんべつ》もなくまた私の室《へや》に帰りました。そうして八畳《じょう》の中をぐるぐる廻り始め

＊265 尊敬し、従うこと。
＊266 勢いよく飛び散り流れること。

ました。私の頭は無意味でも当分そうして動いていろと私に命令するのです。私はどうかしなければならないと思いました。同時にもうどうする事も出来ないのだと思いました。座敷の中をぐるぐる廻らなければいられなくなったのです。檻《おり》の中へ入れられた熊《くま》のような態度で。

私は時々奥へ行って奥さんを起そうという気になります。けれども女にこの恐ろしい有様を見せては悪いという心持がすぐ私を遮《さえぎ》ります。奥さんはとにかく、お嬢さんを驚かす事は、とても出来ないという強い意志が私を抑えつけます。私はまたぐるぐる廻り始めるのです。

私はその間に自分の室《へや》の洋燈《ランプ》を点《つ》けました。それから時計を折々見ました。その時の時計ほど埒《らち》の明《あ》かない遅いものはありませんでした。私の起きた時間は、正確に分らないのですけれども、もう夜明に間《ま》もなかった事だけは明らかです。ぐるぐる廻りながら、その夜明を待ち焦《こが》れた私は、永久に暗い夜が続くのではなかろうかという思いに悩まされました。

我々は七時前に起きる習慣でした。学校は八時に始まる事が多いので、それでないと授業に間に合わないのです。下女はその関係で六時頃に起きる訳になっていました。しかしその日私が下女を起しに行ったのはまだ六時前でした。すると奥さんが今日は日曜だといって注意してくれました。奥さんは私の足音で眼を覚ましたのです。私は奥さんに眼が覚めているなら、一寸《ちょっと》私の室まで来てくれと頼みました。奥さんは寝巻の上へ不断着の羽織《はおり》を引っ掛けて、私の後《あと》に跟《つ》いて来ました。私は室へ這入《はい》るや否や、今まで開《あ》いていた仕切りの襖をすぐ立て切りました。そうして奥さんに飛んだ事が出来たと小声で告げました。奥さんは何だと聞きました。私は顎《あご》で隣の室を指すようにして、『驚いちゃいけません』といいました。奥さんは蒼《あお》い顔をしました。『奥さん、Kは自殺しました』と私がまたいいました。奥さんはそこに居竦《いすく》まった［＊267］ように、私の顔を見て黙っていました。その時私は突然奥さんの前へ手を突いて頭を下げました。『済みません。私が悪かったのです。あなたにもお嬢さんにも済まない事になりました』と詫《あや》まりました。私は奥さんと向い合うまで、そんな言葉を口にする気はまるでなかったのです。しかし奥さんの顔を見た時不意に我とも知らずそういってしまったのです。Kに詫《あや》まる事の出来ない私は、こうして奥さんとお嬢さんに詫《わ》びなければいられなくなったのだと思って下さい。つまり私の自然が平生の私を出し抜いてふらふらと懺悔《ざんげ》［＊268］の口を開《ひら》かしたのです。奥さんがそんな深い意味に、私の言葉を解釈しなかったのは私にとって幸いでした。蒼い顔をしながら、『不慮の出来事なら仕方がないじゃありませんか』と慰めるようにいってくれました。しかしその顔には驚きと怖《おそ》れとが、彫《ほ》り付けられたように、硬く筋肉を攫《つか》んでいました。

＊267　じっと身動きできずにいること。
＊268　自分の犯した罪を告白すること。

五十

「私は奥さんに気の毒でしたけれども、また立って今閉めたばかりの唐紙《からかみ》を開けました。その時Kの洋燈《ランプ》に油が尽きたと見えて、室《へや》の中はほとんど真暗《まっくら》でした。私は引き返して自分の洋燈《ランプ》を手に持ったまま、入口に立って奥さんを顧《かえり》みました。奥さんは私の後ろから隠れるようにして、四畳の中を覗《のぞ》き込みました。しかし這入《はい》ろうとはしません。そこはそのままにしておいて、雨戸を開けてくれと私にいいました。

それから後《あと》の奥さんの態度は、さすがに軍人の未亡人《びぼうじん》だけあって要領を得ていました。私は医者の所へも行きました。また警察へも行きました。しかしみんな奥さんに命令されて行ったのです。奥さんはそうした手続の済むまで、誰もKの部屋へは入れませんでした。

Kは小さなナイフで頸動脈《けいどうみゃく》を切って一息に死んでしまったのです。外《ほか》に創《きず》らしいものは何にもありませんでした。私が夢のような薄暗い灯《ひ》で見た唐紙の血潮は、彼の頸筋《くびすじ》から一度に迸《ほとばし》ったものと知れました。私は日中の光で明らかにその迹《あと》を再び眺めました。そうして人間の血の勢いというものの劇《はげ》しいのに驚きました。

奥さんと私は出来るだけの手際《てぎわ》と工夫《くふう》を用いて、Kの室《へや》を掃除しました。彼の血潮の大部分は、幸い彼の蒲団《ふとん》に吸収されてしまったので、畳《たたみ》はそれほど汚れないで済みましたから、後始末はまだ楽でした。二人は彼の死骸《しがい》を私の室に入れて、不断の通り寝ている体《てい》に横にしました。私はそれから彼の実家へ電報を打ちに出たのです。

私が帰った時は、Kの枕元にもう線香が立てられていました。室へ這入るとすぐ仏臭《ほとけくさ》い烟《けむり》で鼻を撲《う》たれた私は、その煙の中に坐《すわ》っている女二人を認めました。私がお嬢さんの顔を見たのは、昨夜来《さくやらい》この時が始めてでした。お嬢さんは泣いていました。奥さんも眼を赤くしていました。事件が起《おこ》ってからそれまで泣く事を忘れていた私は、その時ようやく悲しい気分に誘われる事が出来たのです。私の胸はその悲しさのために、どのくらい寛《くつろ》いだか知れません。苦痛と恐怖でぐいと握り締められた私の心に、一滴の潤《うるお》いを与えてくれたものはその時の悲しさでした。

私は黙って二人の傍《そば》に坐っていました。奥さんは私にも線香を上げてやれといいます。私は線香を上げてまた黙って坐っていました。お嬢さんは私には何ともいいません。たまに奥さんと一口二口言葉を換《か》わす事がありましたが、それは当座の用事についてのみでした。お嬢さんにはKの生前について語るほどの余裕がまだ出て来なかったのです。私はそれでも昨夜《ゆうべ》の物凄《ものすご》い有様を見せずに済んでまだよかったと心のうちで思いました。若い美しい人に恐ろしいものを見せると、せっかくの美しさが、そのために破壊されてしまいそうで私は怖かったのです。私の恐ろしさが私の髪の毛の末端まで来た時ですら、私はその考えを度外に置いて行動する事は出来ませんでした。私には綺麗《きれい》な花を

罪もないのに妄《みだ》り［＊269］に鞭《むち》うつと同じような不快がそのうちに籠《こも》っていたのです。

国元からKの父と兄が出て来た時、私はKの遺骨をどこへ埋《う》めるかについて自分の意見を述べました。私は彼の生前に雑司ヶ谷《ぞうしがや》近辺をよくいっしょに散歩した事があります。Kにはそこが大変気に入っていたのです。それで私は笑談《じょうだん》半分に、そんなに好きなら死んだらここへ埋めてやろうと約束した覚えがあるのです。私も今その約束通りKを雑司ヶ谷へ葬《ほうむ》ったところで、どのくらいの功徳《くどく》になるものかとは思いました。けれども私は私の生きている限り、Kの墓の前に跪《ひざまず》いて月々私の懺悔《ざんげ》を新たにしたかったのです。今まで構い付けなかったKを、私が万事世話をして来たという義理もあったのでしょう、Kの父も兄も私のいう事を聞いてくれました。

＊269　正当な理由もなく行うさま。

五十一

「Kの葬式の帰り路《みち》に、私はその友人の一人から、Kがどうして自殺したのだろうという質問を受けました。事件があって以来私はもう何度となくこの質問で苦しめられていたのです。奥さんもお嬢さんも、国から出て来たKの父兄も、通知を出した知り合いも、彼とは何の縁故《えんこ》もない新聞記者までも、必ず同様の質問を私に掛けない事はなかったのです。私の良心はそのたびにちくちく刺されるように痛みました。そうして私はこの質問の裏に、早くお前が殺したと白状してしまえという声を聞いたのです。

私の答は誰に対しても同じでした。私はただ彼の私宛《あて》で書き残した手紙を繰り返すだけで、外《ほか》に一口も附け加える事はしませんでした。葬式の帰りに同じ問を掛けて、同じ答を得たKの友人は、懐《ふところ》から一枚の新聞を出して私に見せました。私は歩きながらその友人によって指し示された箇所を読みました。それにはKが父兄から勘当《かんどう》された結果厭世的《えんせいてき》な考えを起して自殺したと書いてあるのです。私は何にもいわずに、その新聞を畳んで友人の手に帰しました。友人はこの外《ほか》にもKが気が狂って自殺したと書いた新聞があるといって教えてくれました。忙しいので、ほとんど新聞を読む暇《ひま》がなかった私は、まるでそうした方面の知識を欠いていましたが、腹の中では始終気にかかっていたところでした。私は何よりも宅《うち》のものの迷惑になるような記事の出るのを恐れたのです。ことに名前だけにせよお嬢さんが引合《ひきあい》に出たら堪《たま》らないと思っていたのです。私はその友人に外《ほか》に何とか書いたのはないかと聞きました。友人は自分の眼に着いたのは、ただその二種ぎりだと答えました。

私が今おる家へ引越したのはそれから間もなくでした。奥さんもお嬢さんも前の所にいるのを厭《いや》がりますし、私もその夜の記憶を毎晩繰り返すのが苦痛だったので、相談の上移る事に極《き》めたのです。

移って二カ月ほどしてから私は無事に大学を卒業しました。卒業して半年も経たないうちに、私はとうとうお嬢さんと結婚しました。外側から見れば、万事が予期通りに運んだのですから、目出たいといわなければなりません。奥さんもお嬢さんもいかにも幸福らしく見えました。私も幸福だったのです。けれども私の幸福には黒い影が随《つ》いていました。私はこの幸福が最後に私を悲しい運命に連れて行く導火線ではなかろうかと思いました。

結婚した時お嬢さんが、——もうお嬢さんではありませんから、妻《さい》といいます。——妻が、何を思い出したのか、二人でKの墓参りをしようといい出しました。私は意味もなくただぎょっとしました。どうしてそんな事を急に思い立ったのかと聞きました。妻は二人揃《そろ》ってお参りをしたら、Kがさぞ喜ぶだろうというのです。私は何事も知らない妻の顔をしけじけ眺めていましたが、妻からなぜそんな顔をするのかと問われて始めて気が付きました。

私は妻の望み通り二人連れ立って雑司ヶ谷へ行きました。私は新しいKの墓へ水をかけて洗ってやりました。妻はその前へ線香と花を立てました。二人は頭を下げて、合掌《がっしょう》しました。妻は定めて私といっしょになった顚末《てんまつ》を述べてKに喜んで貰《もら》うつもりでしたろう。私は腹の中で、ただ自分が悪かったと繰り返すだけでした。

その時妻はKの墓を撫《な》でてみて立派だと評していました。その墓は大したものではないのですけれども、私が自分で石屋へ行って見立《みた》てたりした因縁があるので、妻はとくにそういいたかったのでしょう。私はその新しい墓と、新しい私の妻と、それから地面の下に埋《うず》められたKの新しい白骨とを思い比べて、運命の冷罵《れいば》〔*270〕を感ぜずにはいられなかったのです。私はそれ以後決して妻といっしょにKの墓参りをしない事にしました。

五十二

「私の亡友《ぼうゆう》に対するこうした感じはいつまでも続きました。実は私も初めからそれを恐れていたのです。年来の希望であった結婚すら、不安のうちに式を挙げたといえばいえない事もないでしょう。しかし自分で自分の先が見えない人間の事ですから、ことによるとあるいはこれが私の心持を一転して新しい生涯に入る端緒《いとくち》［＊271］になるかも知れないとも思ったのです。ところがいよいよ夫として朝夕妻《さい》と顔を合せてみると、私のはかない希望は手厳しい現実のために脆《もろ》くも破壊されてしまいました。私は妻と顔を合せているうちに、卒然Kに脅《おびや》かされるのです。つまり妻が中間に立って、Kと私をどこまでも結び付けて離さないようにするのです。妻のどこにも不足を感じない私は、ただこの一点において彼女を遠ざけたがりました。すると女の胸にはすぐそれが映ります。映るけれども、理由は解《わか》らないのです。私は時々妻からなぜそんなに考えているのだとか、何か気に入らない事が

＊270　さげすみ、ののしること。

あるのだろうとかいう詰問《きつもん》を受けました。笑って済ませる時はそれで差支《さしつか》えないのですが、時によると、妻の癇《かん》［＊272］も高じて来ます。しまいには『あなたは私を嫌っていらっしゃるんでしょう』とか、『何でも私に隠していらっしゃる事があるに違いない』とかいう怨言《えんげん》［＊273］も聞かなくてはなりません。私はそのたびに苦しみました。

私は一層《いっそ》思い切って、有《あり》のままを妻に打ち明けようとした事が何度もあります。しかしいざという間際《まぎわ》になると自分以外のある力が不意に来て私を抑え付けるのです。私を理解してくれる貴方《あなた》の事だから、説明する必要もあるまいと思いますが、話すべき筋《すじ》だから話しておきます。その時分の私は妻に対して己《おのれ》を飾る気はまるでなかったのです。もし私が亡友に対すると同じような善良な心で、妻の前に懺悔《ざんげ》の言葉を並べたなら、妻は嬉《うれ》

私を避けてらっしゃいます
何を隠してらっしゃるの!?

し涙をこぼしても私の罪を許してくれたに違いないのです。それをあえてしない私に利害の打算があるはずはありません。私はただ妻の記憶に暗黒な一点を印《いん》するに忍びなかったから打ち明けなかったのです。純白なものに一雫《ひとしずく》の印気《インキ》でも容赦《ようしゃ》なく振り掛けるのは、私にとって大変な苦痛だったのだと解釈して下さい。

一年経ってもKを忘れる事の出来なかった私の心は常に不安でした。私はこの不安を駆《く》逐《ちく》するために書物に溺《おぼ》れようと力《つと》めました。私は猛烈な勢いをもって勉強し始めたのです。そうしてその結果を世の中に公《おおやけ》にする日の来るのを待ちました。けれども無理に目的を拵《こしら》えて、無理にその目的の達せられる日を待つのは嘘《うそ》ですから不愉快です。私はどうしても書物のなかに心を埋《うず》めていられなくなりました。私はまた腕組《うでぐみ》をして世の中を眺めだしたのです。

妻はそれを今日《こんにち》に困らないから心に弛《たる》みが出るのだと観察していたようでした。妻の家にも親子二人ぐらいは坐っていてどうかこうか暮して行ける財産がある上に、私も職業を求めないで差支《さしつか》えのない境遇にいたのですから、そう思われるのももっともです。私も幾分かスポイルされた気味がありましょう。しかし私の動かなくなった原因の主なものは、全くそこにはなかったのです。叔父に欺《あざむ》かれた当時の私は、他《ひと》の頼みにならない事をつくづくと感じたには相違ありませんが、他《ひと》を悪く取るだけあって、自分はまだ確かな気がしていました。世間はどうあろうともこの己《おれ》は立派な人間だという信念がどこかにあったのです。それがKのために美事《みごと》に破壊されてしまって、自分もあの叔父と同じ人間だと意識した時、私は急にふらふらしました。他《ひと》に愛想《あいそ》を尽《つ》かした私は、自分にも愛想を尽かして動けなくなったのです。

＊271　ことの始まり。
＊272　苛立ち。
＊273　恨みの言葉。

五十三

「書物の中に自分を生埋《いきうめ》にする事の出来なかった私は、酒に魂を浸して、己《おの》れを忘れようと試みた時期もあります。私は酒が好きだとはいいません。けれども飲めば飲める質《たち》でしたから、ただ量を頼みに心を盛り潰《つぶ》そうと力《つと》めたのです。この浅薄《せんぱく》な方便はしばらくするうちに私をなお厭世的《えんせいてき》にしました。私は爛酔《らんすい》［＊274］の真最中《まっさいちゅう》にふと自分の位置に気が付くのです。自分はわざとこんな真似《まね》をして己《おの》れを偽っている愚物《ぐぶつ》だという事に気が付くのです。すると身振《みぶる》いと共に眼も心も醒《さ》めてしまいます。時にはいくら飲んでもこうした仮装状態にさえ入り込めないで無暗《むやみ》に沈んで行く場合も出て来ます。その上技巧で愉快を買った後《あと》には、きっと沈鬱《ちんうつ》［＊275］な反動があるのです。私は自分の最も愛している妻《さい》とその母親に、いつでもそこを見せなければならなかったのです。しかも彼らは彼らに自然な立場から私を解釈して掛ります。

妻の母は時々気拙《きまず》い事を妻にいうようでした。それを妻は私に隠していました。しかし自分は自分で、単独に私を責めなければ気が済まなかったらしいのです。責めるといっても、決して強い言葉ではありません。妻から何かいわれたために、私が激した例《ためし》はほとんどなかったくらいですから。妻はたびたびどこが気に入らないのか遠慮なくいってくれと頼みました。それから私の未来のために酒を止《や》めろと忠告しました。ある時は泣いて『貴方《あなた》はこの頃人間が違った』といいました。それだけならまだいいのですけれども、『Kさんが生きていたら、貴方もそんなにはならなかったでしょう』というのです。私はそうかも知れないと答えた事がありましたが、私の答えた意味と、妻の了解した意味とは全く違っていたのですから、私は心のうちで悲しかったのです。それでも私は妻に何事も説明する気にはなれませんでした。

私は時々妻に詫《あや》まりました。それは多く酒に酔って遅く帰った翌日《あくるひ》の朝でした。妻は笑いました。あるいは黙っていました。たまにぽろぽろと涙を落す事もありました。私はどっちにしても自分が不愉快で堪《たま》らなかったのです。だから私の妻に詫《あや》まるのは、自分に詫まるのとつまり同じ事になるのです。私はしまいに酒を止めました。妻の忠告で止めたというより、自分で厭になったから止めたといった方が適当でしょう。

酒は止めたけれども、何もする気にはなりません。仕方がないから書物を読みます。しかし読めば読んだなりで、打ちやっておきます。私は妻から何のために勉強するのかという質問をたびたび受けました。私はただ苦笑していました。しかし腹の底では、世の中で自分が最も信愛しているたった一人の人間すら、自分を理解していないのかと思うと、悲しかったのです。理解させる手段があるのに、理解させる勇気が出せないのだと思うとますます悲しかったのです。私は寂寞《せきばく》［＊276］でした。どこからも切り離されて世の中にたった一人住んでいるような気のした事もよくありました。

同時に私はKの死因を繰り返し繰り返し考えたのです。その当座は頭がただ恋の一字で支配されていたせいでもありましょうが、私の観察はむしろ簡単でしかも直線的でした。Kは正《まさ》しく失恋のために死んだものとすぐ極めてしまったのです。しかし段々落ち付いた気分で、同じ現象に向ってみると、そう容易《たやす》くは解決が着かないように思われて来ました。現実と理想の衝突、――それでもまだ不充分でした。私はしまいにKが私のようにたった一人で淋《さむ》しくって仕方がなくなった結果、急に所決《しょけつ》［＊277］したのではなかろうかと疑い出しました。そうしてまた慄《ぞっ》としたのです。私もKの歩いた路《みち》を、Kと同じように辿《たど》っているのだという予覚が、折々風のように私の胸を横過《よこぎ》り始めたからです。

＊274　ひどく酔うこと。泥酔すること。
＊275　気分がふさぎ込むこと。
＊276　ひっそりとさびしいさま。
＊277　覚悟し、処置すること。

五十四

「その内妻《さい》の母が病気になりました。医者に見せると到底癒《とうていなお》らないという診断でした。私は力の及ぶかぎり懇切《こんせつ》に看護をしてやりました。これは病人自身のためでもありますし、また愛する妻のためでもありましたが、もっと大きな意味からいうと、ついに人間のためでした。私はそれまでにも何かしたくって堪《たま》らなかったのだけれども、何もする事が出来ないので已《やむ》を得ず懐手《ふところで》をしていたに違いありません。世間と切り離された私が、始めて自分から手を出して、幾分《いくぶん》でも善い事をしたという自覚を得たのはこの時でした。私は罪《つみ》滅《ほろ》ぼしとでも名づけなければならない、一種の気分に支配されていたのです。

母は死にました。私と妻はたった二人ぎりになりました。妻は私に向って、これから世の中で頼りにするものは一人しかなくなったといいました。自分自身さえ頼りにする事の出来ない私は、妻の顔を見て思わず涙ぐみました。そうして妻を不幸な女だと思いました。また不幸な女だと口へ出してもいいました。妻はなぜだと聞きます。妻には私の意味が解らないのです。私もそれを説明してやる事が出来ないのです。妻は泣きました。私が不断からひねくれた考えで彼女を観察しているために、そんな事もいうようになるのだと恨《うら》みました。

母の亡《な》くなった後《あと》、私は出来るだけ妻を親切に取り扱ってやりました。ただ当人を愛していたからばかりではありません。私の親切には個人を離れてもっと広い背景があったようです。ちょうど妻の母の看護をしたと同じ意味で、私の心は動いたらしいのです。妻は満足らしく見えました。けれどもその満足のうちには、私を理解し得ないために起るぼんやりした稀薄《きはく》な点がどこかに含まれているようでした。しかし妻が私を理解し得たにしたところで、この物足りなさは増すとも減る気遣《きづかい》はなかったのです。女には大きな人道の立場から来る愛情よりも、多少義理をはずれても自分だけに集注される親切を嬉しがる性質が、男よりも強いように思われますから。

妻はある時、男の心と女の心とはどうしてもぴたりと一つになれないものだろうかといいました。私はただ若い時ならなれるだろうと曖昧《あいまい》な返事をしておきました。妻は自分の過去を振り返って眺めているようでしたが、やがて微《かす》かな溜息《ためいき》を洩《も》らしました。

私の胸にはその時分から時々恐ろしい影が閃《ひらめ》きました。初めはそれが偶然外《そと》から襲って来るのです。私は驚きました。私はぞっとしました。しかししばらくしている中《うち》に、私の心がその物凄《ものすご》い閃きに応ずるようになりました。しまいには外《そと》から来ないでも、自分の胸の底に生れた時から潜《ひそ》んでいるものの如《ごと》くに思われ出して来たのです。私はそうした心持になるたびに、自分の頭がどうかしたのではなかろうかと疑《うたぐ》ってみました。けれども私は医者にも誰にも診《み》て貰う気にはなりませんでした。

私はただ人間の罪というものを深く感じたのです。その感じが私をKの墓へ毎月《まいげつ》行かせます。その感じが私に妻の母の看護をさせます。そうしてその感じが妻に優しくしてやれと私に命じます。私はその感じのために、知らない路傍《ろぼう》の人から鞭《むち》うたれたいとまで思った事もあります、こうした階段を段々経過して行くうちに、人に鞭うたれるよりも、自分で自分を鞭うつべきだという気になります。自分で自分を鞭うつよりも、自分で自分を殺すべきだという考えが起ります。私は仕方がないから、死んだ気で生きて行こうと決心しました。

私がそう決心してから今日《こんにち》まで何年になるでしょう。私と妻とは元の通り仲好く暮して来ました。私と妻とは決して不幸ではありません、幸福でした。しかし私のもっている一点、私にとっては容易《ようい》ならんこの一点が、妻には常に暗黒に見えたらしいのです。それを思うと、私は妻に対して非常に気の毒な気がします。

五十五

「死んだつもりで生きて行こうと決心した私の心は、時々外界の刺激《しげき》で躍《おど》り上がりました。しかし私がどの方面かへ切って出ようと思い立つや否《いな》や、恐ろしい力がどこからか出て来て、私の心をぐいと握り締めて少しも動けないようにするのです。そうしてその力が私にお前は何をする資格もない男だと抑《おさ》え付けるようにいって聞かせます。すると私はその一言《いちげん》で直《す》ぐたりと萎《しお》れてしまいます。しばらくしてまた立ち上がろうとすると、また締め付けられます。私は歯を食いしばって、何で他《ひと》の邪魔をするのかと怒鳴《どな》り付けます。不可思議な力は冷《ひや》やかな声で笑います。自分でよく知っている癖《くせ》にといいます。私はまたぐたりとなります。

波瀾《はらん》も曲折《きょくせつ》もない単調な生活を続けて来た私の内面には、常にこうした苦しい戦争があったものと思って下さい。妻《さい》が見て歯痒《はがゆ》がる［＊278］前に、私自身が何層倍歯痒い思いを重ねて来たか知れないくらいです。私がこの牢屋《ろうや》の中《うち》に凝《じっ》としている事がどうしても出来なくなった時、またその牢屋をどうしても突き破る事が出来なくなった時、必竟《ひっきょう》私にとって一番楽な努力で遂行《すいこう》出来るものは自殺より外《ほか》にないと私は感ずるようになったのです。貴方はなぜといって眼を睜《みは》るかも知れませんが、いつも私の心を握り締めに来るその不可思議な恐ろしい力は、私の活動をあらゆる方面で食い留めながら、死の道だけを自由に私のために開けておくのです。動かずにいればともかくも、少しでも動く以上は、その道を歩いて進まなければ私には進みようがなくなったのです。

私は今日《こんにち》に至るまですでに二三度運命の導いて行く最も楽な方向へ進もうとした事があります。しかし私はいつでも妻に心を惹《ひ》かされました。そうしてその妻をいっしょに連れて行く勇気は無論ないのです。妻に凡《すべ》てを打ち明ける事の出来ないくらいな私ですから、自分の運命の犠牲《ぎせい》として、妻の天寿を奪うなどという手荒な所作《しょさ》は、考えてさえ恐ろしかったのです。私に私の宿命がある通り、妻には妻の廻《まわ》り合せがあります、二人を一束《ひとたば》にして火に燻《く》べるのは、無理という点から見ても、痛ましい極端としか私には思えませんでした。

同時に私だけがいなくなった後《あと》の妻を想像してみるといかにも不憫《ふびん》［＊279］でした。母の死んだ時、これから世の中で頼りにするものは私より外《ほか》になくなったといった彼女の述《じゅっ》懐《かい》を、私は腸《はらわた》に沁《し》み込むように記憶させられていたのです。私はいつも躊躇《ちゅうちょ》しました。妻の顔を見て、止《よ》してよかったと思う事もありました。そうしてまた凝《じっ》と竦《すく》んでしまいます。そうして妻から時々物足りなそうな眼で眺められるのです。

記憶して下さい。私はこんな風《ふう》にして生きて来たのです。始めて貴方に鎌倉で会った時も、貴方といっしょに郊外を散歩した時も、私の気分に大した変りはなかったのです。私の後ろにはいつでも黒い影が括《く》ッ付いていました。私は妻のために、命を引きずって世の中を歩いていたようなものです。貴方が卒業して国へ帰る時も同じ事でした。九月になったらまた貴方に会おうと約束した私は、嘘《うそ》を吐《つ》いたのではありません。全く会う気でいたのです。秋が去って、冬が来て、その冬が尽きても、きっと会うつもりでいたのです。

すると夏の暑い盛りに明治天皇が崩御《ほうぎょ》になりました。その時私は明治の精神が天皇に始まって天皇に終ったような気がしました。最も強く明治の影響を受けた私どもが、その後に生き残っているのは必竟《ひっきょう》時勢遅れだという感じが烈《はげ》しく私の胸を打ちました。私は明白《あから》さまに妻にそういいました。妻は笑って取り合いませんでしたが、何を思ったものか、突然私に、では殉死《じゅんし》［＊280］でもしたらよかろうと調戯《からか》いました。

五十六

「私は殉死という言葉をほとんど忘れていました。平生《へいぜい》使う必要のない字だから、記憶の底に沈んだまま、腐れかけていたものと見えます。妻の笑談《じょうだん》を聞いて始めてそれを思い出した時、私は妻に向ってもし自分が殉死するならば、明治の精神に殉死するつもりだと答えました。私の答えも無論笑談《じょうだん》に過ぎなかったのですが、私はその時何だか古い不要な言葉に新しい意義を盛り得たような心持がしたのです。

それから約一カ月ほど経《た》ちました。御大葬《ごたいそう》の夜《よる》私はいつもの通り書斎に坐《すわ》って、相図《あいず》の号砲《ごうほう》を聞きました。私にはそれが明治が永久に去った報知の如《ごと》く聞こえました。後で考えると、それが乃木大将の永久に去った報知にもなっていたのです。私は号外を手にして、思わず妻に殉死だ殉死だといいました。

＊278　じっれたく思うこと。
＊279　気の毒でかわいそうなこと。
＊280　主君のあとを追って自殺すること。

私は新聞で乃木大将の死ぬ前に書き残して行ったものを読みました。西南《せいなん》戦争の時敵に旗を奪《と》られて以来、申し訳のために死のう死のうと思って、つい今日《こんにち》まで生きていたという意味の句を見た時、私は思わず指を折って、乃木さんが死ぬ覚悟をしながら生きながらえて来た年月《としつき》を勘定《かんじょう》してみました。西南戦争は明治十年ですから、明治四十五年までには三十五年の距離があります。乃木さんはこの三十五年の間死のう死のうと思って、死ぬ機会を待っていたらしいのです。私はそういう人にとって、生きていた三十五年が苦しいか、また刀を腹へ突き立てた一刹那《いちせつな》が苦しいか、どっちが苦しいだろうと考えました。

それから二三日して、私はとうとう自殺する決心をしたのです。私に乃木さんの死んだ理由がよく解らないように、貴方にも私の自殺する訳が明らかに呑《の》み込めないかも知れませんが、もしそうだとすると、それは時勢の推移から来る人間の相違だから仕方がありません。あるいは個人のもって生れた性格の相違といった方が確かかも知れません。私は私の出来る限りこの不可思議な私というものを、貴方に

解らせるように、今までの叙述《じょじゅつ》で己《おの》れを尽したつもりです。

私は妻を残して行きます。私がいなくなっても妻に衣食住の心配はないのは仕合《しあわ》せです。私は妻に残酷な驚怖《きょうふ》を与える事を好みません。私は妻に血の色を見せないで死ぬつもりです。妻の知らない間《ま》に、こっそりこの世からいなくなるようにします。私は死んだ後《あと》で、妻から頓死《とんし》［＊281］したと思われたいのです。気が狂ったと思われても満足なのです。

私が死のうと決心してから、もう十日以上になりますが、その大部分は貴方にこの長い自叙伝の一節を書き残すために使用されたものと思って下さい。始めは貴方に会って話をする気でいたのですが、書いてみると、かえってその方が自分を判然《はっきり》描き出す事が出来たような心持がして嬉しいのです。私は酔興《すいきょう》［＊282］に書くのではありません。私を生んだ私の過去は、人間の経験の一部分として、私より外《ほか》に誰も語り得るものはないのですから、それを偽りなく書き残しておく私の努力は、人間を知る上において、貴方にとっても、外の人にとっても、徒労ではなかろうと思います。渡辺崋山《かざん》は邯鄲《かんたん》という画《え》を描《か》くために、死期を一週間繰り延べたという話をつい先達《せんだっ》て聞きました。他《ひと》から見たら余計な事のようにも解釈できましょうが、当人にはまた当人相応の要求が心の中にあるのだから已《や》むを得ないともいわれるでしょう。私の努力も単に貴方に対する約束を果すためばかりではありません。半《なか》ば以上は自分自身の要求に動かされた結果なのです。

しかし私は今その要求を果たしました。もう何にもする事はありません。この手紙が貴方の手に落ちる頃には、私はもうこの世にはいないでしょう。とくに死んでいるでしょう。妻は十日ばかり前から市ヶ谷の叔母の所へ行きました。叔母が病気で手が足りないというから私が勧めてやったのです。私は妻の留守の間《あいだ》に、この長いものの大部分を書きました。時々妻が帰って来ると、私はすぐそれを隠しました。

私は私の過去を善悪ともに他《ひと》の参考に供するつもりです。しかし妻だけはたった一人の例外だと承知して下さい。私は妻には何にも知らせたくないのです。妻が己《おの》れの過去に対してもつ記憶を、なるべく純白に保存しておいてやりたいのが私の唯一《ゆいいつ》の希望なのですから、私が死んだ後《あと》でも、妻が生きている以上は、あなた限りに打ち明けられた私の秘密として、凡《すべ》てを腹の中にしまっておいて下さい。」

＊281 急死。
＊282 物好き。風変わりなこと。

あなた限りに打ち明けられた
私の秘密として
すべてを腹の中に
しまっておいて下さい

本書は1914年に刊行された夏目漱石の『こゝろ』を
現代仮名遣いに修正したものです。
挿画には原作にない表現や描写が含まれます。

夏目漱石

（1867年 －1916年）

小説家。本名は夏目 金之助（なつめ きんのすけ）。近代日本文学を代表する作家の一人。帝国大学（現在の東京大学）英文科卒業後、松山で中学校教師などを務めたあと、イギリスへ留学。帰国後は東京帝国大学講師となる。代表作は『吾輩は猫である』『坊っちゃん』『三四郎』『それから』『明暗』など。千円紙幣の肖像にもなった。

小説 こころ

二〇二一年三月一六日 第一刷発行

原作 夏目漱石
挿画 有栖サリ
編集 大橋弘祐
編集協力 佐藤智
装幀 アルビレオ
発行者 山本周嗣
発行所 株式会社 文響社
〒一〇五-〇〇〇〇 東京都港区虎ノ門二-二-五 共同通信会館九階
ホームページ http://bunkyosha.com
お問い合わせ info@bunkyosha.com

印刷・製本 中央精版印刷株式会社

定価はカバーに表示してあります。
ISBNコード 978-4-86651-356-0 Printed in Japan
この本に関するご意見・ご感想をお寄せいただく場合は、郵送またはメール（info@bunkyosha.com）にてお送りください。